OS LUSÍADAS

LUÍS DE CAMÕES

OS LUSÍADAS

Introdução, fixação do texto,
notas e glossário por
VÍTOR RAMOS
(da Universidade de S. Paulo)

EDITORA CULTRIX
SÃO PAULO

Edição

10-11-12-13-14-15

Ano

97-98-99-00

EDITORA CULTRIX LTDA.

Rua Dr. Mário Vicente, 374 – 04270-000 – São Paulo, SP – Fone: 272-1399

E-MAIL: pensamento@snet.com.br

http://www.pensamento-cultrix.com.br

Impresso em nossas oficinas gráficas.

SUMÁRIO

Camões diz o que se propõe cantar (estâncias 1-3), invoca as tágides (4-5), dedica o poema ao Rei D. Sebastião (6-18) e começa a narração da viagem de Vasco da Gama. Enquanto as naus portuguesas vão cortando as ondas reúnem-se os deuses no Olimpo para decidir do destino da expedição (19-41). Volta o poema a focar a armada, que se acha nesta altura no canal entre o continente africano e Madagáscar. A frota pára em Moçambique, e alguns habitantes desta ilha são recebidos a bordo (42-55). O régulo, que vem conversar com Vasco da Gama, é inspirado por Baco a destruir os navios (56-83). Os mouros armam uma cilada, trava-se combate, os portugueses vencem, e partem com um piloto fornecido pelo régulo (84-95). O piloto, "instruído nos enganos que o malévolo Baco lhe ensinara", pretende levar os portugueses por caminho errado, mas Vênus intervém e por duas vezes desvia as naus. Finalmente a armada chega a Mombaça, cujo rei, entretanto, já estava industriado por Baco contra os portugueses (96-106).

Ao pôr do sol alguns habitantes de Mombaça visitam o Gama e convidam-no a entrar com a frota no porto (1-5). Vasco da Gama, prudentemente, não aceita o convite e manda a terra dois condenados a fim de trazerem informações; estes, enganados por Baco, que se disfarçara de cristão, voltam com boas notícias, o que leva o Gama a decidir entrar na barra (6-17). Mas Vênus, percebendo a cilada de Baco, convoca as nereidas e evita a entrada da esquadra; o Gama invoca os deuses agradecendo a mercê concedida e pedindo que lhe mostrem o caminho a seguir (18-32). Vênus dirige-se então a Júpiter para interceder em favor dos seus protegidos (33-41). Júpiter, depois de vaticinar grandes glórias para os lusos, manda Mercúrio à terra com o encargo de lhes preparar boa acolhida em Melinde e de revelar ao Gama, em sonhos, o caminho que deve tomar (42-63). O Capitão português segue o conselho recebido, retoma viagem, no princípio do segundo dia apresa sem combate um barco dos mouros, e finalmente chega a Melinde, onde é recebido com "oferecimentos verdadeiros e palavras sinceras" (64-77). Os portugueses mandam à terra um "embaixador"; o Rei de Melinde visita a armada e pede ao Gama que lhe conte onde fica Portugal, a História dêste país e a viagem da frota até ali (78-113).

Canto III 77

Antes de o Gama atender ao pedido do Rei, Camões invoca Calíope, a musa da poesia épica, para que o inspire nesta tarefa (1-2). Começa então a narração de Vasco da Gama que diz quais os assuntos que vai tratar: primeiro a localização geográfica de Portugal (a "larga terra"), depois a sua História (a "sanguinosa guerra") (3-5); a primeira parte começa pela descrição da Europa (6-19) até chegar a Portugal (20--21). Passa depois à História: Luso, Viriato, o Conde D. Henrique, D. Afonso Henriques, fundador da nacionalidade (suas lutas contra D. Teresa, contra Afonso VII de Castela, episódio de Egas Moniz, a batalha de Ourique, contra os mouros, e a conquista de Leiria, Arronches, Santarém, Mafra, Sintra e Lisboa, Óbidos, Alenquer, Torres Vedras, Elvas, Moura, Serpa, Alcácer do Sal, Évora, Beja, Palmela e Sezimbra, sua prisão pelo genro, últimos trabalhos e morte) (22-84). A D. Afonso Henriques sucede D. Sancho I, que toma Silves e Tui (85-90). Vem depois D. Afonso II: reconquista Alcácer do Sal (90-91). O rei seguinte é D. Sancho II, "manso e descuidado", que passa o govêrno a seu irmão Afonso III (91-93). Êste conquista os Algarves (94-95). Seu filho D. Dinis funda a Universidade, edifica "nobres vilas" "fortalezas, castelos" (96-98). D. Afonso IV combate os mouros, primeiro sòzinho, depois, a pedido da filha, aliado a seu genro, Rei de Castela (batalha do Salado) (99-117). Episódio de Inês de Castro (118-135). D. Pedro I, vingança e reinado (136-137). D. Fernando e D. Leonor Teles (138-143).

Rei, elogia as glórias portuguesas (86-91). Camões interrompe a narrativa do Gama para traçar considerações acerca da necessidade da existência de poetas épicos que cantem as façanhas dos guerreiros (92-100).

Canto VI 166

A frota faz-se novamente ao mar: festejos em Melinde, partida (1-6). Baco intervém novamente contra os portugueses: procura Netuno; reunião dos deuses marinhos, aos quais Baco faz um discurso mostrando a ousadia atrevida dos portugueses; Netuno solta os ventos (7-37). "Enquanto este conselho se fazia" a armada navegava calmamente e os navegantes "histórias contam, casos mil referem", para se entreterem: episódio dos Doze de Inglaterra (38-69). Subitamente, levanta-se a tempestade provocada pela diligência de Baco; descrição da tormenta; Vasco da Gama pede auxílio às potências celestes (70-84). Vênus, mais uma vez, intervém, mandando as nereidas seduzir os ventos que assim abrandam a sua ação (85-91). Acalmada a procela, chegam finalmente os navegantes à Índia; o Gama agradece a Deus tê-lo conduzido ao fim dos seus trabalhos (92-94). Camões, tal como fizera no fim do Canto V, interrompe a narração da viagem para traçar algumas considerações, desta vez sobre a forma mais honrosa de atingir a Fama (95-99).

Canto VII 191

Aproveitando a chegada à Índia, o poeta continua a sua digressão, agora sobre a política de expansão da fé a que se entregam os portugueses e sobre a falta de sentido religioso dos outros povos europeus (1-14). Volta a relatar a chegada dos navegadores a Calecu (15-16) para logo passar a descrever a Índia (17-22). O Gama manda a terra um mensageiro que ali encontra um mouro, chamado Monçaide; este, que fala Espanhol, torna-se amigo dos portugueses, visita a nau capitaina, e dá ao Gama as informações que este pede sobre aquela região (23-41). O Capitão desembarca, encontra-se com o Catual, visita o Samorim e dorme em terra, em casa do Catual (42-66); este chama o mouro Monçaide e pede-lhe informações dos portugueses; Monçaide conta-lhe o pouco que sabe e aconselha-o a visitar a frota (67-72). Visita do Catual à capitaina, onde é recebido por Paulo da Gama, ao qual pergunta o significado das figuras pintadas

rém, comunica ao Gama este ardil (5-7). O Capitão, mediante outro ardil, consegue recuperar os dois feitores retidos em terra, e partir. Começa assim o regresso da armada a Portugal (8-17). Entretanto, Vênus resolve oferecer aos navegadores, como prêmio, uma recepção numa ilha (18-23). Preparativos: Vênus combina tudo com Cupido. As ninfas, já atingidas pelas setas do deus do Amor, esperam os portugueses (24-51). Descrição da Ilha dos Amores (52-64). As ninfas espalham-se pela ilha. Chegam os portugueses, que as descobrem e as perseguem. Lionardo corre atrás de Efire, lamenta-se e finalmente é atendido. Tétis, "a quem se humilha todo o coro das ninfas", recebe o Gama. Os portugueses alcançam, pois, o prêmio, "bem merecido" dos sacrifícios feitos (65-88). Significado alegórico da Ilha. Maneira de alcançar este prêmio (89-95).

Os portugueses continuam na Ilha dos Amores, onde são homenageados com um banquete, no qual uma ninfa profetiza as glórias que alcançarão na Índia (1-74). Tétis mostra ao Gama o funcionamento da máquina do mundo e as terras onde os portugueses se ilustrarão (75-142). Estes partem e chegam à pátria (143-144). O poeta retoma o tom pessoal, queixa-se da incompreensão dos seus contemporâneos, incita o Rei D. Sebastião a favorecer as proezas dos seus vassalos e promete que, se o rei fizer o que dele se espera, terá Camões para servi-lo, "braço às armas feito", e para cantá-lo, "mente às musas dada".

INTRODUÇÃO

Esta edição de Os Lusíadas, *de Luís de Camões, destina-se ao leitor de hoje, e pretende contribuir para a reconciliação do homem brasileiro com uma obra-prima da nossa língua de que incontestavelmente se acha afastado. Para atingir esse objetivo começou-se por eliminar ao máximo tudo o que poderia colocar-se entre o leitor e a obra e por torná-la, o mais possível, de acesso direto. A simplificação a que se procedeu para tal fim incidiu naquilo que poderia ser feito sem atentar contra a dignidade do texto. O fato de se tratar de uma edição para o leitor de hoje não nos fez esquecer que estávamos lidando com um monumento literário, que importa respeitar.*

Desta forma, logo no início, quando se tratou de fixar o texto, se estabeleceu um critério flexível, que oscilou sempre entre duas premissas: uma decidida e necessária modernização e o respeito a uma legítima, e igualmente necessária, tradição camoniana. A tentativa de conciliação destes dois aspectos representa uma das novidades da presente edição: em obediência à primeira necessidade atualizou-se resolutamente a ortografia, mesmo dos nomes próprios; procedeu-se da mesma forma quanto ao uso das maiúsculas, de acordo com o Vocabulário Ortográfico da Língua Nacional; atualizou-se também a pontuação (a sua inexistência ou fantasia permitiram-nos tal liberdade); usou-se um critério decididamente moderno na grafia das nasais (grafou-se uma *e não* ũa *ou* u'a, mim *e não* mi *etc.).*

Aqui terminaram, entretanto, as franquias que pensamos possíveis com a obra: tudo quanto fizéssemos a mais seria abuso que a desfiguraria. Passando então a observar a segunda premissa, conservamos todos os arcaísmos que pertencem in-

trinsecamente à epopéia e que, inclusive, a datam, histórica e literariamente: o Albuquerque é terríbil, *o Velho do Restelo tem* aspeito *venerando, os olhos de Inês de Castro são* fermosos *e ela está colhendo o doce* fruito *dos seus anos, Gama põe em terra os* geolhos *e Baco ataca os portugueses de* estâmago *danado... Outros arcaísmos foram mantidos a fim de não alterar a contagem silábica (*inica *etc.) ou por respeito à rima (*dino *por* digno *etc.). Ao contrário do que pode parecer, o número das palavras nestas últimas condições é muito pequeno (ultrapassa escassamente uma dezena), de tal forma que podemos aqui, em poucas linhas, indicar as principais:* moura *por* morra, perlas *por* pérolas, malina *por* maligna, sprito *por* espírito, *duas vezes* noda *por* nódoa, imigos *por* inimigos, moloso *por* molosso, benino *por* benigno, *uma vez* Ceita *por* Ceuta, relâmpados *por* relâmpagos, *uma vez* apetitos *por* apetites, Soldão *por* Sultão, sometas *por* submetas. *Outros vocábulos de sabor arcaico continuam circulando na nossa língua e acham-se mesmo (por exemplo* imoto, noto, petrina, rábido, fido, galerno, sitibundo, fementido, quamanha *etc.) inscritos no* Pequeno Dicionário Brasileiro da Língua Portuguesa, *o tão útil e correntíssimo Aurélio, de forma que dispensam qualquer explicação.*

Posto isto, cabe anunciar outra medida que se impunha, ao fazer uma edição moderna de Os Lusíadas: *suprimiu-se todo o aparato crítico ou erudito, toda a exegese filológica que tem contribuído, em grande parte, para afastar do contacto com a obra sucessivas gerações de leitores médios. A edição dispõe, entretanto, de copiosa matéria explicativa: um glossário tríplice — mitológico, geográfico e histórico — onde se acham inscritos (e explicados, na sua maioria) todos os nomes contidos no texto, (e o asterisco posposto a qualquer palavra, no texto, indica que o significado dela é esclarecido no glossário) e abundantes notas de pé de página, tornando claras alusões que não cabiam no glossário, ou passos excepcionalmente obscuros. Na elaboração deste aparato explicativo não se esqueceu o tipo de leitor que pretendemos, acima de tudo, atingir: que os eruditos e os especialistas não franzam o sobrolho se acharem explicado que Santarém é uma cidade portuguesa da Estremadura. A verdade é que, embora Pedro Álvares Cabral aí esteja sepultado, a maioria dos brasileiros não a conhece. Por este exemplo se pode verificar que a preocupação em tornar acessível a todos a obra norteou realmente a preparação desta parte da edição.*

*A insistência neste critério de acessibilidade pode levar agora a várias perguntas pertinentes: com tudo isso, mesmo depois de despojada dos ouropéis da erudição e de posta, na medida do possível, ao alcance de todos, terá a epopéia camoniana, no Brasil de hoje, possibilidade de tocar o público? Suportará a obra, lida agora, o desmoronar da idéia imperialista, que é característico dos nossos dias? Existirá, da parte do leitor, mesmo daquele que efetivamente se interessa por literatura, receptividade para um poema que joga com problemas e com conceitos que, em princípio, não são os seus? Haverá, n*Os Lusíadas, *substância poética capaz de atingir o brasileiro, sobretudo aquele que se considera desligado da raiz portuguesa ou o que reluta em fazer um esforço para superar o obstáculo da língua, em que se tem demasiado insistido e que, afinal, não é assim tão grande?*

Conforme a resposta que possamos dar a estas perguntas chegaremos à conclusão de que a leitura da epopéia de Camões continua possível, de que ela nos enriquece, de que a obra continua viva e atual, ou de que, pelo contrário, ela se mumificou, servindo apenas, como dizia Augusto Seromenho em 1871, numa das Conferências do Casino, a propósito dos autores clássicos para "um fim absolutamente gramatical e vocabular".

* * *

Obra de nítidos propósitos participantes, esta epopéia é, em toda a história literária, a que lida com matéria mais fresca e imediata: os acontecimentos que servem de base à trama narrativa ainda estavam no espírito de todos quando o livro saiu; o destino da pátria que o poeta canta achava-se, na altura, realmente em jogo; o rei que ele incita à aventura ainda teve tempo, quase em vida do poeta, de tentar essa aventura e de encerrar o ciclo fatal levando o país à perda da independência. Foi Antero de Quental quem primeiro chamou a atenção para a posição de Os Lusíadas *à luz deste condicionalismo histórico.*

Epopéia que mergulha raízes num passado bem recente, ela apresenta ainda outro caráter sui generis: *trata-se de um canto de exaltação pré-agônico. Um povo à beira da catástrofe maior, aquela que o levaria a perder a independência, solta um grito de glorificação que parece subir puro, direito e vertical ao céu dos sonhos imperiais. E é precisamente quando a corrupção das classes dirigentes e o cansaço de todos já eram bem patentes que se levanta essa voz de ufania, esse preito aos esplendores passados, esse incitamento a magnificências futuras.*

Temos já aqui um dos pontos de interesse da obra, e não dos menores, para o leitor de hoje: este contraste dramático entre um sonho que se queria grande e uma realidade que se mostrou pior do que tudo quanto se previa, esse choque brutal que, de um dia para o outro, deu outro sentido à epopéia. Após 1580, falar da missão imperial lusíada poderia parecer uma dolorosa ironia, referir as glórias passadas era um acerbo remexer de ferida. Uma leitura de Os Lusíadas *à luz de tal condicionalismo deixa-nos um travo amargo na boca: a obra é, como* Les Illusions Perdues *um atestado de derrota, e não a derrota de um indivíduo, de uma classe, mas de um conceito histórico, de toda uma formulação política, de uma escolha decisiva, de uma diretriz que um povo seguiu em determinado momento e que 1580 mostrou ser falaz. Fracasso apercebível, previsível mesmo, quando o livro foi escrito? O episódio do Velho do Restelo permite supor que assim era, o que aumenta ainda o dramatismo da situação.*

Encarada como uma constatação de derrota, se a olharmos pelo prisma da exaltação das glórias imperiais de um povo, a epopéia de Camões ecoa entretanto como um grito de vitória, se virmos nela a emanação do ideal renascentista de domínio do mundo pelo homem. E também pode parecer uma ironia, esta já não dolorosa mas compensatória, a colocação na proa da nave do Renascimento, procurando abarcar o universo inteiro nos seus braços, do homem lusíada, em vésperas de perder, não só o mundo que pretendia abarcar, mas o próprio estatuto de nação. Ironia ou reparação do destino? Na verdade, quem mais do que o português do século XVI merecia conduzir essa nau e encarnar esse humanismo em que entra como parte maior o orgulho do homem — tão evidente neste poema — ao alar-

gar nos planos espacial e cultural os limites do mundo em que nasceu?

Sendo simultaneamente um testemunho da frustração da idéia imperialista e a epopéia da vitória do conceito humanista, há nesta dualidade de Os Lusíadas *elementos para dar o que pensar ao leitor de hoje, sobretudo se ele os examinar à luz dos problemas do seu mundo. É mesmo possível que a reformulação, a que hoje estamos assistindo, da idéia expansionista, a condenação do imperialismo, a liquidação das estruturas remanescentes das conquistas européias nos outros continentes, permitam ao leitor contemporâneo apreciar melhor do que antes essa dicotomia da epopéia lusíada, que adquire nos nossos tempos nova dimensão.*

*Se do significado geral da obra passarmos aos conceitos particulares nela expressos, veremos que também aí o poema continua a atingir-nos: revela-se, n*Os Lusíadas *um conceito de experiência dos mais avançados do seu tempo; tem Camões uma forma de lidar com a natureza, com os fenômenos exteriores, que mostra excepcional rigor e mantém ainda hoje válidas as suas famosas descrições de alguns sucessos da viagem, como a tromba marítima, o fogo de Santelmo, a tempestade no Índico.*

Há neste experimentalismo matéria para reflexão, que pode também interessar ao leitor nosso contemporâneo. Exprimindo aparentemente um conceito aristocrático de aventura, um incitamento à nobreza para vivere pericolosamente *e, ao mesmo tempo, propagar a Fé, a epopéia de Camões afasta logicamente, como vil e baixo, qualquer propósito mercantil, incompatível com o estilo de vida dessa nobreza, que ele apresenta lançada para as expedições com um sentido de cruzada, puro, desinteressado e místico. Paradoxalmente, porém, o poeta semeia ao longo do poema descrições rigorosas do mundo material, busca explicações lógicas para os* segredos da natura, *analisa os acontecimentos da expedição de forma para-científica e destes fenômenos não procura extrair emoções estéticas, nem o fruir da vida que estaria mais de acordo com a mentalidade dos seus heróis. Busca uma certeza, uma verdade. Para Camões, a expedição do Gama é decididamente um meio de alargar o conhecimento.*

Mas, conhecer para quê? O móbil da Fé na epopéia de Camões é inegável. Poderia ser, portanto, conhecer para crer. Penso que ainda ninguém aproximou Camões de Pascal; e no entanto, quanta semelhança entre os dois, se nos ativermos exclusivamente ao plano da associação entre a Fé e a Ciência, entre o milagre e a observação direta, entre a necessidade de crer e a vontade de saber. Conhece e acredita, poderia ser uma divisa comum aos dois. Observe-se, porém, que logo Camões se afasta de Pascal e nesse afastamento está a resposta à pergunta que acima formulamos. São João coloca lado a lado a libido sciendi *e a* libido dominandi. *N*Os Lusíadas, *a Fé, ostensiva e indiscutível, deve ser incluída entre as duas* libido, *com as quais se associa, num movimento mútuo que as torna inextricáveis. Conhecendo, acredita e domina: com esta divisa Camões é mais um homem do seu tempo... e do nosso.*

O seu sentido de descrição direta, de observação próxima dos fenômenos, a sua valorização da experiência, acham-se pois intimamente ligados a uma vontade de apreensão total do mundo exterior. Esta correspondia à mentalidade científica, muito arrojada para a época, de homens como Duarte Pacheco Pereira, o autor do Esmeraldo de Situ Orbis, *de Garcia da Orta, que escreveu os* Colóquios dos Simples e Drogas das Índias, *e de João de Castro, autor dos* Roteiros, *que tinham trabalhado na Índia, onde haviam estado em contacto com Camões. Também deste ponto de vista se trata da epopéia mais representativa do humanismo e que só por isso mereceria ser lida.*

*Mas esse desejo de apreender o mundo na sua totalidade correspondia também ao ímpeto interior do artista Camões, pletórico de vida, com uma capacidade de rejuvenescer a cada nascer de sol que descrevia. N*Os Lusíadas *respira-se saúde e alegria de viver; os deuses e os homens amam, brigam, são maliciosos, fanfarrões; os heróis acham-se ao nosso alcance. O veículo poético que movimenta esta humanidade é plástico e cambiante, vai da elegia do naufrágio de Sepúlveda à retórica das invocações aos deuses, da descrição objetiva, seca e precisa de uma tempestade no mar, ao derramamento do entusiasmo patriótico, da tragédia grega da partida das naus, à comédia de Veloso, que "mais apressado do que fora, vinha", da sátira política à banalidade do quotidiano. Neste homem, cuja* vis poe-

tica era indissociável da vis erotica, *o amor teria logicamente que ocupar o primeiro plano. Circula pelo poema um ar de liberdade amorosa, de defesa dos direitos do amor, vive-se aí num clima de pan-erotismo saudável: Vênus é mais mulher do que deusa, o desejo de eternidade dos heróis consubstancia-se na Ilha dos Amores. Este desejo de prazer, sublimado ou não, constitui, como já foi notado, mais um elemento humanístico presente na epopéia.*

Com tudo isto, pensamos ter apresentado elementos que permitem responder às perguntas que no início apresentamos. Este poema pode continuar atual, isto é presente e efetivo, se o soubermos ler. Ele apresenta, ao lado de um conceito de grandeza imperial superado, um sentido de confiança no homem e no seu destino que é bem dos nossos dias. As idéias com que o poeta joga, são válidas e exaltantes. A formulação poética atinge fulgurações que compensam um eventual esforço de leitura.

Resta acrescentar que esta edição, limpa e corrente, não tem outra pretensão que não seja fornecer ao público elementos que lhe permitam apreciar o Camões épico de que tem andado distante. A nossa língua, a nossa cultura, não dispõem afinal de tantas obras-primas que nos possamos dar ao luxo de deixar de lado um monumento do porte de Os Lusíadas.

DADOS BIOGRÁFICOS DE CAMÕES

A biografia de Camões é um tecido de dúvidas. Filho de Simão Vaz de Camões e de Ana de Sá (ou Ana de Macedo?), nasceu em 1525 (ou 1524?), em Lisboa (ou Coimbra?). Pela precariedade das informações quanto a estes pontos decisivos — o nome da mãe, a data e o lugar do nascimento — pode deduzir-se como é difícil reconstituir outros passos da sua vida.

É provável que sua família pertencesse a uma nobreza de pequeno porte, economicamente em situação difícil, pois na carta de perdão a que adiante nos referiremos, é considerado "man-

cebo pobre". Deve ter estudado em Coimbra, até 1542, mas não na Universidade, onde, apesar de pesquisas exaustivas, não se encontraram quaisquer traços da sua passagem. Entre 1542 e 1545 viveu em Lisboa, com o pai e a mãe, nada mais se sabendo sobre este período da sua vida. Nos três anos seguintes, é assinalada a sua presença no norte de África, onde, provavelmente em Ceuta, em combate com os mouros, perdeu o olho direito.

Em 1550 estava de novo em Lisboa, pois existe um documento que prova uma tentativa de alistamento e partida para a Índia, tentativa que falhou, só vindo a concretizar-se esse desejo do poeta em 1553.

Deste período, entre o regresso do norte de África e a partida para a Índia, existem algumas provas documentais: duas cartas do poeta sobre a vida de boêmia que prazerosamente levava nesta época em Lisboa, e a carta de perdão, em que o Rei o absolvia da ofensa que fizera a Gonçalo Borges. Verifica-se, por esse documento, que Camões agredira e ferira à espada um funcionário do Paço, no dia da procissão de Corpus Christi (16 de junho de 1552), e que, em conseqüência deste desacato, estivera preso, na prisão do Tronco em Lisboa, entre essa data e março de 1553. Dali saiu para embarcar para a Índia, na nau S. Bento, que chegou a Goa em setembro do mesmo ano. No Oriente ficará vivendo mais de doze anos.

Na Índia tomou parte em algumas expedições militares ou de aventura: ainda em 1553 contra o Rei da Pimenta, no Malabar; em 1555, e em datas incertas, em cruzeiros contra navios turcos, no Golfo Pérsico; em viagens às costas da China e às ilhas da Malásia. Durante os doze anos de Índia o seu destino foi variado: depois de cumprir os três anos de soldado para que, provavelmente, se alistara, exerceu o cargo de Provedor dos Defuntos, na China, esteve preso em Goa, talvez por dívidas, e foi indicado (sem chegar a tomar posse) para a Feitoria de Cheul. Em Goa representou em 1556, perante o Governador Francisco Barreto, o Auto do Filodemo *e fez uma ode laudatória ao Vice-Rei D. Constantino de Bragança. Aí conheceu Duarte Pacheco Pereira, Diogo do Couto, D. João de Castro e Garcia da Horta, os maiores nomes do humanismo português. Em 1567 decide voltar a Portugal mas, por falta de recursos, interrompe a viagem em Moçambique, onde Diogo do Couto, que também voltava à Metrópole, o encontrou vivendo "de amigos". São estes que se cotizam para lhe pagar o resto da viagem de regresso a Lisboa (1569).*

Aqui edita Os Lusíadas, *em 1572, obtendo então do Rei uma tença de 15 000 réis por ano, quantia, ao que parece, exígua e insuficiente para viver. Da sua vida entre a publicação de* Os Lusíadas *e a data da morte, a 10 de junho de 1580, também quase nada se sabe: a tença, que era pelo espaço de três anos, foi sempre renovada, até à morte, passando depois disso para sua mãe, que lhe sobreviveu; mas onde e como morreu Luíz Vaz de Camões? No estado atual dos conhecimentos camonianos tudo o que se diga a este respeito é fantasia. Comparando datas, verifica-se que, de seguro, existe apenas uma coincidência perturbadora: a simultaneidade da sua morte e da perda da independência do país. Quase dois anos antes do 10 de junho de 1580, D. Sebastião enterrara os sonhos do Quinto Império em Alcácer Quibir; três meses depois Filipe II de Espanha será aclamado Rei de Portugal.*

VÍTOR RAMOS

Universidade de S. Paulo

1964

CANTO PRIMEIRO

1 As ARMAS e os barões assinalados
Que, da ocidental praia lusitana,
Por mares nunca de antes navegados,
Passaram ainda além da Taprobana, *
Em perigos e guerras esforçados
Mais do que prometia a força humana,
E entre gente remota edificaram
Novo reino, que tanto sublimaram;

2 E também as memórias gloriosas
Daqueles Reis que foram dilatando
A Fé, o Império, e as terras viciosas [1]
De África e de Ásia andaram devastando,
E aqueles que por obras valerosas
Se vão da lei da morte libertando:
Cantando espalharei por toda parte,
Se a tanto me ajudar o engenho e arte.

3 Cessem do sábio grego e do troiano * [2]
As navegações grandes que fizeram;
Cale-se de Alexandro * e de Trajano *
A fama das vitórias que tiveram;
Que eu canto o peito ilustre lusitano,
A quem Netuno * e Marte * obedeceram.
Cesse tudo o que a Musa * antiga canta,
Que outro valor mais alto se alevanta.

---

(1) "terras viciosas": às quais faltava a religião cristã.

(2) Ulisses e Enéias. "Sábio" no sentido de avisado, prudente, experimentado.

4 E vós, Tágides * minhas, pois criado
Tendes em mim um novo engenho ardente,
Se sempre em verso humilde celebrado
Foi de mim vosso rio alegremente,
Dai-me agora um som alto e sublimado,
Um estilo grandíloquo e corrente,
Por que de vossas águas Febo * ordene
Que não tenham inveja às de Hipocrene. *

5 Dai-me uma fúria[3] grande e sonorosa,
E não de agreste avena ou frauta ruda,
Mas de tuba canora e belicosa,
Que o peito acende e a cor ao gesto muda;
Dai-me igual canto aos feitos da famosa
Gente vossa, que a Marte * tanto ajuda:
Que se espalhe e se cante no universo,
Se tão sublime preço cabe em verso.

6 E vós, ó bem-nascida segurança[4]
Da lusitana antiga liberdade,
E não menos certíssima esperança
De aumento da pequena cristandade,
Vós, ó novo temor da maura * lança,
Maravilha fatal da nossa idade,
(Dada ao mundo por Deus, que todo o mande
Para do mundo a Deus dar parte grande);

7 Vós, tenro e novo ramo florescente
De uma árvore, de Cristo mais amada
Que nenhuma nascida no Ocidente,
Cesárea * ou Cristianíssima * chamada,
(Vede-o no vosso escudo, que presente
Vos amostra a vitória já passada,
Na qual vos deu por armas e deixou
As que Ele para si na Cruz tomou);

---

(3) "fúria": inspiração, transporte que leva ao delírio poético.

(4) "E vós, ó bem-nascida segurança..." princípio da dedicatória a D. Sebastião, que se estende até ao fim da estância 18.

8 Vós, poderoso Rei, cujo alto império
O Sol, logo em nascendo, vê primeiro;
Vê-o também no meio do hemisfério,
E quando desce o deixa derradeiro;
Vós, que esperamos jugo e vitupério
Do torpe ismaelita * cavaleiro,
Do turco oriental e do gentio
Que inda bebe o licor do santo rio:

9 Inclinai por um pouco a majestade
Que nesse tenro gesto vos contemplo,
Que já se mostra qual na inteira idade,
Quando subindo ireis ao eterno templo;
Os olhos da real benignidade
Ponde no chão: vereis um novo exemplo
De amor dos pátrios feitos valerosos,
Em versos divulgado numerosos.

10 Vereis amor da pátria, não movido
De prêmio vil, mas alto e quase eterno;
Que não é prêmio vil ser conhecido
Por um pregão do ninho meu paterno.
Ouvi: vereis o nome engrandecido
Daqueles de quem sois senhor superno,
E julgareis qual é mais excelente,
Se ser do mundo Rei, se de tal gente.

11 Ouvi: que não vereis com vãs façanhas,
Fantásticas, fingidas, mentirosas,
Louvar os vossos, como nas estranhas
Musas, de engrandecer-se desejosas:
As verdadeiras vossas são tamanhas
Que excedem as sonhadas, fabulosas,
Que excedem Rodamonte * e o vão Rugeiro *
E Orlando, * inda que fora verdadeiro.

12 Por estes vos darei um Nuno * fero,
Que fez ao Rei e ao reino tal serviço,
Um Egas * e um Dom Fuas, * que de Homero
A cítara para eles só cobiço.
Pois pelos Doze Pares * dar-vos quero
Os Doze de Inglaterra e o seu Magriço. *
Dou-vos também aquele ilustre Gama, *
Que para si de Enéias * toma a fama.

13 Pois se, a troco de Carlos, * Rei de França,
Ou de César, * quereis igual memória,
Vede o primeiro Afonso, * cuja lança
Escura faz qualquer estranha glória,
E aquele que a seu reino a segurança [5]
Deixou, co'a grande e próspera vitória;
Outro Joane, * invicto cavaleiro,
O quarto e quinto Afonsos * e o terceiro.

14 Nem deixarão meus versos esquecidos
Aqueles que, nos reinos lá da Aurora, *
Se fizeram por armas tão subidos,
Vossa bandeira sempre vencedora:
Um Pacheco * fortíssimo e os temidos
Almeidas, * por quem sempre o Tejo chora,
Albuquerque * terríbil, Castro * forte,
E outros em quem poder não teve a morte.

15 E, enquanto eu estes canto e a vós não posso,
Sublime Rei, que não me atrevo a tanto,
Tomai as rédeas vós do reino vosso,
Dareis matéria a nunca ouvido canto.
Comecem a sentir o peso grosso
(Que pelo mundo todo faça espanto)
De exércitos e feitos singulares
De África as terras e do Oriente os mares.

---

(5) D. João I, que garantiu a independência de Portugal na batalha de Aljubarrota.

16 Em vós os olhos tem o mouro * frio,
Em quem vê seu exício afigurado;
Só com vos ver o bárbaro gentio
Mostra o pescoço ao jugo já inclinado;
Tétis * todo o cerúleo senhorio [6]
Tem para vós por dote aparelhado;
Que, afeiçoada ao gesto belo e tenro,
Deseja de comprar-vos para genro.

17 Em vós se vêm, da Olímpica morada,
Dos dois avôs [7] as almas cá famosas;
Uma, na paz angélica dourada,
Outra, pelas batalhas sanguinosas.
Em vós esperam ver-se renovada
Sua memória e obras valerosas;
E lá vos têm lugar, no fim da idade,
No templo da suprema eternidade.

18 Mas enquanto este tempo passa lento
De regerdes os povos, que o desejam,
Dai vós favor ao novo atrevimento,
Para que estes meus versos vossos sejam;
E vereis ir cortando o salso argento
Os vossos Argonautas, * por que vejam
Que são vistos de vós no mar irado,
E costumai-vos já a ser invocado.

19 Já no largo oceano navegavam,
As inquietas ondas apartando;
Os ventos brandamente respiravam,
Das naus as velas côncavas inchando;
Da branca escuma os mares se mostravam
Cobertos, onde as proas vão cortando
As marítimas águas consagradas,
Que do gado de Próteu * são cortadas,

(6) O "cerúleo senhorio" de Tétis é o império do mar.

(7) Refere-se Camões a D. João III, avô paterno de D. Sebastião, e a Carlos V, seu avô materno.

20 Quando os deuses no Olimpo * luminoso,
Onde o governo está da humana gente,
Se ajuntam em consílio glorioso,
Sobre as cousas futuras do Oriente.
Pisando o cristalino céu fermoso,
Vêm pela Via-Láctea * juntamente,
Convocados da parte de Tonante, *
Pelo neto gentil do velho Atlante. *

21 Deixam dos Sete Céus o regimento,[8]
Que do poder mais alto lhe foi dado,
Alto poder, que só co'o pensamento
Governa o céu, a terra e o mar irado.
Ali se acharam juntos, num momento,
Os que habitam o Arcturo * congelado
E os que o Austro * têm e as partes onde
A Aurora * nasce e o claro Sol se esconde.

22 Estava o Padre * ali, sublime e dino,
Que vibra os feros raios de Vulcano, *
Num assento de estrelas cristalino,
Com gesto alto, severo e soberano.
Do rosto respirava um ar divino,
Que divino tornara um corpo humano;
Com uma coroa e cetro rutilante,
De outra pedra mais clara que diamante.

23 Em luzentes assentos, marchetados
De ouro e de perlas, mais abaixo estavam
Os outros deuses, todos assentados
Como a razão e a ordem concertavam:
Precedem os antigos, mais honrados,
Mais abaixo os menores se assentavam;
Quando Júpiter * alto, assim dizendo,
Co'um tom de voz começa grave e horrendo:[9]

---

(8) Os "Sete Céus" do sistema ptolemaico, regidos por Mercúrio, Vênus, Marte, Júpiter, Saturno, o Sol (Febo) e a Lua (Diana).

(9) "horrendo": que provoca temor, respeito.

24 — Eternos moradores do luzente,
Estelífero pólo e claro assento:
Se do grande valor da forte gente
De Luso * não perdeis o pensamento,
Deveis de ter sabido claramente,
Como é dos fados * grandes certo intento,
Que por ela se esqueçam os humanos
De assírios, persas, gregos e romanos.

25 Já lhe foi (bem o vistes) concedido,
Co'um poder tão singelo e tão pequeno,
Tomar ao mouro * forte e guarnecido
Toda a terra que rega o Tejo ameno.
Pois contra o castelhano * tão temido
Sempre alcançou favor do céu sereno.
Assim que sempre, enfim, com fama e glória,
Teve os troféus pendentes da vitória. [10]

26 Deixo, deuses, atrás a fama antiga
Que co'a gente de Rômulo * alcançaram,
Quando com Viriato, * na inimiga
Guerra romana, tanto se afamaram;
Também deixo a memória que os obriga
A grande nome, quando alevantaram
Um por seu capitão, que, peregrino,
Fingiu na cerva espírito divino. [11]

27 Agora vedes bem que, cometendo
O duvidoso mar num lenho leve,
Por vias nunca usadas, não temendo
De Áfrico e Noto * a força, a mais se atreve;
Que, havendo tanto já que as partes vendo
Onde o dia é comprido e onde breve,
Inclinam seu propósito e porfia
A ver os berços onde nasce o dia.

---

(10) Os despojos das batalhas vencidas pelos portugueses, que, alegoricamente, ficariam dependurados nos galhos das árvores do campo onde se travara a luta.

(11) Sertório (v. Glossário), que dizia ser inspirado, na luta contra Roma, por uma corça que sempre o acompanhava.

28 Prometido lhe está do fado * eterno,
Cuja alta lei não pode ser quebrada,
Que tenham longos tempos o governo
Do mar que vê do Sol a roxa entrada.[12]
Nas águas têm passado o duro Inverno;
A gente vem perdida e trabalhada;
Já parece bem feito que lhe seja
Mostrada a nova terra que deseja.

29 E porque, como vistes, têm passados
Na viagem tão ásperos perigos,
Tantos climas e céus exprimentados,
Tanto furor de ventos inimigos,
Que sejam, determino, agasalhados
Nesta costa africana como amigos.
E, tendo guarnecido a lassa frota,
Tornarão a seguir sua longa rota.

30 Estas palavras Júpiter * dizia,
Quando os deuses, por ordem respondendo,
Na sentença um do outro diferia,
Razões diversas dando e recebendo.
O padre Baco * ali não consentia
No que Júpiter * disse, conhecendo
Que esquecerão seus feitos no Oriente,
Se lá passar a lusitana gente.

31 Ouvido tinha aos fados * que viria
Uma gente fortíssima de Espanha
Pelo mar alto, a qual sujeitaria
Da Índia tudo quanto Dóris * banha,
E com novas vitórias venceria
A fama antiga, ou sua ou fosse estranha.
Altamente lhe dói perder a glória
De que Nisa * celebra inda a memória.

---

(12) Neste caso, o Oceano Índico.

32 Vê que já teve o Indo sojugado
E nunca lhe tirou Fortuna * ou caso
Por vencedor da Índia ser cantado
De quantos bebem a água de Parnaso. *
Teme agora que seja sepultado
Seu tão célebre nome em negro vaso
De água do esquecimento, se lá chegam
Os fortes portugueses que navegam.

33 Sustentava contra ele Vênus * bela,
Afeiçoada à gente lusitana,
Por quantas qualidades via nela
Da antiga tão amada sua romana;
Nos fortes corações, na grande estrela
Que mostraram na terra tingitana, *
E na língua, na qual quando imagina,
Com pouca corrupção crê que é a latina.

34 Estas causas moviam Citeréia, *
E mais, porque das Parcas * claro entende
Que há de ser celebrada, a clara déia,
Onde a gente belígera se estende.
Assim que, um, pela infâmia que arreceia,
E o outro, pelas honras que pretende,
Debatem e na porfia permanecem;
A qualquer seus amigos favorecem.

35 Qual Austro * fero ou Bóreas, * na espessura
De silvestre arvoredo abastecida,
Rompendo os ramos vão da mata escura,
Com ímpeto e braveza desmedida;
Brama toda a montanha, o som murmura,
Rompem-se as folhas, ferve a serra erguida:
Tal andava o tumulto, levantado
Entre os deuses, no Olimpo * consagrado.

36 Mas Marte, * que da deusa sustentava
Entre todas as partes em porfia,
Ou porque o amor antigo o obrigava,
Ou porque a gente forte o merecia,
De entre os deuses em pé se levantava
(Merencório no gesto parecia),
O forte escudo, ao colo pendurado,
Deitando para trás, medonho e irado.

37 A viseira do elmo de diamante
Alevantando um pouco, mui seguro,
Por dar seu parecer se pôs diante
De Júpiter, * armado, forte e duro;
E dando uma pancada penetrante
Co'o conto do bastão no sólio puro,
O céu tremeu, e Apolo, * de torvado,
Um pouco a luz perdeu, como enfiado.

38 E disse assim: — Ó Padre, * a cujo império
Tudo aquilo obedece que criaste:
Se esta gente que busca outro hemisfério,
Cuja valia e obras tanto amaste,
Não queres que padeçam vitupério,
Como há já tanto tempo que ordenaste,
Não ouças mais, pois és juiz direito,
Razões de quem parece que é suspeito.

39 Que, se aqui a razão se não mostrasse
Vencida do temor demasiado,
Bem fora que aqui Baco * os sustentasse,
Pois que de Luso * vem, seu tão privado;
Mas esta tenção sua agora passe,
Porque enfim vem de estâmago danado;
Que nunca tirará alheia inveja
O bem que outrem merece e o céu deseja.

40 E tu, Padre * de grande fortaleza,
Da determinação que tens tomada
Não tornes por detrás, pois é fraqueza
Desistir-se da cousa começada.
Mercúrio, * pois excede em ligeireza
Ao vento leve e à seta bem talhada,
Lhe vá mostrar a terra onde se informe
Da Índia, e onde a gente se reforme.

41 Como isto disse, o Padre * poderoso,
A cabeça inclinando, consentiu
No que disse Mavorte * valeroso
E néctar sobre todos esparziu.
Pelo Caminho Lácteo * glorioso
Logo cada um dos deuses se partiu
Fazendo seus reais acatamentos, [13]
Para os determinados aposentos.

42 Enquanto isto se passa na fermosa
Casa etérea do Olimpo * onipotente,
Cortava o mar a gente belicosa
Já lá da banda do Austro * e do Oriente,
Entre a costa etiópica e a famosa
Ilha de São Lourenço, * e o Sol ardente
Queimava então os deuses que Tifeu *
Co'o temor grande em peixes converteu.

43 Tão brandamente os ventos os levavam
Como quem o céu tinha por amigo;
Sereno o ar e os tempos se mostravam,
Sem nuvens, sem receio de perigo.
O promontório Prasso * já passavam
Na costa de Etiópia, * nome antigo,
Quando o mar, descobrindo, lhe mostrava
Novas ilhas, que em torno cerca e lava.

---

(13) Fazendo reverências ao Rei.

44 Vasco da Gama,* o forte Capitão,
Que a tamanhas empresas se oferece,
De soberbo e de altivo coração,
A quem Fortuna * sempre favorece,
Para se aqui deter não vê razão,
Que inabitada a terra lhe parece.
Por diante passar determinava,
Mas não lhe sucedeu como cuidava.

45 Eis aparecem logo em companhia
Uns pequenos batéis, que vêm daquela
Que mais chegada à terra parecia,
Cortando o longo mar com longa vela.
A gente se alvoroça e, de alegria,
Não sabe mais que olhar a causa dela.
— Que gente será esta? (em si diziam)
Que costumes, que lei, que Rei teriam?

46 As embarcações eram na maneira
Mui velozes, estreitas e compridas;
As velas com que vêm eram de esteira,
Dumas folhas de palma, bem tecidas;
A gente da cor era verdadeira
Que Fáeton,* nas terras acendidas,
Ao mundo deu, de ousado e não prudente;
O Pado * o sabe e Lampetusa * o sente.

47 De panos de algodão vinham vestidos,
De várias cores, brancos e listrados,
Uns trazem derredor de si cingidos
Outros em modo airoso sobraçados;
Das cintas para cima vêm despidos;
Por armas têm adagas e terçados.
Com toucas na cabeça; e, navegando,
Anafis sonorosos vão tocando.

48 Co'os panos e co'os braços acenavam
Às gentes lusitanas, que esperassem;
Mas já as proas ligeiras se inclinavam,
Para que junto às ilhas amainassem.
A gente e marinheiros trabalhavam
Como se aqui os trabalhos se acabassem;
Tomam velas, amaina-se a verga alta,
Da âncora o mar ferido em cima salta.

49 Não eram ancorados, quando a gente
Estranha pelas cordas já subia.
No gesto ledos vêm, e humanamente
O Capitão sublime os recebia.
As mesas manda pôr em continente;
Do licor que Lieu * prantado havia
Enchem vasos de vidro, e do que deitam
Os de Fáeton * queimados nada enjeitam.

50 Comendo alegremente, perguntavam,
Pela arábica língua, donde vinham,
Quem eram, de que terra, que buscavam,
Ou que partes do mar corrido tinham?
Os fortes lusitanos lhe tornavam
As discretas respostas que convinham:
— Os portugueses somos do Ocidente,
Imos buscando as terras do Oriente.

51 Do mar temos corrido e navegado
Toda a parte do Antártico * e Calisto, *
Toda a costa africana rodeado;
Diversos céus e terras temos visto;
Dum Rei potente somos, tão amado,
Tão querido de todos e benquisto,
Que não no largo mar, com leda fronte,
Mas no lago entraremos de Aqueronte. * [14]

(14) i. e.: que chegaremos até ao Inferno.

52 E por mandado seu buscando andamos
A terra oriental que o Indo rega;
Por ele o mar remoto navegamos,
Que só dos feios focas se navega.
Mas já razão parece que saibamos,
Se entre vós a verdade não se nega,
Quem sois, que terra é esta que habitais,
Ou se tendes da Índia alguns sinais.

53 — Somos, um dos das Ilhas lhe tornou,
Estrangeiros na terra, lei e nação;
Que os próprios são aqueles que criou
A natura, sem lei e sem razão.
Nós temos a lei certa que ensinou
O claro descendente de Abraão, *
Que agora tem do mundo o senhorio:
A mãe hebréia * teve e o pai gentio.

54 Esta ilha pequena que habitamos
É em toda esta terra certa escala,
De todos os que as ondas navegamos,
De Quíloa, * de Mombaça * e de Sofala. *
E, por ser necessária, procuramos,
Como próprios da terra, de habitá-la;
E por que tudo enfim vos notifique,
Chama-se a pequena ilha — Moçambique. *

55 E já que de tão longe navegais,
Buscando o Indo Idaspe * e terra ardente,
Piloto aqui tereis, por quem sejais
Guiados pelas ondas sabiamente.
Também será bem feito que tenhais
Da terra algum refresco, e que o Regente
Que esta terra governa, que vos veja
E do mais necessário vos proveja.

56 Isto dizendo, o mouro * se tornou
A seus batéis com toda a companhia;
Do Capitão e gente se apartou
Com mostras de devida cortesia.
Nisto Febo * nas águas encerrou,
Co'o carro de cristal, o claro dia,
Dando cargo à irmã [15] que alumiasse
O largo mundo, enquanto repousasse.

57 A noite se passou, na lassa frota,
Com estranha alegria e não cuidada,
Por acharem, da terra tão remota,
Nova de tanto tempo desejada.
Qualquer então consigo cuida e nota
Na gente e na maneira desusada,
E como os que na errada seita [16] creram,
Tanto por todo o mundo se estenderam.

58 Da Lua os claros raios rutilavam
Pelas argênteas ondas netuninas, *
As Estrelas os Céus acompanhavam,
Qual campo revestido de boninas;
Os furiosos ventos repousavam
Pelas covas escuras peregrinas;
Porém da armada a gente vigiava,
Como por longo tempo costumava.

59 Mas, assim como a Aurora * marchetada
Os fermosos cabelos espalhou
No céu sereno, abrindo a roxa entrada
Ao claro Hiperiônio, * que acordou,
Começa a embandeirar-se toda a armada
E de toldos alegres se adornou,
Por receber com festas e alegria
O Regedor das ilhas, que partia.

---

(15) A Lua (ou Diana), irmã de Febo (o Sol). São ambos filhos de Júpiter e de Latona.

(16) A religião maometana.

60 Partia, alegremente, navegando,
A ver as naus ligeiras lusitanas,
Com refresco da terra, em si cuidando
Que são aquelas gentes inumanas [17]
Que os aposentos cáspios * habitando,
A conquistar as terras asianas *
Vieram e, por ordem do destino,
O Império tomaram a Constantino. *

61 Recebe o Capitão alegremente
O mouro * e toda sua companhia;
Dá-lhe de ricas peças um presente,
Que só para este efeito já trazia;
Dá-lhe conserva doce e dá-lhe o ardente,
Não usado licor, que dá alegria. [18]
Tudo o mouro * contente bem recebe,
E muito mais contente come e bebe.

62 Está a gente marítima de Luso *
Subida pela enxárcia, de admirada,
Notando o estrangeiro modo e uso
E a linguagem tão bárbara e enleada.
Também o mouro * astuto está confuso,
Olhando a cor, o trajo e a forte armada;
E, perguntando tudo, lhe dizia
Se porventura vinham de Turquia. *

63 E mais lhe diz, também, que ver deseja
Os livros de sua lei, preceito ou fé,
Para ver se conforme à sua seja,
Ou se são dos de Cristo, como crê;
E, por que tudo note e tudo veja,
Ao Capitão pedia que lhe dê
Mostra das fortes armas de que usavam
Quando co'os inimigos pelejavam.

---

(17) Os turcos, que partindo das cercanias do Cáspio, haviam tomado Constantinopla.

(18) O vinho, que os maometanos, pela sua religião, não podem beber.

64 Responde o valeroso Capitão [19]
Por um que a língua escura bem sabia:
— Dar-te-ei, Senhor ilustre, relação
De mim, da lei, das armas que trazia.
Nem sou da terra, nem da geração
Das gentes enojosas [20] de Turquia: *
Mas sou da forte Europa * belicosa,
Busco as terras da Índia tão famosa.

65 A lei tenho d'Aquele a cujo império
Obedece o visíbil e invisíbil,
Aquele que criou todo o hemisfério,
Tudo o que sente e todo o insensíbil;
Que padeceu desonra e vitupério,
Sofrendo morte injusta e insofríbil,
E que do céu à terra, enfim, desceu,
Por subir os mortais da terra ao céu.

66 Deste Deus-Homem, alto e infinito,
Os livros que tu pedes não trazia,
Que bem posso escusar trazer escrito
Em papel o que na alma andar devia.
Se as armas queres ver, como tens dito,
Cumprido esse desejo te seria;
Como amigo as verás, porque eu me obrigo
Que nunca as queiras ver como inimigo.

67 Isto dizendo, manda os diligentes
Ministros amostrar as armaduras:
Vêm arneses e peitos reluzentes,
Malhas finas e lâminas seguras,
Escudos de pinturas diferentes,
Pelouros, espingardas de aço puras,
Arcos e sagitíferas aljavas,
Partazanas agudas, chuças bravas.

(19) O árabe.

(20) Os turcos. Não esquecer, a propósito desta e doutras expressões pejorativas, que elas se inserem num contexto de violência verbal próprio das lutas religiosas.

68 As bombas vêm de fogo, e juntamente
As panelas sulfúreas, tão danosas;
Porém aos de Vulcano * não consente
Que dêem fogo às bombardas temerosas;
Porque o generoso ânimo e valente,
Entre gentes tão poucas e medrosas,
Não mostra quanto pode; e com razão:
Que é fraqueza entre ovelhas ser leão.

69 Porém disto que o mouro * aqui notou,
E de tudo o que viu, com olho atento,
Um ódio certo na alma lhe ficou,
Uma vontade má de pensamento.
Nas mostras e no gesto o não mostrou,
Mas, com risonho e ledo fingimento,
Tratá-los brandamente determina,
Até que mostrar possa o que imagina.

70 Pilotos lhe pedia o Capitão,
Por quem pudesse à Índia ser levado;
Diz-lhe que o largo prêmio levarão
Do trabalho que nisso for tomado.
Promete-lhos o mouro * com tenção
De peito venenoso e tão danado
Que a morte, se pudesse, neste dia,
Em lugar de pilotos lhe daria.

71 Tamanho o ódio foi e a má vontade
Que aos estrangeiros súpito tomou,
Sabendo ser sequazes da verdade
Que o filho de Davi * nos ensinou.
Ó segredos daquela eternidade
A quem juízo algum não alcançou:
Que nunca falte um pérfido inimigo
Àqueles de quem foste tanto amigo!

72 Partiu-se nisto, enfim, co'a companhia,
Das naus o falso mouro * despedido,
Com enganosa e grande cortesia,
Com gesto ledo a todos e fingido.
Cortaram os batéis a curta via
Das águas de Netuno, * e recebido
Na terra do obseqüente ajuntamento,[21]
Se foi o mouro ao cógnito aposento.

73 Do claro assento etéreo, o grão tebano *
Que da paternal coxa foi nascido,
Olhando o ajuntamento lusitano
Ao mouro * ser molesto e aborrecido,
No pensamento cuida um falso engano,
Com que seja de todo destruído.
E, enquanto isto só na alma imaginava,
Consigo estas palavras praticava:

74 — Está do fado * já determinado
Que tamanhas vitórias, tão famosas,
Hajam os portugueses alcançado
Das indianas gentes belicosas.
E eu só, filho do Padre * sublimado,
Com tantas qualidades generosas,
Hei de sofrer que o fado * favoreça
Outrem, por quem meu nome se escureça?

75 Já quiseram os deuses que tivesse
O filho de Filipo, * nesta parte,
Tanto poder que tudo sometesse
Debaixo do seu jugo o fero Marte; *
Mas há-se de sofrer que o fado * desse
A tão poucos tamanho esforço e arte,
Que eu, co'o grão macedônio * e romano, *
Demos lugar ao nome lusitano?

---

(21) Recebido em terra pelos outros mouros em posição respeitosa (Obseqüente).

76 Não será assim, porque, antes que chegado
Seja este Capitão, astutamente
Lhe será tanto engano fabricado
Que nunca veja as partes do Oriente.
Eu descerei à Terra e o indignado
Peito revolverei da maura * gente;
Porque sempre por via irá direita
Quem do oportuno tempo se aproveita.

77 Isto dizendo, irado e quase insano,
Sobre a terra africana descendeu,
Onde, vestindo a forma e gesto humano,
Para o Prasso * sabido se moveu;
E, por melhor tecer o astuto engano,
No gesto natural se converteu[22]
Dum mouro, * em Moçambique * conhecido,
Velho, sábio, e co'o Xeque mui valido.

78 E entrando assim a falar-lhe, a tempo e horas
A sua falsidade acomodadas,
Lhe diz como eram gentes roubadoras
Estas que ora de novo são chegadas;
Que das nações na costa moradoras
Correndo a fama veio, que roubadas
Foram por estes homens, que passavam,
Que com pactos de paz sempre ancoravam.

79 — E sabe mais, lhe diz, como entendido
Tenho destes cristãos sanguinolentos,
Que quase todo o mar têm destruído
Com roubos, com incêndios violentos;
E trazem já de longe engano urdido
Contra nós; e que todos os seus intentos
São para nos matarem e roubarem,
E mulheres e filhos cativarem.

(22) Tomou o aspecto dum mouro.

80 E também sei que tem determinado
De vir por água a terra, muito cedo,
O Capitão, dos seus acompanhado,
Que da tenção danada nasce o medo.
Tu deves de ir, também co'os teus armado
Esperá-lo em cilada, oculto e quedo;
Porque, saindo a gente descuidada,
Cairão facilmente na cilada.

81 E se inda não ficarem deste jeito
Destruídos ou mortos totalmente,
Eu tenho imaginada no conceito
Outra manha e ardil que te contente:
Manda-lhe dar piloto que de jeito
Seja astuto no engano, e tão prudente
Que os leve aonde sejam destruídos,
Desbaratados, mortos ou perdidos.

82 Tanto que estas palavras acabou
O mouro, * nos tais casos sábio e velho,
Os braços pelo colo lhe lançou,
Agradecendo muito o tal conselho;
E logo nesse instante concertou
Para a guerra o belígero aparelho,
Para que ao português se lhe tornasse
Em roxo sangue a água que buscasse.

83 E busca mais, para o cuidado engano,
Mouro * que por piloto à nau lhe mande,
Sagaz, astuto e sábio em todo o dano,
De quem fiar se possa um feito grande.
Diz-lhe que, acompanhando o Lusitano,
Por tais costas e mares com ele ande
Que, se daqui escapar, que lá diante
Vá cair onde nunca se alevante.

84 Já o raio apolíneo * visitava
Os Montes Nabateios * acendido,
Quando o Gama * co'os seus determinava
De vir por água a terra apercebido.[23]
A gente nos batéis se concertava
Como se fosse o engano já sabido;
Mas pôde suspeitar-se facilmente,
Que o coração pressago nunca mente.

85 E mais também mandado tinha a terra,
De antes, pelo piloto necessário,
E foi-lhe respondido em som de guerra,
Caso do que cuidava mui contrário;
Por isto, e porque sabe quanto erra
Quem se crê de seu pérfido adversário,
Apercebido vai como podia
Em três batéis somente que trazia.

86 Mas os mouros * que andavam pela praia,
Por lhe defender[24] a água desejada,
Um de escudo embraçado e de azagaia,
Outro de arco encurvado e seta ervada,
Esperam que a guerreira gente saia,
Outros muitos já postos em cilada.
E, porque o caso leve se lhe faça,
Põem uns poucos diante por negaça.

87 Andam pela ribeira alva, arenosa,
Os belicosos mouros * acenando
Com a adarga e co'a hástea[25] perigosa,
Os fortes portugueses incitando.
Não sofre muito a gente generosa
Andar-lhe os Cães[26] os dentes amostrando;
Qualquer em terra salta, tão ligeiro,
Que nenhum dizer pode que é primeiro:

---

(23) Precavido, armado.
(24) Proibir.
(25) Com o escudo e a lança.
(26) Os mouros (v. nota 20).

88 Qual no corro sanguino[27] o ledo amante,
Vendo a fermosa dama desejada,
O touro busca, e pondo-se diante,
Salta, corre, sibila, acena e brada,
Mas o animal atroce, nesse instante,
Com a fronte cornígera inclinada,
Bramando, duro corre e os olhos cerra,
Derriba, fere e mata e põe por terra.

89 Eis nos batéis o fogo se levanta
Na furiosa e dura artilharia,
A plúmbea péla mata, o brado espanta,
Ferido, o ar retumba e assobia.
O coração dos mouros * se quebranta,
O temor grande o sangue lhe resfria.
Já foge o escondido, de medroso,
E morre o descoberto aventuroso.

90 Não se contenta a gente portuguesa,
Mas, seguindo a vitória, estrui e mata;
A povoação sem muro e sem defesa
Esbombardeia, acende e desbarata.
Da cavalgada ao mouro * já lhe pesa,
Que bem cuidou comprá-la mais barata;
Já blasfema da guerra, e maldizia,
O velho inerte e a mãe que o filho cria.

91 Fugindo, a seta o mouro * vai tirando
Sem força, de covarde e de apressado,
A pedra, o pau e o canto[28] arremessando;
Dá-lhes armas o furor desatinado.
Já a ilha, e todo o mais, desamparando,
À terra firme[29] foge amedrontado;
Passa e corta do mar o estreito braço
Que a ilha em torno cerca, em pouco espaço.

---

(27) O curro sanguinário, o lugar onde se realizam as corridas de touros.

(28) Pedra (v. o Glossário, em *Igreja*).

(29) Para a terra firme.

92 Uns vão nas almadias carregadas,
Um corta o mar a nado, diligente;
Quem[30] se afoga nas ondas encurvadas,
Quem bebe o mar e o deita juntamente.
Arrombam as miúdas bombardadas
Os pangaios sutis da bruta gente.
Destarte o português, enfim, castiga
A vil malícia, pérfida, inimiga.

93 Tornam vitoriosos para a armada,
Co'o despojo da guerra e rica presa,
E vão a seu prazer fazer aguada,
Sem achar resistência nem defesa.
Ficava a maura * gente magoada,
No ódio antigo mais que nunca acesa;
E, vendo sem vingança tanto dano,
Somente estriba no segundo engano.

94 Pazes cometer manda, arrependido,
O Regedor daquela iníqua terra,
Sem ser dos lusitanos entendido
Que, em figura de paz, lhe manda guerra;
Porque o piloto falso prometido,
Que toda a má tenção no peito encerra,
Para os guiar à morte lhe mandava,
Como em sinal das pazes que tratava.

95 O Capitão, que já lhe então convinha
Tornar a seu caminho acostumado,
Que tempo concertado e ventos tinha
P'ra ir buscar o Indo desejado,
Recebendo o piloto que lhe vinha,
Foi dele alegremente agasalhado,
E respondendo ao mensageiro, a tento,
Às velas manda dar ao largo vento.

---

(30) quem... quem — uns... outros.

96 Destarte despedida, a forte armada
As ondas de Anfitrite * dividia,
Das filhas de Nereu * acompanhada,
Fiel, alegre e doce companhia.
O Capitão, que não caía em nada
Do enganoso ardil que o mouro * urdia,
Dele mui largamente se informava
Da Índia toda, e costas que passava.

97 Mas o mouro, * instruído nos enganos
Que o malévolo Baco * lhe ensinara,
De morte ou cativeiro novos danos,
Antes que à Índia chegue, lhe prepara.
Dando razão dos portos indianos,
Também tudo o que pede lhe declara,
Que, havendo por verdade o que dizia,
De nada a forte gente se temia.

98 E diz-lhe mais, co'o falso pensamento
Com que Sinon * os frígios * enganou,
Que perto está uma ilha cujo assento
Povo antigo cristão sempre habitou.
O Capitão, que a tudo estàva a tento,
Tanto com estas novas se alegrou
Que com dádivas grandes lhe rogava
Que o leve à terra onde esta gente estava.

99 O mesmo o falso mouro * determina
Que o seguro Cristão lhe manda e pede;
Que a ilha é possuída da malina
Gente que segue o torpe Mahamede *
Aqui o engano e morte lhe imagina,
Porque em poder e forças muito excede
À Moçambique * esta ilha, que se chama
Quíloa, * mui conhecida pela fama.

100 Para lá se inclinava a leda frota;
Mas a deusa em Citera * celebrada,
Vendo como deixava a certa rota
Por ir buscar a morte não cuidada,
Não consente que em terra tão remota
Se perca a gente dela tanto amada,
E com ventos contrários a desvia
Donde o piloto falso a leva e guia.

101 Mas o malvado mouro, * não podendo
Tal determinação levar avante,
Outra maldade iníqua cometendo,
Ainda em seu propósito constante,
Lhe diz que, pois as águas, discorrendo,
Os levaram por força por diante,
Que outra ilha têm perto, cuja gente
Eram cristãos com mouros juntamente.

102 Também nestas palavras lhe mentia,
Como por regimento, enfim, levava,
Que aqui gente de Cristo não havia,
Mas a que a Mahamede * celebrava.
O Capitão, que em tudo o mouro * cria,
Virando as velas, a ilha demandava;
Mas, não querendo a deusa guardadora,
Não entra pela barra, e surge fora.

103 Estava a ilha à terra tão chegada
Que um estreito pequeno a dividia;
Uma cidade nela situada,
Que na fronte do mar aparecia,
De nobres edifícios fabricada,
Como por fora, ao longe, descobria,
Regida por um Rei de antiga idade:
Mombaça * é o nome da ilha e da cidade.

104 E sendo a ela o Capitão chegado,
Estranhamente ledo porque espera
De poder ver o povo batizado,
Como o falso piloto lhe dissera,
Eis vêm batéis da terra com recado
Do Rei, que já sabia a gente que era;
Que Baco * muito de antes o avisara,
Na forma doutro mouro, * que tomara.

105 O recado que trazem é de amigos,
Mas debaixo o veneno vem coberto,
Que os pensamentos eram de inimigos,
Segundo foi o engano descoberto.
Oh! Grandes e gravíssimos perigos,
Oh! Caminho de vida nunca certo,
Que aonde a gente põe sua esperança
Tenha a vida tão pouca segurança!

106 No mar tanta tormenta e tanto dano,
Tantas vezes a morte apercebida;
Na terra tanta guerra, tanto engano,
Tanta necessidade aborrecida!
Onde pode acolher-se um fraco humano,
Onde terá segura a curta vida,
Que não se arme e se indigne o Céu sereno
Contra um bicho da terra tão pequeno?

CANTO SEGUNDO

1 Já neste tempo o lúcido planeta [31]
Que as horas vai do dia distinguindo
Chegava à desejada e lenta meta,
A luz celeste às gentes encobrindo,
E da casa marítima secreta
Lhe estava o deus noturno * a porta abrindo,
Quando as infidas gentes se chegaram
Às naus, que pouco havia que ancoraram.

2 Dentre eles um que traz encomendado
O mortífero engano, assim dizia:
— Capitão valeroso, que cortado
Tens de Netuno * o reino e salsa via,
O Rei que manda esta Ilha, alvoroçado
Da vinda tua, tem tanta alegria
Que não deseja mais que agasalhar-te,
Ver-te e do necessário reformar-te.

3 E porque está em extremo desejoso
De te ver, como cousa nomeada,
Te roga que, de nada receoso,
Entres a barra, tu com toda armada
E porque do caminho trabalhoso
Trarás a gente débil e cansada,
Diz que na terra podes reformá-la,
Que a natureza obriga a desejá-la;

(31) O planeta da luz, o Sol.

4 E se buscando vás mercadoria
Que produze o aurífero Levante,*
Canela, cravo, ardente especiaria
Ou droga salutífera e prestante;
Ou se queres luzente pedraria,
O rubi fino, o rígido diamante,
Daqui levarás tudo tão sobejo
Com que faças o fim a teu desejo.

5 Ao mensageiro o Capitão responde,
As palavras do Rei agradecendo,
E diz que, porque o Sol no mar se esconde,
Não entra para dentro, obedecendo;
Porém que, como[32] a luz mostrar por onde
Vá sem perigo a frota, não temendo,
Cumprirá sem receio seu mandado,
Que a mais por tal senhor está obrigado.

6 Pergunta-lhe depois se estão na terra
Cristãos, como o piloto lhe dizia;
O mensageiro astuto, que não erra,
Lhe diz que a mais da gente em Cristo cria.
Desta sorte do peito lhe desterra
Toda a suspeita e cauta fantasia;[33]
Por onde o Capitão seguramente
Se fia da infiel e falsa gente.

7 E de alguns que trazia, condenados
Por culpas e por feitos vergonhosos,
Por que pudessem ser aventurados
Em casos desta sorte duvidosos,
Manda dois mais sagazes, ensaiados,
Por que notem dos mouros *enganosos
A cidade e poder, e por que vejam
Os Cristãos, que só tanto ver desejam.

---

(32) Quando, logo que.
(33) Todo o pensamento suspeitoso e cauteloso.

8 E por estes ao Rei presentes manda,
Por que a boa vontade que mostrava
Tenha firme, segura, limpa e branda,
A qual bem ao contrário em tudo estava.
Já a companhia pérfida e nefanda
Das naus se despedia e o mar cortava.
Foram com gestos ledos e fingidos,
Os dois da frota em terra recebidos.

9 E depois que ao Rei apresentaram,
Co'o recado, os presentes que traziam,
A cidade correram, e notaram
Muito menos daquilo que queriam;
Que os mouros * cautelosos se guardaram
De lhe mostrarem tudo o que pediam.
Que onde reina a malícia, está o receio
Que a faz imaginar no peito alheio.

10 Mas aquele que sempre a mocidade
Tem no rosto perpétua, e foi nascido
De duas mães, [34] que urdia a falsidade
Por ver o navegante destruído,
Estava numa casa da cidade,
Com rosto humano e hábito fingido,
Mostrando-se cristão, e fabricava
Um altar suntuoso que adorava.

11 Ali tinha em retrato afigurada
Do alto e Santo Espírito a pintura,
A cândida Pombinha, debuxada
Sobre a única Fênix, [35] Virgem pura.
A companhia santa está pintada,
Dos doze, [36] tão torvados na figura
Como os que, só das línguas que caíram
De fogo, várias línguas referiram. [37]

---

(34) Baco, que é representado sempre jovem e teve duas mães: Semele e Júpiter, de cuja coxa nasceu.

(35) A Virgem Maria (porque a Fênix, que renascia das próprias cinzas, se reproduzia sem fecundar.)

(36) Os Doze Apóstolos.

(37) Alusão ao milagre de Pentecostes.

12 Aqui os dois companheiros, conduzidos
Onde com este engano Baco * estava,
Põem em terra os geolhos, e os sentidos
Naquele Deus que o mundo governava.
Os cheiros excelentes, produzidos
Na Pancaia * odorífera, queimava
O Tioneu, * e assim por derradeiro
O falso deus adora o verdadeiro.

13 Aqui foram de noite agasalhados,
Com todo o bom e honesto tratamento,
Os dois cristãos, não vendo que enganados
Os tinha o falso e santo fingimento.[38]
Mas assim como os raios espalhados
Do sol foram no mundo, e num momento
Apareceu no rúbido horizonte
Na moça de Titão * a roxa fronte,

14 Tornam da terra os mouros * co'o recado
Do Rei para que entrassem, e consigo
Os dois que o Capitão tinha mandado,
A quem se o Rei mostrou sincero amigo;
E sendo o português certificado
De não haver receio de perigo
E que gente de Cristo em terra havia,
Dentro no falso rio entrar queria.

15 Dizem-lhe os que mandou, que em terra viram
Sacras aras e sacerdote santo;
Que ali se agasalharam e dormiram
Enquanto a luz cobriu o escuro manto;
E que no Rei e gentes não sentiram
Senão contentamento e gosto tanto
Que não podia, certo, haver suspeita
Numa mostra tão clara e tão perfeita.

---

(38) Falsa aparência, sob aspecto piedoso.

16 Com isto o nobre Gama * recebia
Alegremente os mouros * que subiam;
Que levemente um ânimo se fia
De mostras que tão certas pareciam.
A nau da gente pérfida se enchia,
Deixando a bordo os barcos que traziam.
Alegres vinham todos porque crêem
Que a presa desejada certa têm.

17 Na terra cautamente aparelhavam
Armas e munições, que, como vissem
Que no rio os navios ancoravam,
Neles ousadamente se subissem;
E nesta traïção determinavam
Que os de Luso * de todo destruíssem,
E que, incautos, pagassem deste jeito
O mal que em Moçambique * tinham feito.

18 As âncoras tenazes vão levando,
Com a náutica grita costumada;
Da proa as velas sós ao vento dando,
Inclinam para a barra abalizada.
Mas a linda Ericina, * que guardando
Andava sempre a gente assinalada,
Vendo a cilada grande e tão secreta,
Voa do céu ao mar como uma seta.

19 Convoca as alvas filhas de Nereu, *
Com toda a mais cerúlea companhia,
Que, porque no salgado mar nasceu,
Das águas o poder lhe obedecia.
E propondo-lhe a causa a que desceu,
Com todas juntamente se partia
Para estorvar que a armada não chegasse
Aonde para sempre se acabasse.

20 Já na água erguendo vão, com grande pressa,
Com as argênteas caudas branca escuma;
Cloto * co'o peito corta e atravessa
Com mais furor o mar do que costuma.
Salta Nise, * Nerine * se arremessa
Por cima da água crespa em força suma.
Abrem caminho as ondas encurvadas,
De temor das Nereidas * apressadas.

21 Nos ombros de um Tritão, * com gesto aceso,
Vai a linda Dione * furiosa;
Não sente quem a leva o doce peso,
De soberbo com carga tão fermosa.
Já chegam perto donde o vento teso
Enche as velas da frota belicosa;
Repartem-se e rodeiam nesse instante
As naus ligeiras, que iam por diante.

22 Põe-se a deusa com outras em direito [39]
Da proa capitaina, e ali fechando
O caminho da barra, estão de jeito
Que em vão assopra o vento, a vela inchando.
Põem no madeiro duro o brando peito,
Para detrás a forte nau forçando;
Outras em derredor levando-a estavam
E da barra inimiga a desviavam.

23 Quais para a cova as próvidas formigas,
Levando o peso grande acomodado,
As forças exercitam, de inimigas
Do inimigo inverno congelado;
Ali são seus trabalhos e fadigas,
Ali mostram vigor nunca esperado:
Tais andavam as ninfas, estorvando
À gente portuguesa o fim nefando.

---

(39) Em frente.

24 Torna para detrás a nau, forçada,
Apesar dos que leva, que, gritando,
Mareiam velas; ferve a gente irada,
O leme a um bordo e a outro atravessando.
O mestre astuto em vão da popa brada,
Vendo como diante ameaçando
Os estava um marítimo penedo,
Que de quebrar-lhe a nau lhe mete medo.

25 A celeuma medonha se alevanta
No rudo marinheiro que trabalha;
O grande estrondo a maura * gente espanta
Como se vissem hórrida batalha.
Não sabem a razão de fúria tanta,
Não sabem nesta pressa quem lhe valha;
Cuidam que seus enganos são sabidos
E que hão de ser por isso aqui punidos.

26 Ei-los subitamente se lançavam
A seus batéis velozes que traziam;
Outros em cima o mar alevantavam
Saltando na água, a nado se acolhiam;
De um bordo e doutro súbito saltavam,
Que o medo os compelia do que viam;
Que antes querem ao mar aventurar-se
Que nas mãos inimigas entregar-se.

27 Assim como em selvática alagoa
As rãs, no tempo antigo lícia * gente,
Se sentem porventura vir pessoa,
Estando fora da água incautamente,
Daqui e dali saltando (o charco soa),
Por fugir ao perigo que se sente,
E, acolhendo-se ao couto que conhecem,
Sós as cabeças na água lhe aparecem:

28 Assim fogem os mouros, * e o piloto,
Que ao perigo grande as naus guiara,
Crendo que seu engano estava noto,
Também foge, saltando na água amara.
Mas, por não darem no penedo imoto,
Onde percam a vida doce e cara,
A âncora solta logo a capitaina,
Qualquer das outras junto dela amaina.

29 Vendo o Gama, * atentado, a estranheza [40]
Dos mouros, * não cuidada, e juntamente
O piloto fugir-lhe com presteza,
Entende o que ordenava a bruta gente;
E vendo, sem contraste e sem braveza
Dos ventos ou das águas sem corrente,
Que a nau passar avante não podia,
Havendo-o por milagre, assim dizia:

30 — Oh! Caso grande, estranho e não cuidado,
Oh! Milagre claríssimo e evidente,
Oh! Descoberto engano inopinado,
Oh! Pérfida, inimiga e falsa gente!
Quem poderá do mal aparelhado
Livrar-se sem perigo, sabiamente,
Se lá de cima a Guarda Soberana
Não acudir à fraca força humana?

31 Bem nos mostra a Divina Providência
Destes portos a pouca segurança;
Bem claro temos visto na aparência
Que era enganada a nossa confiança.
Mas pois saber humano nem prudência
Enganos tão fingidos não alcança,
Ó tu, Guarda Divina, tem cuidado
De quem sem ti não pode ser guardado!

---

(40) Vendo o Gama, então já atento, a estranha forma de proceder dos Mouros.

32 E, se te move tanto a piedade
Desta mísera gente peregrina,
Que, só por tua altíssima bondade,
Da gente a salvas pérfida e malina,
Nalgum porto seguro de verdade
Conduzir-nos, já agora, determina,
Ou nos amostra a terra que buscamos,
Pois só por teu serviço navegamos.

33 Ouviu-lhe estas palavras piedosas
A fermosa Dione * e, comovida,
Dentre as ninfas * se vai, que saudosas
Ficaram desta súbita partida.
Já penetra as estrelas luminosas,
Já na Terceira esfera [41] recebida
Avante passa, e lá no Sexto Céu, [42]
P'ra onde estava o Padre, * se moveu.

34 E, como ia afrontada do caminho,
Tão fermosa no gesto se mostrava
Que as estrelas e o céu e o ar vizinho
E tudo quanto a via, namorava.
Dos olhos, onde faz seu filho o ninho,
Nuns espíritos vivos inspirava
Com que os pólos gelados acendia,
E tornava do Fogo a Esfera, fria. [43]

35 E, por mais namorar o Soberano
Padre, * de quem foi sempre amada e cara,
Se lhe apresenta assim como ao troiano, *
Na selva Idéia, * já se apresentara.
Se a vira o caçador que o vulto humano
Perdeu, vendo Diana * na água clara,
Nunca os famintos galgos o mataram,
Que primeiro desejos o acabaram.

(41) No sistema ptolemaico, a terceira esfera é a do planeta Vênus.

(42) O sexto céu é o do planeta Júpiter.

(43) Segundo Ptolomeu, a Terra estava contida numa Esfera de Fogo. Camões diz hiperbolicamente que o olhar de Vênus difundia tanto calor que, em comparação com ele, essa Esfera ficava gelada.

36 Os crespos fios de ouro se esparziam
Pelo colo que a neve escurecia;
Andando, as lácteas tetas lhe tremiam,
Com quem Amor * brincava e não se via.
Da alva petrina flamas lhe saíam,
Onde o Menino as almas acendia.
Pelas lisas colunas lhe trepavam
Desejos, que como hera se enrolavam.

37 Co'um delgado cendal as partes cobre
De quem vergonha é natural reparo;
Porém nem tudo esconde nem descobre
O véu, dos roxos lírios pouco avaro;
Mas, para que o desejo acenda e dobre,
Lhe põe diante aquele objeto raro.
Já se sentem no céu, por toda a parte,
Ciúmes em Vulcano, * amor em Marte. *

38 E mostrando no angélico semblante
Co'o riso uma tristeza misturada,
Como dama que foi do incauto amante
Em brincos amorosos mal tratada,
Que se aqueixa e se ri num mesmo instante
E se torna entre alegre magoada,
Destarte a deusa a quem nenhuma iguala,
Mais mimosa que triste, ao Padre * fala:

39 — Sempre eu cuidei, ó Padre * poderoso,
Que, para as cousas que eu do peito amasse,
Te achasse brando, afábil e amoroso,
Posto que a algum contrário lhe pesasse;
Mas, pois que contra mim te vejo iroso,
Sem que to merecesse nem te errasse,
Faça-se como Baco * determina;
Assentarei, enfim, que fui mofina.

40 Este povo, que é meu, por quem derramo
As lágrimas que em vão caídas vejo,
Que assaz de mal lhe quero pois que o amo,
Sendo tu tanto contra meu desejo,
Por ele a ti rogando, choro e bramo,
E contra minha dita enfim pelejo.
Ora pois, porque o amo, é mal tratado,
Quero-lhe querer mal: será guardado.

41 Mas moura,[44] enfim, nas mãos das brutas gentes,
Que pois eu fui. . . — E nisto, de mimosa,
O rosto banha em lágrimas ardentes,
Como co'o orvalho fica a fresca rosa.
Calada um pouco, como se entre os dentes
Lhe impedira a fala piedosa,
Torna a segui-la; e, indo por diante,
Lhe atalha o poderoso e grão Tonante. *

42 E destas brandas mostras comovido,
Que moveram de um tigre o peito duro,
Co'o vulto[45] alegre, qual, do céu subido,
Torna sereno e claro o ar escuro,
As lágrimas lhe alimpa e, acendido,
Na face a beija e abraça o colo puro.
De modo que dali, se só se achara,
Outro novo Cupido * se gerara.

43 E, co'o seu apertando o rosto amado,
Que os soluços e lágrimas aumenta,
Como menino da ama castigado,
Que quem no afaga o choro lhe acrescenta
Por lhe pôr em sossego o peito irado,
Muitos casos futuros lhe apresenta,
Dos fados * as entranhas revolvendo.
Desta maneira, enfim, lhe está dizendo:

---

(44) Morra.
(45) Rosto.

44 — Fermosa filha minha, não temais
Perigo algum nos vossos lusitanos,
Nem que ninguém comigo possa mais
Que esses chorosos olhos soberanos;
Que eu vos prometo, filha, que vejais
Esquecerem-se gregos e romanos,
Pelos ilustres feitos que esta gente
Há de fazer nas partes do Oriente.

45 Que, se o facundo Ulisses * escapou
De ser na Ogígia* ilha eterno escravo,
E se Antenor * os seios penetrou
Ilíricos * e a fonte de Timavo, *
E se o piedoso Enéias * navegou
De Cila * e de Caríbdis * o mar bravo,
Os vossos, mores cousas atentando,
Novos mundos ao mundo irão mostrando.

46 Fortalezas, cidades e altos muros
Por eles vereis, filha, edificados;
Os turcos belacíssimos e duros
Deles sempre vereis desbaratados.
Os reis da Índia, livres e seguros,
Vereis ao Rei potente sojugados,
E por eles, de tudo enfim senhores,
Serão dadas na terra leis melhores.

47 Vereis este [46] que agora, pressuroso,
Por tantos medos o Indo vai buscando,
Tremer dele Netuno, * de medroso,
Sem vento suas águas encrespando. [47]
Oh! Caso nunca visto e milagroso,
Que trema e ferva o mar, em calma estando!
Oh! Gente forte e de altos pensamentos,
Que também dela hão medo os elementos!

---

(46) Vasco da Gama.

(47) Alusão ao maremoto que se verificou na costa do Cambaia, durante a 3.ª viagem de Vasco da Gama à Índia.

48 Vereis a terra que a água lhe tolhia
Que inda há de ser um porto mui decente,
Em que vão descansar da longa via
As naus que navegarem do Ocidente.
Toda esta costa, enfim, que agora urdia
O mortífero engano, obediente
Lhe pagará tributos, conhecendo
Não poder resistir ao Luso * horrendo.[48]

49 E vereis o Mar Roxo, * tão famoso,
Tornar-se-lhe amarelo, de enfiado;
Vereis de Ormuz * o reino poderoso
Duas vezes tomado e sojugado.
Ali vereis o mouro * furioso
De suas mesmas setas traspassado;
Que quem vai contra os vossos, claro veja
Que, se resiste, contra si peleja.

50 Vereis a inexpugnábil Dio * forte
Ali se mostrará seu preço e sorte,
Que dois cercos terá, dos vossos sendo.
Feitos de armas grandíssimos fazendo.
Invejosos vereis o grão Mavorte *
Do peito lusitano, fero e horrendo.
Do mouro * ali verão que a voz extrema
Do falso Mahamede * ao céu blasfema.

51 Goa * vereis aos mouros * ser tomada,
A qual virá depois a ser senhora
De todo o Oriente, e sublimada
Co'os triunfos da gente vencedora.
Ali, soberba, altiva e exalçada,
Ao gentio que os ídolos adora
Duro freio porá, e a toda a terra
Que cuidar de fazer aos vossos guerra.

---

(48) Que infunde temor.

52 Vereis a fortaleza sustentar-se
De Cananor, * com pouca força e gente;
E vereis Calecu * desbaratar-se,
Cidade populosa e tão potente;
E vereis em Cochim * assinalar-se
Tanto um peito soberbo e insolente,
Que cítara jamais cantou vitória
Que assim mereça eterno nome e glória.

53 Nunca com Marte * instruto [49] e furioso
Se viu ferver Leucate, * quando Augusto *
Nas civis Áctias * guerras, animoso,
O Capitão venceu romano injusto,
Que dos povos da Aurora * e do famoso
Nilo * e do Bactra * Cítico * e robusto
A vitória trazia e presa rica,
Preso da Egípcia * linda e não pudica:

54 Como vereis o mar fervendo aceso
Co'os incêndios dos vossos, pelejando,
Levando o idololatra [50] e o mouro * preso,
De nações diferentes triunfando.
E, sujeita a rica Áurea Quersoneso, *
Até o longínquo China * navegando
E as ilhas mais remotas do Oriente,
Ser-lhe-á todo o oceano obediente.

55 De modo, filha minha, que de jeito
Amostrarão esforço mais que humano,
Que nunca se verá tão forte peito,
Do gangético * mar ao gaditano, *
Nem das boreais ondas ao estreito
Que mostrou o agravado lusitano, [51]
Posto que em todo o mundo, de afrontados,
Ressuscitassem todos os passados.

---

(49) Nunca se viu batalha assim planejada ("Marte instruto"), nem quando Augusto junto de Leucate venceu Marco Antônio (o "Romano injusto"). Para as outras alusões v. Glossário.

(50) Idólatra.

(51) Fernão de Magalhães que "agravado" pelo Rei de Portugal fez a primeira viagem de circunavegação, descobrindo o Estreito que tem hoje o seu nome, ao serviço do Rei de Castela.

56 Como isto disse, manda o consagrado
Filho de Maia * à Terra, por que tenha
Um pacífico porto e sossegado,
P'ra onde sem receio a frota venha;
E, para que em Mombaça, * aventurado,
O forte Capitão se não detenha,
Lhe manda mais que em sonhos lhe mostrasse
A terra onde quieto repousasse.

57 Já pelo ar o Cileneu * voava;
Com as asas nos pés à Terra desce;
Sua vara fatal na mão levava,
Com que os olhos cansados adormece.
Com esta, as tristes almas revocava
Do Inferno, e o vento lhe obedece.
Na cabeça o galero costumado.
E destarte a Melinde * foi chegado.

58 Consigo a Fama * leva, por que diga
Do lusitano o preço grande e raro,
Que o nome ilustre a um certo amor obriga,
E faz, a quem o tem, amado e caro.
Destarte vai fazendo a gente, amiga,
Co'o rumor famosíssimo e preclaro.
Já Melinde * em desejos arde todo
De ver da gente forte o gesto e modo.

59 Dali para Mombaça * logo parte,
Aonde as naus estavam temerosas,
Para que à gente mande que se aparte
Da barra imiga e terras suspeitosas;
Porque mui pouco val esforço e arte
Contra infernais vontades enganosas;
Pouco val coração, astúcia e siso,
Se lá dos céus não vem celeste aviso.

60 Meio caminho a noite tinha andado
E as estrelas no céu, co'a luz alheia,[52]
Tinham o largo mundo alumiado;
E só co'o sono a gente se recreia.
O Capitão ilustre, já cansado
De vigiar a noite que arreceia,
Breve repouso então aos olhos dava,
A outra gente a quartos[53] vigiava;

61 Quando Mercúrio * em sonhos lhe aparece,
Dizendo: — Fuge, fuge, lusitano,
Da cilada que o Rei malvado tece,
Por te trazer ao fim e extremo dano.
Fuge, que o vento e o céu te favorece;
Sereno o tempo tens e o oceano,
E outro Rei mais amigo, noutra parte,
Onde podes seguro agasalhar-te.

62 Não tens aqui senão aparelhado
O hospício que o cru Diomedes * dava,
Fazendo ser manjar acostumado
De cavalos a gente que hospedava;
As aras de Busíris * infamado,
Onde os hóspedes tristes imolava,
Terás certas aqui, se muito esperas.
Fuge das gentes pérfidas e feras!

63 Vai-te ao longo da costa discorrendo
E outra terra acharás de mais verdade,
Lá quase junto donde o Sol, ardendo,
Iguala o dia e noite em quantidade;[54]
Ali tua frota alegre recebendo
Um Rei, com muitas obras de amizade,
Gasalhado seguro te daria
E, para a Índia, certa e sábia guia.[55]

---

(52) Camões, seguindo a antiga astronomia, pensava que as estrelas, tal como os planetas, não tinham luz própria, recebendo-a do Sol.

(53) Divisão da noite em quatro partes para vigia.

(54) Camões refere-se a Melinde que, ficando no Equador, tinha os dias iguais às noites.

(55) "guia" era feminino, em geral, no português clássico.

64 Isto Mercúrio* disse, e o sono leva
Ao Capitão, que, com mui grande espanto,
Acorda e vê ferida a escura treva
De uma súbita luz e raio santo.
E vendo claro quanto lhe releva
Não se deter na terra iníqua tanto,
Com novo esprito ao mestre seu mandava
Que as velas desse ao vento que assoprava.

65 — Dai velas, disse, dai ao largo vento,
Que o céu nos favorece e Deus o manda;
Que um mensageiro vi do claro assento,[56]
Que só em favor de nossos passos anda.
Alevanta-se nisto o movimento
Dos marinheiros, de uma e de outra banda;
Levam gritando as âncoras acima,
Mostrando a ruda força, que se estima.

66 Neste tempo que as âncoras levavam,
Na sombra escura os mouros* escondidos
Mansamente as amarras lhe cortavam,
Por serem, dando à costa, destruídos.
Mas com vista de linces vigiavam
Os portugueses, sempre apercebidos.
Eles, como acordados os sentiram,
Voando, e não remando, lhe fugiram.

67 Mas já as agudas proas apartando
Iam as vias úmidas de argento;[57]
Assopra-lhe galerno o vento e brando,
Com suave e seguro movimento.
Nos perigos passados vão falando,
Que mal se perderão do pensamento
Os casos grandes, donde em tanto aperto
A vida em salvo escapa por acerto.

---

(56) O lugar onde se acham os Deuses (v. I 23 e 24).

(57) As águas brilhantes como prata.

68 Tinha uma volta dado o Sol ardente
E noutra começava, quando viram
Ao longe dois navios, brandamente
Co'os ventos navegando, que respiram.
Porque haviam de ser da maura * gente,
Para eles arribando, as velas viram.
Um, de temor do mal que arreceava,
Por se salvar a gente, à costa dava.

69 Não é o outro, que fica, tão manhoso,
Mas nas mãos vai cair do lusitano,
Sem o rigor de Marte * furioso
E sem a fúria horrenda de Vulcano; * [58]
Que, como fosse débil e medroso
Da pouca gente o fraco peito humano,
Não teve resistência; e, se a tivera,
Mais dano, resistindo, recebera.

70 E, como o Gama * muito desejasse
Piloto para a Índia, que buscava,
Cuidou que entre estes mouros * o tomasse;
Mas não lhe sucedeu como cuidava,
Que nenhum deles há que lhe ensinasse
A que parte dos céus a Índia estava;
Porém dizem-lhe todos que tem perto
Melinde, * onde acharão piloto certo.

71 Louvam do Rei os mouros * a bondade,
Condição liberal, sincero peito,
Magnificência grande e humanidade,
Com partes de grandíssimo respeito.
O Capitão o assela por verdade,
Porque já lho dissera deste jeito
O Cileneu * em sonhos, e partia
Para onde o sonho e o mouro * lhe dizia.

---

(58) Sem combates ou abordagens (rigor de Marte), nem disparos de artilharia (fúria de Vulcano)..

72 Era no tempo alegre quando entrava
No roubador de Europa* a luz Febéia,[59]
Quando um e o outro corno lhe aquentava,
E Flora* derramava o de Amaltéia.*
A memória do dia renovava
O pressuroso Sol, que o céu rodeia,
Em que Aquele a quem tudo está sujeito
O selo pôs a quanto tinha feito;[60]

73 Quando chegava a frota àquela parte
Onde o Reino Melinde* já se via,
De toldos adornada e leda, de arte
Que bem mostra estimar o santo dia.
Treme a bandeira, voa o estandarte,
A cor purpúrea ao longe aparecia;
Soam os atambores e pandeiros;
E assim entravam ledos e guerreiros.

74 Enche-se toda a praia melindana*
Da gente que vem a ver a leda armada,
Gente mais verdadeira e mais humana
Que toda a doutra terra atrás deixada.
Surge diante a frota lusitana,
Pega no fundo a âncora pesada.
Mandam fora um dos mouros* que tomaram,
Por quem sua vinda ao Rei manifestaram.

75 O Rei, que já sabia da nobreza
Que tanto os portugueses engrandece,
Tomarem o seu porto tanto preza
Quanto a gente fortíssima merece;
E com verdadeiro ânimo e pureza,
Que os peitos generosos enobrece,
Lhe manda rogar muito que saíssem,
Para que de seus reinos se servissem.

---

(59) i. e. o mês de abril, em que o Sol (a luz Febéia) entra no signo de Touro (Júpiter metamorfoseou-se em touro para raptar Europa). Para as outras alusões v. Glossário.

(60) Camões refere-se ao Domingo de Páscoa em que "Aquele a quem tudo está sujeito" (Cristo) "pôs o selo a quanto tinha feito" (rematou com a ressurreição todos os milagres anteriores).

76 São oferecimentos verdadeiros
E palavras sinceras, não dobradas,[61]
As que o Rei manda aos nobres cavaleiros
Que tanto mar e terras têm passadas.
Manda-lhe mais lanígeros carneiros
E galinhas domésticas cevadas,
Com as frutas que então na terra havia;
E a vontade à dádiva excedia.

77 Recebe o Capitão alegremente
O mensageiro ledo e seu recado;
E logo manda ao Rei outro presente,
Que de longe trazia aparelhado:
Escarlata purpúrea, cor ardente,
O ramoso coral, fino e prezado,
Que debaixo das águas mole cresce,
E, como é fora delas, se endurece.

78 Manda mais um, na prática elegante
Que co'o Rei nobre as pazes concertasse
E que de não sair, naquele instante,
De suas naus em terra, o desculpasse.
Partido assim o embaixador prestante,
Como na terra ao Rei se apresentasse,
Com estilo que Palas * lhe ensinava,
Estas palavras tais falando orava:

79 — Sublime Rei a quem do Olimpo * puro
Foi da suma justiça concedido
Refrear o soberbo povo duro,
Não menos dele amado, que temido:
Como porto mui forte e mui seguro,
De todo o Oriente conhecido,
Te vimos a buscar, para que achemos
Em ti o remédio certo que queremos.

---

(61) Palavras sem duplo sentido.

80 Não somos roubadores que, passando
Pelas fracas cidades descuidadas,
A ferro e a fogo as gentes vão matando,
Por roubar-lhe as fazendas cobiçadas;
Mas, da soberba Europa* navegando,
Imos buscando as terras apartadas
Da Índia, grande e rica, por mandado
De um Rei que temos, alto e sublimado.

81 Que geração tão dura há i de gente,
Que bárbaro costume e usança feia,
Que não vedem os portos tão-somente,
Mas inda o hospício da deserta areia?
Que má tenção, que peito em nós se sente,
Que de tão pouca gente se arreceia?
Que, com laços armados, tão fingidos,
Nos ordenassem ver-nos destruídos?

82 Mas tu, em quem mui certo confiamos
Achar-se mais verdade, ó Rei benino,
E aquela certa ajuda em ti esperamos
Que teve o perdido Ítaco* em Alcino,*
A teu porto seguros navegamos,
Conduzidos do intérprete divino;
Que, pois a ti nos manda, está mui claro
Que és de peito sincero, humano e raro.

83 E não cuides, ó Rei, que não saísse
O nosso Capitão esclarecido
A ver-te ou a servir-te, porque visse
Ou suspeitasse em ti peito fingido;
Mas saberás que o fez, por que cumprisse
O regimento, em tudo obedecido,
De seu Rei, que lhe manda que não saia,
Deixando a frota, em nenhum porto ou praia.

84 E porque é de vassalos o exercício
Que os membros têm, regidos da cabeça,[62]
Não quererás, pois tens de Rei o ofício,
Que ninguém a seu Rei desobedeça;
Mas as mercês e o grande benefício
Que ora acha em ti, promete que conheça
Em tudo aquilo que ele e os seus puderem,
Enquanto os rios para o mar correrem.

85 Assim dizia; e todos juntamente,
Uns com outros em prática falando,
Louvavam muito o estâmago[63] da gente
Que tantos céus e mares vai passando.
E o Rei ilustre, o peito obediente
Dos portugueses na alma imaginando,
Tinha por valor grande e mui subido
O do Rei que é tão longe obedecido.

86 E, com risonha vista e ledo aspeito,
Responde ao embaixador, que tanto estima:
Toda a suspeita má tirai do peito,
Nenhum frio temor em vós se imprima;
Que vosso preço e obras são de jeito
Para vos ter o mundo em muita estima;
E quem vos fez molesto tratamento
Não pode ter subido pensamento.

87 De não sair em terra toda a gente,
Por observar a usada preminência,
Ainda que me pese estranhamente,
Em muito tenho a muita obediência.
Mas, se lho o regimento não consente,
Nem eu consentirei que a excelência
De peitos tão leais em si desfaça,
Só por que a meu desejo satisfaça.

---

(62) "e porque os vassalos devem obedecer ao seu Rei como os membros obedecem à cabeça..."

(63) Estômago, aqui tomado no sentido, que é ainda atual, de disposição de ânimo, coragem.

88 Porém, como a luz crástina chegada
Ao mundo for,[64] em minhas almadias
Eu irei visitar a forte armada,
Que ver tanto desejo há tantos dias.
E, se vier do mar desbaratada
Do furioso vento e longas vias,
Aqui terá de limpos pensamentos
Piloto, munições e mantimentos.

89 Isto disse; e nas águas se escondia
O filho de Latona, * e o mensageiro,
Co'a embaixada, alegre se partia
Para a frota no seu batel ligeiro.
Enchem-se os peitos todos de alegria,
Por terem o remédio verdadeiro
Para acharem a terra que buscavam;
E assim ledos a noite festejavam.

90 Não faltam ali os raios de artifício,
Os trêmulos cometas imitando;
Fazem os bombardeiros seu ofício,
O céu, a terra e as ondas atroando.
Mostra-se dos Ciclopas * o exercício,
Nas bombas que de fogo estão queimando;
Outros com vozes com que o céu feriam
Instrumentos altíssonos tangiam.

91 Respondem-lhe da terra juntamente,
Co'o raio volteando com zunido;
Anda em giros no ar a roda ardente,
Estoura o pó sulfúreo escondido.
A grita se alevanta ao céu, da gente;
O mar se via em fogos acendido
E não menos a terra; e assim festeja
Um ao outro, a maneira de peleja.

(64) i. e. amanhã.

92 Mas já o céu inquieto, revolvendo,
As gentes incitava a seu trabalho;
E já a mãe de Menon, * a luz trazendo,
Ao sono longo punha certo atalho;
Iam-se as sombras lentas desfazendo,
Sobre as flores da terra, em frio orvalho,
Quando o Rei melindano * se embarcava,
A ver a frota que no mar estava.

93 Viam-se em derredor ferver as praias,
Da gente que a ver só concorre leda;
Luzem da fina púrpura as cabaias,
Lustram os panos da tecida seda.
Em lugar de guerreiras azagaias
E do arco que os cornos arremeda
Da Lua, trazem ramos de palmeira,
Dos que vencem, coroa verdadeira.

94 Um batel grande e largo, que toldado
Vinha de sedas de diversas cores,
Traz o Rei de Melinde, * acompanhado
De nobres de seu reino e de senhores.
Vem de ricos vestidos adornado,
Segundo seus costumes e primores;
Na cabeça, uma fota guarnecida
De ouro, e de seda e de algodão tecida.

95 Cabaia de Damasco rico e dino
Da tíria * cor, entre eles estimada;
Um colar ao pescoço, de ouro fino,
Onde a matéria da obra é superada, [65]
Co'um resplandor reluze adamantino;
Na cinta a rica adaga, bem lavrada;
Nas alparcas dos pés, em fim de tudo,
Cobrem ouro e aljôfar ao veludo.

---

(65) Onde a matéria (o ouro) é superada pelo trabalho do ourives (a obra).

96 Com um redondo amparo[66] alto de seda,
Numa alta e dourada hástea enxerido,
Um ministro à solar quentura veda
Que não ofenda e queime o Rei subido.
Música traz na proa, estranha e leda,
De áspero som, horríssono[67] ao ouvido,
De trombetas arcadas em redondo,
Que, sem concerto, fazem rudo estrondo.

97 Não menos guarnecido, o lusitano,
Nos seus batéis, da frota se partia,
A receber no mar o melindano, *
Com lustrosa e honrada companhia.
Vestido o Gama * vem ao modo hispano,
Mas francesa era a roupa que vestia,
De cetim da Adriática * Veneza, *
Carmesim, cor que a gente tanto preza.

98 De botões de ouro as mangas vêm tomadas,
Onde o Sol, reluzindo, a vista cega;
As calças, soldadescas, recamadas
Do metal que fortuna * a tantos nega; [68]
E com pontas do mesmo, delicadas,
Os golpes do gibão ajunta e achega;
Ao itálico modo a áurea espada;
Pruma[69] na gorra, um pouco declinada.

99 Nos de sua companhia se mostrava
Da tinta que dá o múrice[70] excelente
A vária cor, que os olhos alegrava,
E a maneira do trajo diferente.
Tal o fermoso esmalte se notava
Dos vestidos, olhados juntamente,
Qual aparece o arco rutilante
Da bela ninfa, * filha de Taumante. *

---

(66) Guarda-sol.
(67) De som desagradável.
(68) De ouro.
(69) Pluma.
(70) Molusco donde se extraía a cor púrpura.

100 Sonorosas trombetas incitavam
Os ânimos alegres, ressoando;
Dos mouros os batéis o mar coalhavam,
Os toldos pelas águas arrojando;
As bombardas horríssonas bramavam,
Com as nuvens de fumo o Sol tomando; [71]
Amiúdam-se os brados acendidos,
Tapam com as mãos os mouros * os ouvidos.

101 Já no batel entrou do Capitão
O Rei, que nos seus braços o levava;
Ele, co'a cortesia que a razão
(Por ser Rei) requeria, lhe falava.
Co'umas mostras de espanto e admiração,
O mouro * o gesto e o modo lhe notava,
Como quem em mui grande estima tinha
Gente que de tão longe à Índia vinha.

102 E com grandes palavras lhe oferece
Tudo o que de seus reinos lhe cumprisse;
E que, se mantimento lhe falece,
Como se próprio fosse, lho pedisse.
Diz-lhe mais que, por fama, bem conhece
A gente lusitana, sem que a visse;
Que já ouviu dizer que noutra terra
Com gente de sua lei tivesse guerra;

103 E como por toda África se soa,
Lhe diz, os grandes feitos que fizeram,
Quando nela ganharam a coroa
Do reino onde as Hespéridas * viveram;
E com muitas palavras apregoa
O menos que os de Luso * mereceram
E o mais que pela Fama * o Rei sabia.
Mas desta sorte o Gama * respondia:

(71) As detonações das bombardas.

104 — Ó tu que, só, tiveste piedade,
Rei benigno, da gente lusitana,
Que com tanta miséria e adversidade
Dos mares exprimenta a fúria insana:
Aquela alta e divina eternidade
Que o céu revolve e rege a gente humana,
Pois que de ti tais obras recebemos,
Te pague o que nós outros não podemos.

105 Tu só, e todos quantos queima Apolo, * [72]
Nos recebes em paz, do mar profundo;
Em ti, dos ventos hórridos de Eolo *
Refúgio achamos, bom, fido e jucundo.
Enquanto apascentar o largo pólo
As estrelas; e o sol der lume ao mundo, [73]
Onde quer que eu viver, com fama e glória
Viverão teus louvores em memória.

106 Isto dizendo, os barcos vão remando
Para a frota, que o mouro * ver deseja;
Vão as naus uma e uma rodeando,
Por que de todas tudo note e veja.
Mas para o céu Vulcano * fuzilando,
A frota co'as bombardas o festeja
E as trombetas canoras lhe tangiam;
Co'os anafis os mouros * respondiam.

107 Mas, depois de ser tudo já notado
Do generoso mouro, * que pasmava
Ouvindo o instrumento inusitado,
Que tamanho terror em si mostrava,
Mandava estar quieto e ancorado
Na água o batel ligeiro que os levava,
Por falar de vagar co'o forte Gama *
Nas cousas de que tem notícia e fama.

---

(72) De todos os africanos, queimados por Fáeton (Faetonte) (v. Glossário).

(73) Enquanto o céu (o largo Pólo) alimentar as estrelas, como diz Virgílio (*polus dum sidera pascet*) e era crença na antiguidade.

108 Em práticas o mouro * diferentes
Se deleitava, perguntando agora
Pelas guerras famosas e excelentes
Co'o povo havidas que a Mafoma * adora;
Agora lhe pergunta pelas gentes
De toda a Hespéria * última, onde mora;
Agora, pelos povos seus vizinhos,
Agora,[74] pelos úmidos caminhos.

109 Mas antes, valeroso Capitão,
Nos conta, lhe dizia, diligente,
Da terra tua o clima e região
Do mundo onde morais, distintamente;
E assim de vossa antiga geração,
E o princípio do reino tão potente,
Co'os sucessos das guerras do começo,
Que, sem sabê-las, sei que são de preço.

110 E assim também nos conta dos rodeios
Longos em que te traz o mar irado,
Vendo os costumes bárbaros, alheios,
Que a nossa África ruda tem criado.
Conta, que agora vêm co'os áureos freios
Os cavalos que o carro marchetado
Do novo Sol, da fria Aurora * trazem;[75]
O vento dorme, o mar e as ondas jazem.

111 E não menos co'o tempo se parece
O desejo de ouvir-te o que contares;
Que quem há que por fama não conhece
As obras portuguesas singulares?
Não tanto desviado resplandece
De nós o claro sol, para julgares
Que os melindanos * têm tão rudo peito
Que não estimem muito um grande feito.

---

(74) Agora... agora... agora — ora, ora, ora.

(75) "Que agora vêm... da fria Aurora trazem" — que acaba de nascer o dia.

112 Cometeram soberbos os Gigantes, *
Com guerra vã, o Olimpo * claro e puro;
Tentou Perito * e Téseu, * de ignorantes,
O reino de Plutão, * horrendo e escuro.
Se houve feitos no mundo tão possantes,
Não menos é trabalho ilustre e duro,
Quanto foi cometer inferno e céu,
Que outrem cometa a fúria de Nereu. *

113 Queimou o sagrado templo de Diana, *
Do sutil Tesifônio * fabricado,
Heróstrato, * por ser da gente humana
Conhecido no mundo e nomeado.
Se também com tais obras nos engana
O desejo de um nome avantajado,
Mais razão há que queira eterna glória
Quem faz obras tão dignas de memória.

CANTO TERCEIRO

1 Agora tu, Calíope, * me ensina
O que contou ao Rei o ilustre Gama; *
Inspira imortal canto e voz divina
Neste peito mortal, que tanto te ama.
Assim o claro inventor da Medicina,[76]
De quem Orfeu * pariste, ó linda dama,
Nunca por Dafne, * Clície * ou Leucotoe *
Te negue o amor devido, como soe.

2 Põe tu, Ninfa, * em efeito meu desejo,
Como merece a gente lusitana;
Que veja e saiba o mundo que do Tejo
O licor de Aganipe * corre e mana.
Deixa as flores de Pindo, * que já vejo
Banhar-me Apolo * na água soberana;
Senão direi que tens algum receio
Que se escureça o teu querido Orfeio. *

3 Prontos estavam todos escuitando
O que o sublime Gama * contaria;
Quando, depois de um pouco estar cuidando,
Alevantando o rosto, assim dizia:
— Mandas-me, ó Rei, que conte declarando
De minha gente a grão genealogia;
Não me mandas contar estranha história,
Mas mandas-me louvar dos meus a glória.

---

(76) "o claro inventor da Medicina", pai de Orfeu, é Apolo.

4 Que outrem possa louvar esforço alheio,
Cousa é que se costuma e se deseja;
Mas louvar os meus próprios, arreceio
Que louvor tão suspeito mal me esteja;
E, para dizer tudo, temo e creio
Que qualquer longo tempo curto seja;
Mas, pois o mandas, tudo se te deve;
Irei contra o que devo, e serei breve.

5 Além disso, o que a tudo enfim me obriga
É não poder mentir no que disser,
Porque de feitos tais, por mais que diga,
Mais me há de ficar inda por dizer.
Mas, por que nisto a ordem leve e siga,
Segundo o que desejas de saber,
Primeiro tratarei da larga terra,
Depois direi da sanguinosa guerra.

6 Entre a zona que o Cancro * senhoreia,
Meta setentrional do Sol luzente,
E aquela que por fria se arreceia
Tanto, como a do meio por ardente,
Jaz a soberba Europa, * a quem rodeia
Pela parte do Arcturo * e do Ocidente,
Com suas salsas ondas o oceano,
E, pela Austral, o mar Mediterrano.

7 Da parte donde o dia vem nascendo,
Com Ásia se avizinha; mas o rio
que dos montes Rifeios * vai correndo
Na alagoa Meotis, * curvo e frio,
As divide, e o mar [77] que, fero e horrendo,
Viu dos gregos o irado senhorio,
Onde agora de Tróia * triunfante
Não vê mais que a memória o navegante.

---

(77) O Mar Egeu, que era cheio de escolhos.

8 Lá onde mais debaixo está do pólo,
Os montes Hiperbóreos * aparecem
E aqueles onde sempre sopra Eolo, *
E co'o nome dos sopros se enobrecem.
Aqui tão pouca força têm de Apolo *
Os raios que no mundo resplandecem,
Que a neve está contínuo pelos montes,
Gelado o mar, geladas sempre as fontes.

9 Aqui dos Citas * grande quantidade
Vivem, que antigamente grande guerra
Tiveram, sobre a humana antiguidade,
Co'os que tinham então a egípcia terra.[78]
Mas quem tão fora estava da verdade
(Já que o juízo humano tanto erra),
Para que do mais certo se informara,
Ao campo damasceno * o perguntara.

10 Agora nestas partes se nomeia
A Lápia * fria, a inculta Noruega, *
Escandinávia * ilha, que se arreia[79]
Das vitórias que Itália não lhe nega.
Aqui, enquanto as águas não refreia
O congelado inverno, se navega
Um braço do Sarmático * oceano
Pelo brússio, * suécio * e frio dano. *

11 Entre este mar e o Tânais * vive estranha
Gente — rutenos, * moscos * e livônios * —,
Sármatas * outro tempo; e, na montanha
Hircínia, * os marcomanos * são polônios.
Sujeitos ao império de Alemanha,
São sáxones, * boêmios * e panônios *
E outras várias nações, que o Reno frio
Lava, e o Danúbio, Amasis * e Álbis * rio.

---

(78) Alusão à questão entre os citas e os egípcios sobre qual era a origem da Humanidade. O poeta, nos quatros versos seguintes, depois de reconhecer que ambos estavam errados aconselha-os a procurar a origem da Humanidade no "campo damasceno", isto é na região de Damasco, onde foi criado Adão.

(79) Refere-se Camões aos godos que podiam jactar-se de ter dominado a Itália, onde formaram o Império Ostrogótico.

12 Entre o remoto Istro * e o claro estreito
Aonde Hele * deixou, co'o nome, a vida,
Estão os traces * de robusto peito,
Do fero Marte * pátria tão querida,
Onde, co'o Hemo, * o Ródope * sujeito
Ao otomano * está, que sometida
Bizâncio * tem a seu serviço indino.
Boa injúria do grande Constantino. * [80]

13 Logo de Macedônia estão as gentes,
A quem lava do Áxio * a água fria;
E vós também, ó terras excelentes
Nos costumes, engenhos e ousadia,
Que criastes os peitos eloqüentes
E os juízos de alta fantasia
Com quem tu, clara Grécia, o céu penetras
(E não menos por armas, que por letras).

14 Logo os dálmatas * vivem; e no seio
Onde Antenor * já muros levantou,
A soberba Veneza * está no meio
Das águas, que tão baixa começou. [81]
Da terra um braço [82] vem ao mar, que, cheio
De esforço, nações várias sujeitou;
Braço forte, de gente sublimada
Não menos nos engenhos que na espada.

15 Em torno o cerca o reino netunino, *
Co'os muros naturais por outra parte; [83]
Pelo meio o divide o Apenino, *
Que tão ilustre fez o pátrio Marte; *
Mas, depois que o porteiro tem divino,
Perdendo o esforço veio e bélica arte; [84]
Pobre está já da antiga potestade,
Tanto Deus se contenta de humildade!

---

(80) Bizâncio, ou Constantinopla, estava submetida aos turcos. Daí a "injúria ao grande Constantino" de que fala Camões.
(81) Alusão às origens humildes da poderosa Veneza, fundada no século V pelos que fugiam às invasões de Átila.
(82) O "braço", nos dois sentidos, de península e de poder, é a Itália.
(83) A Cordilheira dos Alpes, que separa a Itália da França e da Suíça.
(84) Desde que o Porteiro do Céu, o Papa, vive em Roma, esta perdeu a força bélica.

16 Gália * ali se verá, que nomeada
Co'os cesáreos * triunfos foi no mundo;
Que do Sequana * e Ródano * é regada
E do Garuna * frio e Reno fundo.
Logo os montes da ninfa * sepultada,
Pirene, * se alevantam, que, segundo
Antiguidades contam, quando arderam,
Rios de ouro e de prata então correram.

17 Eis que se descobre a nobre Espanha,
Como cabeça ali de Europa * toda,
Em cujo senhorio e glória estranha
Muitas voltas tem dado a fatal roda;
Mas nunca poderá, com força ou manha,
A Fortuna inquieta pôr-lhe noda
Que lha não tire o esforço e ousadia
Dos belicosos peitos que em si cria.

18 Com Tingitânia * entesta; e ali parece
Que quer fechar o mar Mediterrano
Onde o sabido estreito se enobrece
Co'o extremo trabalho do tebano. *
Com nações diferentes se engrandece,
Cercadas com as ondas do oceano;
Todas de tal nobreza e tal valor
Que qualquer delas cuida que é melhor.

19 Tem o tarragonês, * que se fez claro
Sujeitando Parténope * inquieta;
O navarro, * as Astúrias, * que reparo
Já foram contra a gente maometa; *
Tem o galego * cauto e o grande e raro
Castelhano, * a quem fez o seu planeta [85]
Restituidor de Espanha e senhor dela;
Bétis, * Leão, * Granada, * com Castela. *

(85) Destino, boa ou má estrela.

20 Eis aqui, quase cume da cabeça
De Europa * toda, o reino lusitano,
Onde a terra se acaba e o mar começa
E onde Febo * repousa no oceano.[86]
Este quis o céu justo que floresça
Nas armas contra o torpe mauritano, *
Deitando-o de si fora; e lá na ardente
África estar quieto o não consente.

21 Esta é a ditosa pátria minha amada,
À qual se o céu me dá que eu sem perigo
Torne, com esta empresa já acabada,
Acabe-se esta luz ali comigo.
Esta foi Lusitânia, derivada
De Luso * ou Lisa, * que de Baco * antigo
Filhos foram, parece, ou companheiros,
E nela então os íncolas primeiros.

22 Desta o pastor nasceu que no seu nome[87]
Se vê que de homem forte os feitos teve;
Cuja fama ninguém virá que dome,
Pois a grande de Roma * não se atreve.
Esta, o velho que os filhos próprios come,[88]
Por decreto do céu, ligeiro e leve,
Veio a fazer no mundo tanta parte,
Criando-a reino ilustre; e foi destarte:

23 Um Rei, por nome Afonso, * foi na Espanha,
Que fez aos sarracenos * tanta guerra,
Que, por armas sanguinas, força e manha,
A muitos fez perder a vida e a terra.
Voando deste Rei a fama estranha
Do Herculano * Calpe * à Cáspia Serra, *
Muitos, para na guerra esclarecer-se,
Vinham a ele e à morte oferecer-se.

---

(86) Onde se põe o Sol.

(87) Alusão a Viriato cujo nome, segundo uma etimologia errada mas corrente no tempo de Camões derivaria de *vir* — homem.

(88) Saturno, ou o Tempo. que devora os próprios filhos.

24 E c'um amor intrínseco acendidos
Da Fé, mais cue das honras populares,
Eram de várias terras conduzidos,
Deixando a pátria amada e próprios lares.
Depois que em feitos altos e subidos
Se mostraram nas armas singulares,
Quis o famoso Afonso * que obras tais
Levassem prêmio digno e dons iguais.

25 Destes Anrique * (dizem que segundo
Filho de um Rei de Hungria exprimentado)
Portugal houve em sorte, que no mundo
Então não era ilustre nem prezado;
E, para mais sinal de amor profundo,
Quis o Rei castelhano * que casado
Com Teresa, * sua filha, o Conde fosse;
E com ela das terras tomou posse.

26 Este, depois que contra os descendentes
Da escrava Agar * vitórias grandes teve,
Ganhando muitas terras adjacentes,
Fazendo o que a seu forte peito deve,
Em prêmio destes feitos excelentes
Deu-lhe o supremo Deus, em tempo breve,
Um filho que ilustrasse o nome ufano
Do belicoso reino lusitano.

27 Já tinha vindo Anrique * da conquista
Da cidade Hierosólima * sagrada,
E do Jordão a areia tinha vista,
Que viu de Deus a carne em si lavada
(Que, não tendo Gotfredo * a quem resista,
Depois de ter Judéia sojugada,
Muitos que nestas guerras o ajudaram
Para seus senhorios se tornaram);

28 Quando, chegado ao fim de sua idade,
O forte e famoso húngaro * estremado,
Forçado da fatal necessidade,
O esprito deu a Quem lho tinha dado.
Ficava o filho em tenra mocidade,
Em quem o pai deixava seu traslado,
Que do mundo os mais fortes igualava;
Que de tal pai tal filho se esperava.

29 Mas o velho rumor (não sei se errado,
Que em tanta antiguidade não há certeza),
Conta que a mãe, tomando todo o estado,
Do segundo himeneu [89] não se despreza.
O filho órfão deixava deserdado,
Dizendo que nas terras a grandeza
Do senhorio todo só sua era,
Porque, para casar, seu pai lhas dera.

30 Mas o Príncipe Afonso * (que destarte
Se chamava, do avô tomando o nome),
Vendo-se em suas terras não ter parte,
(Que a mãe com seu marido [90] as manda e come),
Fervendo-lhe no peito o duro Marte, *
Imagina consigo como as tome.
Revolvidas as causas no conceito,
Ao propósito firme segue o efeito.

31 De Guimarães * o campo se tingia
Co'o sangue próprio da intestina guerra,
Onde a mãe, que tão pouco o parecia,
A seu filho negava o amor e a terra.
Com ele posta em campo já se via;
E não vê a soberba o muito que erra
Contra Deus, contra o maternal amor;
Mas nela o sensual era maior.

---

(89) D. Teresa, mãe de D. Afonso Henriques, não chegou a contrair o "segundo himeneu", pois não casou com o Conde de Trava.

(90) V. nota anterior.

32 Ó Progne * crua, ó mágica Medéia, *
Se em vossos próprios filhos vos vingais
Da maldade dos pais, da culpa alheia,
Olhai que inda Teresa * peca mais!
Incontinência má, cobiça feia,
São as causas deste erro principais:
Cila, * por uma, mata o velho pai;
Esta, por ambas, contra o filho vai.

33 Mas já o Príncipe claro o vencimento
Do padrasto e da iníqua mãe levava;
Já lhe obedece a terra, num momento,
Que primeiro contra ele pelejava;
Porém, vencido de ira o entendimento,
A mãe em ferros ásperos atava; [91]
Mas de Deus foi vingada em tempo breve:
Tanta veneração aos pais se deve!

34 Eis se ajunta o soberbo castelhano *
Para vingar a injúria de Teresa, *
Contra o tão raro em gente lusitano, [92]
A quem nenhum trabalho agrava ou pesa.
Em batalha cruel, o peito humano,
Ajudado da angélica defesa,
Não só contra tal fúria se sustenta,
Mas o inimigo aspérrimo afugenta.

35 Não passa muito tempo, quando o forte
Príncipe em Guimarães * está cercado
De infinito poder, que desta sorte
Foi refazer-se o imigo magoado;
Mas, com se oferecer à dura morte
O fiel Egas * amo, foi livrado;
Que, de outra arte, pudera ser perdido,
Segundo estava mal apercebido.

---

(91) Referência à prisão de D. Teresa pelo filho, que historicamente não se confirma.

(92) Contra o lusitano que dispunha de tão pouca gente.

36 Mas o leal vassalo, conhecendo
Que seu senhor não tinha resistência,
Se vai ao castelhano, * prometendo
Que ele faria dar-lhe obediência.
Levanta o inimigo o cerco horrendo,
Fiado na promessa e consciência
De Egas Moniz; * mas não consente o peito
Do moço ilustre a outrem ser sujeito.

37 Chegado tinha o prazo prometido,
Em que o Rei castelhano * já aguardava
Que o Príncipe, a seu mando sometido,
Lhe desse a obediência que esperava.
Vendo Egas * que ficava fementido,
O que dele Castela * não cuidava,
Determina de dar a doce vida
A troco da palavra mal cumprida.

38 E com seus filhos e mulher se parte
A alevantar co' eles a fiança,
Descalços e despidos, de tal arte
Que mais move a piedade que a vingança.
— Se pretendes, Rei alto, de vingar-te
De minha temerária confiança,
Dizia, eis aqui venho oferecido
A te pagar co'a vida o prometido.

39 Vês aqui trago as vidas inocentes
Dos filhos sem pecado e da consorte;
Se a peitos generosos e excelentes
Dos fracos satisfaz a fera morte,
Vês aqui as mãos e a língua delinqüentes:
Nelas sós exprimenta toda sorte
De tormentos, de mortes, pelo estilo
De Sinis * e do touro de Perilo. *

40 Qual diante do algoz o condenado,
Que já na vida a morte tem bebido,
Põe no cepo a garganta e, já entregado,
Espera pelo golpe tão temido:
Tal diante do Príncipe indignado
Egas * estava, a tudo oferecido.
Mas o Rei vendo a estranha lealdade,
Mais pôde, enfim, que a ira a piedade.

41 Ó grão fidelidade portuguesa
De vassalo, que a tanto se obrigava!
Que mais o persa fez naquela empresa
Onde rosto e narizes se cortava
Do que ao grande Dário tanto pesa,
Que mil vezes dizendo suspirava
Que mais o seu Zopiro * são prezara
Que vinte Babilônias * que tomara.

42 Mas já o Príncipe Afonso * aparelhava
O lusitano exército ditoso,
Contra o mouro * que as terras habitava
De além do claro Tejo deleitoso;
Já no campo de Ourique * se assentava
O arraial soberbo e belicoso,
Defronte do inimigo sarraceno, *
Posto que em força e gente tão pequeno;

43 Em nenhuma outra cousa confiado,
Senão no sumo Deus que o céu regia,
Que, tão pouco era o povo batizado,
Que, para um só, cem mouros * haveria.
Julga qualquer juízo sossegado
Por mais temeridade que ousadia
Cometer um tamanho ajuntamento,
Que para um cavaleiro houvesse cento.

44 Cinco Reis mouros * são os inimigos,
Dos quais o principal Ismar * se chama;
Todos exprimentados nos perigos
Da guerra, onde se alcança a ilustre fama.
Seguem guerreiras damas seus amigos.[93]
Imitando a fermosa e forte dama
De quem tanto os troianos * se ajudaram,
E as que o Termodonte * já gostaram.

45 A matutina luz, serena e fria,
As estrelas do pólo já apartava,
Quando na Cruz o Filho de Maria, *
Amostrando-se a Afonso, *[94] o animava.
Ele, adorando Quem lhe aparecia,
Na Fé todo inflamado assim gritava:
— Aos Infiéis, Senhor, aos Infiéis,
E não a mim, que creio o que podeis!

46 Com tal milagre os ânimos da gente
Portuguesa inflamados, levantavam
Por seu Rei natural este excelente
Príncipe, que do peito tanto amavam;
E diante do exército potente
Dos imigos, gritando, o céu tocavam,
Dizendo em alta voz: — Real, real,
Por Afonso, * alto Rei de Portugal!

47 Qual co'os gritos e vozes incitado,
Pela montanha, o rábido moloso
Contra o touro remete, que fiado
Na força está no corno temeroso;
Ora pega na orelha, ora no lado,
Latindo mais ligeiro que forçoso,
Até que enfim, rompendo-lhe a garganta,
Do bravo a força horrenda se quebranta:

---

(93) A *Chronica Gothorum*, que Herculano cita, na *História de Portugal* I, 324, conta que as mulheres sarracenas lutaram nesta batalha como amazonas.

(94) Alusão ao chamado "milagre de Ourique": contam velhas crônicas que Jesus Crucificado teria aparecido a D. Afonso Henriques em pleno campo de batalha.

48 Tal do Rei novo o estâmago[95] acendido
Por Deus e pelo povo juntamente,
O bárbaro comete, apercebido
Co'o animoso exército rompente.
Levantam nisto os perros o alarido
Dos gritos; tocam a arma, ferve a gente,
As lanças e arcos tomam, tubas soam,
Instrumentos de guerra tudo atroam!

49 Bem como quando a flama que ateada
Foi nos áridos campos (assoprando
O sibilante Bóreas),* animada
Co'o vento, o seco mato vai queimando;
A pastoral companha, que deitada
Co'o doce sono estava, despertando
Ao estridor do fogo que se ateia,
Recolhe o fato[96] e foge para a aldeia:

50 Destarte o mouro,* atônito e torvado,
Toma sem tento as armas mui depressa;
Não foge, mas espera confiado,
E o ginete belígero arremessa.
O português o encontra denodado,
Pelos peitos as lanças lhe atravessa;
Uns caem meios mortos e outros vão
A ajuda convocando do Alcorão.

51 Ali se vem encontros temerosos,
Para se desfazer uma alta serra,
E os animais correndo furiosos
Que Netuno* amostrou, ferindo a terra.[97]
Golpes se dão medonhos e forçosos;
Por toda a parte andava acesa a guerra.
Mas o de Luso* arnês, couraça e malha,
Rompe, corta, desfaz, abola e talha.

---

(95) V. nota 63.
(96) Os rebanhos (sentido ainda atual).
(97) "os animais... que Netuno amostrou, ferindo a terra" são os cavalos, que este deus fez surgir do solo, numa disputa com Minerva sobre qual ofereceria um presente mais útil ao homem. Minerva, nessa disputa, criou a oliveira (v. VI 13).

52 Cabeças pelo campo vão saltando,
Braços, pernas, sem dono e sem sentido,
E doutros as entranhas palpitando,
Pálida a cor, o gesto amortecido.
Já perde o campo o exército nefando;
Correm rios do sangue desparzido,
Com que também do campo a cor se perde,
Tornado carmesim de branco e verde.

53 Já fica vencedor o lusitano,
Recolhendo os troféus e presa rica;
Desbaratado e roto o mauro * hispano,
Três dias o grão Rei no campo fica.
Aqui pinta no branco escudo ufano,
Que agora esta vitória certifica,
Cinco escudos azuis esclarecidos,
Em sinal destes cinco Reis vencidos.

54 E nestes cinco escudos pinta os trinta
Dinheiros por que Deus fora vendido,
Escrevendo a memória, em vária tinta,
Daquele de Quem foi favorecido.
Em cada um dos cinco, cinco pinta,
Porque assim fica o número cumprido,
Contando duas vezes o do meio,
Dos cinco azuis que em cruz pintando veio.

55 Passado já algum tempo que passada
Era esta grão vitória, o Rei subido
A tomar vai Leiria, * que tomada
Fora, mui pouco havia, do vencido.
Com esta a forte Arronches * sojugada
Foi juntamente; e o sempre enobrecido
Scabelicastro, * cujo campo ameno
Tu, claro Tejo, regas tão sereno.

56 A estas nobres vilas sometidas
Ajunta tambem Mafra * em pouco espaço,
E, nas serras da Lua * conhecidas,
Sojuga a fria Sintra * o duro braço;
Sintra, onde as naiades, * escondidas
Nas fontes, vão fugindo ao doce laço
Onde Amor * as enreda brandamente,
Nas águas acendendo fogo ardente.

57 E tu, nobre Lisboa, que no mundo
Facilmente das outras és princesa,
Que edificada foste do facundo [98]
Por cujo engano foi Dardânia * acesa;
Tu, a quem obedece o mar profundo,
Obedeceste à força portuguesa,
Ajudada também da forte armada
Que das boreais partes foi mandada.

58 Lá do germânico Álbis * e do Reno
E da fria Bretanha * conduzidos,
A destruir o povo sarraceno *
Muitos com tenção santa eram partidos.
Entrando a boca já do Tejo ameno,
Co'o arraial do grande Afonso * unidos,
Cuja alta fama então subia aos céus,
Foi posto cerco aos muros ulisseus.

59 Cinco vezes a Lua se escondera
E outras tantas mostrara cheio o rosto,
Quando a cidade, entrada, se rendera
Ao duro cerco que lhe estava posto.
Foi a batalha tão sanguina e fera
Quanto obrigava o firme pressuposto
De vencedores ásperos e ousados,
E de vencidos já desesperados.

(98) Ulisses (v. Glossário).

60 Destarte, enfim, tomada se rendeu
Aquela que, nos tempos já passados,
À grande força nunca obedeceu
Dos frios povos cíticos * ousados,
Cujo poder a tanto se estendeu
Que o Ibero * o viu e o Tejo amedrontados;
E, enfim, co'o Bétis * tanto alguns puderam
Que à terra de Vandália * nome deram.

61 Que cidade tão forte porventura
Haverá que resista, se Lisboa
Não pôde resistir à força dura
Da gente cuja fama tanto voa?
Já lhe obedece toda a Estremadura, *
Óbidos, * Alanquer * (por onde soa
O tom das frescas águas entre as pedras,
Que murmurando lava) e Torres Vedras. *

62 E vós também, ó terras transtaganas, *
Afamadas co'o dom da flava Ceres, *
Obedeceis às forças mais que humanas,
Entregando-lhe os muros e os poderes;
E tu, lavrador mouro, * que te enganas,
Se sustentar a fértil terra queres;
Que Elvas * e Moura * e Serpa, * conhecidas,
E Alcácere * do Sal estão rendidas.

63 Eis a nobre cidade, [99] certo assento
Do rebelde Sertório * antigamente,
Onde ora as águas nítidas de argento
Vêm sustentar de longe a terra e a gente,
Pelos arcos reais, que, cento e cento,
Nos ares se alevantam nobremente,
Obedeceu por meio e ousadia
De Giraldo, * que medos não temia.

---

(99) Évora foi a cidade da Lusitânia onde Sertório se estabeleceu. Nos versos 3 a 6 o poeta refere-se ao grande aqueduto que fornece água à cidade e era então de construção recente (foi erigido no reinado de D. João III).

64 Já na cidade Beja * vai tomar
Vingança de Trancoso * destruída
Afonso, * que não sabe sossegar,
Por estender co'a fama a curta vida.
Não se lhe pode muito sustentar
A cidade; mas, sendo já rendida,
Em toda a cousa viva a gente irada
Provando os fios vai da dura espada.

65 Com estas sojugada foi Palmela *
E a piscosa Sezimbra * e, juntamente,
Sendo ajudado mais de sua estrela,
Desbarata um exército potente
(Sentiu-o a vila e viu-o a serra dela),
Que a socorrê-la vinha diligente
Pela fralda da serra, descuidado
Do temeroso encontro inopinado.

66 O Rei de Badajoz * era alto mouro, *
Com quatro mil cavalos furiosos
Inúmeros peões, de armas e de ouro
Guarnecidos, guerreiros e lustrosos.
Mas, qual no mês de maio o bravo touro,
Co'os ciúmes da vaca, arreceosos,
Sentindo gente, o bruto e cego amante,
Salteia o descuidado caminhante:

67 Destarte Afonso, * súbito mostrado,
Na gente dá, que passa bem segura;
Fere, mata, derriba denodado;
Foge o Rei mouro * e só da vida cura.
Dum pânico terror todo assombrado,
Só de segui-lo o exército procura;
Sendo estes que fizeram tanto abalo
No'mais que só sessenta de cavalo.

68 Logo segue a vitória, sem tardança,
O grão Rei incansábil, ajuntando
Gentes de todo o reino, cuja usança
Era andar sempre terras conquistando.
Cercar vai Badajoz * e logo alcança
O fim de seu desejo, pelejando
Com tanto esforço e arte e valentia,
Que a fez fazer às outras companhia.

69 Mas o alto Deus, que para longe guarda
O castigo daquele que o merece,
Ou para que se emende, às vezes tarda,
Ou por segredos que homem não conhece,
Se até 'qui sempre o forte Rei resguarda
Dos perigos a que ele se oferece,
Agora lhe não deixa ter defesa
Da maldição da mãe que estava presa;

70 Que, estando na cidade que cercara,
Cercado nela foi dos leoneses, *
Porque a conquista dela lhe tomara,
De Leão * sendo e não dos portugueses.
A pertinácia aqui lhe custa cara,
Assim como acontece muitas vezes,
Que em ferros quebra as pernas, indo aceso
À batalha, onde foi vencido e preso.

71 Ó famoso Pompeio, * não te pene
De teus feitos ilustres a ruína,
Nem ver que a justa Nêmesis * ordene
Ter teu sogro de ti vitória dina,
Posto que o frio Fásis * ou Siene, *
Que para nenhum cabo a sombra inclina,
O Bootes * gelado e a Linha * ardente
Temessem o teu nome geralmente.

72 Posto que a rica Arábia * e que os feroces
Eníocos * e colcos, * cuja fama
O véu dourado estende, e os capadoces *
E Judéia, que um Deus adora e ama,
E que os moles sofenos * e os atroces
Cilícios, * com a Armênia, que derrama
As águas dos dois rios cuja fonte
Está noutro mais alto e santo monte,[100]

73 E posto, enfim, que desde o mar de Atlante *
Até o Cítico * Tauro, * monte erguido,
Já vencedor te vissem, não te espante
Se o campo emátio * só te viu vencido;
Porque Afonso * verás, soberbo e ovante,
Tudo render e ser depois rendido.
Assim o quis o Conselho alto, celeste,
Que vença o sogro a ti e o genro a este.[101]

74 Tornado o Rei sublime, finalmente,
Do divino juízo castigado,
Depois que em Santarém * soberbamente,
Em vão, dos sarracenos * foi cercado,
E depois que do mártire Vicente *
O santíssimo corpo venerado
Do Sacro Promontório * conhecido
À cidade ulisséia * foi trazido;

75 Por que levasse avante seu desejo,
Ao forte filho manda, o lasso velho,
Que às terras se passasse de Alentejo,
Com gente e co'o belígero aparelho.
Sancho, * de esforço e de ânimo sobejo,
Avante passa e faz correr vermelho
O rio que Sevilha vai regando,[102]
Co'o sangue mauro, * bárbaro e nefando.

---

(100) O Tigre e o Eufrates são os rios que nasceriam num "mais alto e santo monte", segundo o Gênese, o Paraíso.

(101) Pompeu foi vencido no campo Emátio (na Macedônia, onde fica Farsália), por César, seu sogro, da mesma forma que D. Afonso Henriques foi aprisionado em Badajoz por Fernão II de Leão, seu genro.

(102) O Guadalquivir (v. Glossário).

76 E, com esta vitória cobiçoso,
Já não descansa o moço, até que veja
Outro estrago como este, temeroso,
No bárbaro que tem cercado Beja.*
Não tarda muito o Príncipe ditoso
Sem ver o fim daquilo que deseja.
Assim estragado, o mouro* na vingança
De tantas perdas põe sua esperança.

77 Já se ajuntam do monte a quem Medusa*
O corpo fez perder que teve o céu; [103]
Já vêm do promontório de Ampelusa*
E do tinge,* que assento foi de Anteu.*
O morador de Abila* não se escusa,
Que também com suas armas se moveu,
Ao som da mauritana* e ronca tuba,
Todo o Reino que foi do nobre Juba.*

78 Entrava, com toda esta companhia,
O Miralmumini* em Portugal;
Treze Reis mouros* leva de valia,
Entre os quais tem o cetro imperial.
E assim, fazendo quanto mal podia,
O que em partes podia fazer mal,
Dom Sancho* vai cercar em Santarém;*
Porém não lhe sucede muito bem.

79 Dá-lhe combates ásperos, fazendo
Ardis de guerra mil, o mouro* iroso;
Não lhe aproveita já trabuco horrendo,
Mina secreta, aríete forçoso;
Porque o filho de Afonso,* não perdendo
Nada do esforço e acordo generoso,
Tudo provê com ânimo e prudência,
Que em toda a parte há esforço e resistência.

---

(103) "Já se ajuntam... que teve o Céu": o poeta refere-se à cordilheira do Atlas. Com efeito, Atlas é um dos gigantes que "teve o céu" sobre os ombros e foi petrificado por Perseu quando olhou de frente a cabeça da Medusa.

80 Mas o velho, a quem tinham já obrigado
Os trabalhosos anos ao sossego,
Estando na cidade cujo prado
Enverdecem as águas do Mondego,*
Sabendo como o filho está cercado,
Em Santarém,* do mauro* povo cego,
Se parte diligente da cidade;
Que não perde a presteza co'a idade.

81 E co'a famosa gente, à guerra usada,
Vai socorrer o filho; e assim ajuntados,
A portuguesa fúria costumada
Em breve os mouros* tem desbaratados.
A campina, que toda está coalhada
De marlotas, capuzes variados,
De cavalos, jaezes, presa rica,
De seus senhores mortos cheia fica.

82 Logo todo o restante se partiu
De Lusitânia, postos em fugida;
O Miralmumini* só não fugiu,
Porque, antes de fugir, lhe foge a vida.
A Quem lhe esta vitória permitiu
Dão louvores e graças sem medida;
Que, em casos tão estranhos, claramente
Mais peleja o favor de Deus que a gente.

83 De tamanhas vitórias triunfava
O velho Afonso,* Príncipe subido,
Quando quem tudo cm fim vencendo andava,
Da larga e muita idade foi vencido.
A pálida doença lhe tocava,
Com fria mão, o corpo enfraquecido;
E pagaram seus anos, deste jeito,
À triste Libitina* seu direito.

84 Os altos promontórios o choraram,
E dos rios as águas saudosas
Os semeados campos alagaram,
Com lágrimas correndo piedosas;
Mas tanto pelo mundo se alargaram,
Com fama, suas obras valerosas,
Que sempre no seu Reino chamarão
"Afonso, * Afonso!" os ecos; mas em vão.

85 Sancho, * forte mancebo, que ficara
Imitando seu pai na valentia,
E que em sua vida já se exprimentara
Quando o Bétis * de sangue se tingia
E o bárbaro poder desbaratara
Do ismaelita * Rei de Andaluzia,
E mais quando os que Beja * em vão cercaram,
Os golpes de seu braço em si provaram;

86 Depois que foi por Rei alevantado,
Havendo poucos anos que reinava,
A cidade de Silves * tem cercado,
Cujos campos o bárbaro lavrava.
Foi das valentes gentes ajudado[104]
Da germânica armada que passava,
De armas fortes e gente apercebida,
A recobrar Judéia já perdida.

87 Passavam a ajudar na santa empresa
O roxo Frederico, * que moveu
O poderoso exército, em defesa
Da cidade onde Cristo padeceu,
Quando Guido, * co'a gente em sede acesa,
Ao grande Saladino * se rendeu,
No lugar onde os mouros * sobejavam
As águas que os de Guido desejavam.

---

(104) Referência à 3.ª Cruzada, chefiada por Frederico Barba Roxa, Imperador da Alemanha, que auxiliou D. Sancho I a conquistar Silves.

88 Mas a fermosa armada, que viera
Por contraste de vento àquela parte,
Sancho * quis ajudar na guerra fera,
Já que em serviço vai do santo Marte. * [105]
Assim como a seu pai acontecera
Quando tomou Lisboa, da mesma arte
Do germano ajudado, Silves * toma
E o bravo morador destrui e doma.

89 E se tantos troféus do Maometa *
Alevantando vai, também do forte
Leonês * não consente estar quieta
A terra, usada aos casos de Mavorte, *
Até que na cerviz seu jugo meta
Da soberba Tuí, * que a mesma sorte
Viu ter a muitas vilas suas vizinhas,
Que, por armas, tu, Sancho, * humildes tinhas.

90 Mas, entre tantas palmas salteado
Da temerosa morte, fica herdeiro
Um filho seu, de todos estimado,
Que foi segundo Afonso * e Rei terceiro.
No tempo deste, aos mouros * foi tomado
Alcácere do Sal, * por derradeiro;
Porque dantes os mouros o tomaram,
Mas agora estruídos o pagaram.

91 Morto depois Afonso, * lhe sucede
Sancho * segundo, manso e descuidado;
Que tanto em seus descuidos se desmede
Que de outrem quem mandava era mandado.
De governar o Reino, que outro pede,
Por causa dos privados foi privado, [106]
Porque, como por eles se regia,
Em todos os seus vícios consentia.

---

(105) Da guerra santa, como eram chamadas as Cruzadas.

(106) "De governar... foi privado" i. e. "por causa dos seus favoritos não governava o Reino, que pedia outro Rei".

92 Não era Sancho, * não, tão desonesto
Como Nero, * que um moço recebia
Por mulher e, depois, horrendo incesto
Com a mãe Agripina * cometia;
Nem tão cruel às gentes e molesto
Que a cidade queimasse onde vivia;
Nem tão mau como foi Heliogabalo, *
Nem como o mole Rei Sardanapalo. *

93 Nem era o povo seu tiranizado,
Como Sicília foi de seus tiranos;
Nem tinha, como Fálaris, * achado
Gênero de tormentos inumanos;
Mas o reino, de altivo e costumado
A senhores em tudo soberanos,
A Rei não obedece nem consente
Que não for mais que todos excelente.

94 Por esta causa, o Reino governou
O Conde bolonhês, * [107] depois alçado
Por Rei, quando da vida se apartou
Seu irmão Sancho, * sempre ao ócio dado.
Este, que Afonso * o Bravo se chamou,
Depois de ter o reino segurado,
Em dilatá-lo cuida, que em terreno
Não cabe o altivo peito, tão pequeno.

95 Da terra dos Algarves, que lhe fora
Em casamento dada, grande parte
Recupera co'o braço, e deita fora
O mouro, * mal querido já de Marte. *
Este de todo fez livre e senhora
Lusitânia, com força e bélica arte;
E acabou de oprimir a nação forte,
Na terra que aos de Luso * coube em sorte.

---

(107) Irmão de D. Sancho II, mais tarde Rei (D. Afonso III), depois da deposição de Sancho em 1245 pelo Papa Inocêncio IV.

96 Eis depois vem Dinis, * que bem parece
Do bravo Afonso * estirpe nobre e dina,
Com quem a fama grande se escurece
Da liberalidade alexandrina.
Com este o reino próspero floresce
(Alcançada já a paz áurea divina)
Em constituições, leis e costumes,
Na terra já tranqüila claros lumes.

97 Fez primeiro em Coimbra * exercitar-se
O valeroso ofício de Minerva; *
E de Helicona * as Musas * fez passar-se
A pisar do Mondego * a fértil erva.
Quanto pode de Atenas desejar-se
Tudo o soberbo Apolo * aqui reserva.
Aqui as capelas dá tecidas de ouro,
Do bácaro e do sempre verde louro.

98 Nobres vilas de novo edificou,
Fortalezas, castelos mui seguros,
E quase o reino todo reformou
Com edifícios grandes e altos muros;
Mas depois que a dura Átropos * cortou
O fio de seus dias já maduros,
Ficou-lhe o filho, pouco obediente, [108]
Quarto Afonso, * mas forte e excelente.

99 Este sempre as soberbas castelhanas *
Co'o peito desprezou firme e sereno,
Porque não é das forças lusitanas
Temer poder maior, por mais pequeno;
Mas porém, quando as gentes mauritanas, *
A possuir o hespérico * terreno,
Entraram pelas terras de Castela, *
Foi o soberbo Afonso * a socorrê-la.

---

(108) "pouco obediente" porque se revoltara contra D. Dinis, seu pai, presumindo que este quisesse preteri-lo, em favor de D. Afonso Sanches, filho bastardo.

100 Nunca com Semirâmis * gente tanta
Veio os campos idáspicos * enchendo,
Nem Átila, * que Itália toda espanta,
Chamando-se de Deus açoute horrendo,
Gótica * gente trouxe tanta, quanta
Do sarraceno * bárbaro, estupendo,
Co'o poder excessivo de Granada, *
Foi nos campos tartéssios * ajuntada.

101 E, vendo o Rei sublime castelhano *
A força inexpugnábil, grande e forte,
Temendo mais o fim do povo hispano
(Já perdido uma vez) [109] que a própria morte,
Pedindo ajuda ao forte lusitano
Lhe mandava a caríssima consorte,
Mulher de quem a manda e filha amada
Daquele a cujo reino foi mandada. [110]

102 Entrava a fermosíssima Maria *
Pelos paternais paços sublimados,
Lindo o gesto, mas fora de alegria,
E seus olhos em lágrimas banhados.
Os cabelos angélicos trazia
Pelos ebúrneos ombros espalhados.
Diante do pai ledo, que a agasalha,
Estas palavras tais, chorando, espalha:

103 — Quantos povos a terra produziu
De África toda, gente fera e estranha,
O grão Rei de Marrocos conduziu
Para vir possuir a nobre Espanha:
Poder tamanho junto não se viu,
Depois que o salso mar a terra banha.
Trazem ferocidade e furor tanto
Que a vivos medo e a mortos faz espanto!

---

(109) No princípio do séc. VIII.

(110) A Rainha D. Maria era filha de Afonso IV de Portugal ("a cujo Reino foi mandada"), casada com Afonso XI de Castela ("mulher de quem a manda").

104 Aquele que me deste por marido,
Por defender sua terra amedrontada,
Co'o pequeno poder, oferecido
Ao duro golpe está da maura * espada.
E, se não for contigo socorrido,
Ver-me hás dele e do reino ser privada;
Viúva e triste e posta em vida escura,
Sem marido, sem reino e sem ventura.

105 Portanto, ó Rei, de quem com puro medo
O corrente Muluca * se congela,
Rompe toda a tardança, acude cedo
À miseranda gente de Castela. *
Se esse gesto, que mostras claro e ledo,
De pai o verdadeiro amor assela,
Acude e corre, pai, que, se não corres,
Pode ser que não aches quem socorres.

106 Não de outra sorte a tímida Maria *
Falando está que a triste Vênus, * quando
A Júpiter, * seu pai, favor pedia
Para Enéias, * seu filho, navegando;
Que a tanta piedade o comovia
Que, caído das mãos o raio infando,
Tudo o clemente Padre * lhe concede,
Pesando-lhe do pouco que lhe pede.

107 Mas já co'os esquadrões da gente armada
Os eborenses * campos vão coalhados;
Lustra co'o Sol o arnês, a lança, a espada;
Vão rinchando os cavalos jaezados.
A canora trombeta embandeirada
Os corações, à paz acostumados,
Vai às fulgentes armas incitando,
Pelas concavidades retumbando.

108 Entre todos no meio se sublima,
Das insígnias reais acompanhado,
O valeroso Afonso,* que por cima
De todos leva o colo alevantado,
E somente co'o gesto esforça e anima
A qualquer coração amedrontado.
Assim entra nas terras de Castela*
Com a filha gentil, Rainha dela.

109 Juntos os dois Afonsos,* finalmente
Nos campos de Tarifa* estão defronte
Da grande multidão da cega gente,
Para quem são pequenos campo e monte.
Não há peito tão alto e tão potente
Que de desconfiança não se afronte,
Enquanto não conheça e claro veja
Que co'o braço dos seus Cristo peleja.

110 Estão de Agar* os netos quase rindo
Do poder dos cristãos, fraco e pequeno,
As terras como suas repartindo,
Antemão, entre o exército agareno,
Que, com título falso, possuindo
Está o famoso nome sarraceno.*[111]
Assim também, com falsa conta e nua,
À nobre terra alheia chamam sua.

111 Qual o membrudo e bárbaro gigante,
Do Rei Saul,* com causa, tão temido,
Vendo o pastor inerme estar diante,
Só de pedras e esforço apercebido,
Com palavras soberbas, o arrogante,
Despreza o fraco moço mal vestido,
Que, rodeando a funda, o desengana
Quanto mais pode a Fé que a força humana:[112]

---

(111) Abraão tinha uma escrava, Agar, de quem descendem os agarenos. A mulher legítima de Abraão chamava-se Sara, e dela descenderiam os sarracenos. Camões quer dizer que esta genealogia é falsa: os árabes descenderiam da escrava (são agarenos) e não da mulher legítima (é falso o "famoso nome sarraceno" que usam).

(112) Alude Camões ao combate entre Davi e Golias.

112 Destarte o mouro * pérfido despreza
O poder dos cristãos, e não entende
Que está ajudado da alta fortaleza
A quem o Inferno horrífico se rende.
Com ela o castelhano, * e com destreza,
De Marrocos o Rei comete e ofende;
O português, que tudo estima em nada,
Se faz temer ao reino de Granada. *

113 Eis as lanças e espadas retiniam
Por cima dos arneses (bravo estrago);
Chamam, segundo as leis que ali seguiam,
Uns Mafamede * e os outros Santiago. *
Os feridos com grita o céu feriam,
Fazendo de seu sangue bruto lago,
Onde outros, meios mortos, se afogavam,
Quando do ferro as vidas escapavam.

114 Com esforço tamanho estrui e mata
O Luso * ao granadil, * que, em pouco espaço,
Totalmente o poder lhe desbarata,
Sem lhe valer defesa ou peito de aço.
De alcançar tal vitória tão barata
Inda não bem contente o forte braço,
Vai ajudar ao bravo castelhano,*
Que pelejando está co'o mauritano. *

115 Já se ia o Sol ardente recolhendo
Para a casa de Tétis, * e inclinado
Para o ponente, o Véspero * trazendo,
Estava o claro dia memorado,
Quando o poder do mouro, * grande e horrendo,
Foi pelos fortes Reis desbaratado,
Com tanta mortindade que a memória
Nunca no mundo viu tão grão vitória.

116 Não matou a quarta parte o forte Mário *
Dos que morreram neste vencimento,
Quando as águas co'o sangue do adversário
Fez beber ao exército sedento;
Nem o Peno, * asperíssimo contrário
Do Romano poder, de nascimento,
Quando tanto matou da ilustre Roma, *
Que alqueires três de anéis dos mortos toma. [113]

117 E se tu tantas almas só pudeste
Mandar ao reino escuro de Cocito, *
Quando a santa cidade desfizeste
Do povo pertinaz no antigo rito,
Permissão e vingança foi celeste,
E não força de braço, ó nobre Tito; *
Que assim dos vates foi profetizado,
E depois por JESUS certificado.

118 Passada estão tão próspera vitória,
Tornado Afonso * à Lusitana terra,
A se lograr da paz com tanta glória
Quanta soube ganhar na dura guerra,
O caso triste, e digno da memória
Que do sepulcro os homens desenterra,
Aconteceu da mísera e mesquinha
Que depois de ser morta foi Rainha. [114]

119 Tu só, tu, puro Amor, * com força crua,
Que os corações humanos tanto obriga,
Deste causa à molesta morte sua,
Como se fora pérfida inimiga.
Se dizem, fero Amor, * que a sede tua
Nem com lágrimas tristes se mitiga,
É porque queres, áspero e tirano,
Tuas aras banhar em sangue humano.

---

(113) Eutrópio conta que os soldados de Aníbal, depois da batalha de Canas, retiraram três alqueires de anéis dos dedos dos romanos mortos.

(114) Inês de Castro. Começa aqui e vai até à estância 135 o famoso episódio.

120 Estavas, linda Inês,* posta em sossego,
De teus anos colhendo doce fruito,
Naquele engano da alma, ledo e cego,
Que a Fortuna não deixa durar muito,
Nos saudosos campos do Mondego,*
De teus fermosos olhos nunca enxuito,
Aos montes ensinando e às ervinhas
O nome que no peito escrito tinhas.

121 Do teu Príncipe ali te respondiam
As lembranças que na alma lhe moravam,
Que sempre ante seus olhos te traziam,
Quando dos teus fermosos se apartavam;
De noite, em doces sonhos que mentiam,
De dia, em pensamentos que voavam.
E quanto, enfim, cuidava e quanto via
Eram tudo memórias de alegria.

122 De outras belas senhoras e Princesas
Os desejados tálamos enjeita,
Que tudo, enfim, tu, puro amor, desprezas
Quando um gesto suave te sujeita.
Vendo estas namoradas estranhezas,
O velho pai sisudo, que respeita
O murmurar do povo e a fantasia
Do filho, que casar-se não queria,

123 Tirar Inês* ao mundo determina,
Por lhe tirar o filho que tem preso,
Crendo co'o sangue só da morte indina
Matar do firme amor o fogo aceso.
Que furor consentiu que a espada fina
Que pôde sustentar o grande peso
Do furor mauro,* fosse alevantada
Contra uma fraca dama delicada?

124 Traziam-na os horríficos algozes
Ante o Rei, já movido a piedade;
Mas o povo, com falsas e ferozes
Razões, à morte crua o persuade.
Ela, com tristes e piedosas vozes,
Saídas só da mágoa e saudade
Do seu Príncipe e filhos, que deixava,
Que mais que a própria morte a magoava,

125 Para o céu cristalino alevantando,
Com lágrimas, os olhos piedosos
(Os olhos, porque as mãos lhe estava atando
Um dos duros ministros rigorosos);
E depois nos meninos atentando,
Que tão queridos tinha e tão mimosos,
Cuja orfindade como mãe temia,
Para o avô cruel assim dizia:

126 — Se já nas brutas feras, cuja mente
Natura fez cruel de nascimento,
E nas aves agrestes, que somente
Nas rapinas aéreas têm o intento,
Com pequenas crianças viu a gente
Terem tão piedoso sentimento
Como co'a mãe de Nino * já mostraram,
E co'os irmãos que Roma * edificaram: [115]

127 Ó tu, que tens de humano o gesto e o peito
(Se de humano é matar uma donzela,
Fraca e sem força, só por ter sujeito
O coração a quem soube vencê-la),
A estas criancinhas tem respeito,
Pois o não tens à morte escura dela;
Mova-te a piedade sua e minha,
Pois te não move a culpa que não tinha. [116]

---

(115) Rômulo e Remo, criados por uma loba.

(116) Já que te não move o fato de eu não ter culpa.

128 E se, vencendo a maura* resistência,
A morte sabes dar com fogo e ferro,
Sabe também dar vida, com clemência,
A quem para perdê-la não faz erro.[117]
Mas, se to assim merece esta inocência,
Põe-me em perpétuo e mísero desterro,
Na Cítia* fria ou lá na Líbia* ardente,
Onde em lágrimas viva eternamente.

129 Põe-me onde se use toda a feridade,
Entre leões e tigres, e verei
Se neles achar posso a piedade
Que entre peitos humanos não achei.
Ali, co'o amor intrínseco e vontade
Naquele por quem mouro,[118] criarei
Estas relíquias suas que aqui viste,
Que refrigério sejam da mãe triste.

130 Queria perdoar-lhe o Rei benino,
Movido das palavras que o magoam;
Mas o pertinaz povo e seu destino
(Que desta sorte o quis) lhe não perdoam.
Arrancam das espadas de aço fino
Os que por bom tal feito ali apregoam.
Contra uma dama, ó peitos carniceiros,
Feros vos amostrais, e cavaleiros?

131 Qual contra a linda moça Policena,*
Consolação extrema da mãe velha,
Porque a sombra de Aquiles* a condena,
Co'o ferro o duro Pirro* se aparelha;
Mas ela, os olhos com que o ar serena
(Bem como paciente e mansa ovelha)
Na mísera mãe postos, que endoidece,
Ao duro sacrifício se oferece:

(117) Não praticou crime.

(118) morro.

132 Tais contra Inês * os brutos matadores,
No colo de alabastro, que sustinha
As obras com que Amor * matou de amores
Aquele que depois a fez Rainha,
As espadas banhando, e as brancas flores,[119]
Que ela dos olhos seus regadas tinha,
Se encarniçavam, férvidos e irosos,
No futuro castigo não cuidosos.

133 Bem puderas, ó Sol, da vista destes,
Teus raios apartar aquele dia,
Como da seva mesa de Tiestes, *
Quando os filhos por mão de Atreu * comia!
Vós, ó côncavos vales, que pudestes
A voz extrema ouvir da boca fria,
O nome do seu Pedro, * que lhe ouvistes,
Por muito grande espaço repetistes.

134 Assim como a bonina que cortada
Antes do tempo foi, cândida e bela,
Sendo das mãos lascivas[120] maltratada
Da menina que a trouxe na capela,
O cheiro traz perdido e a cor murchada:
Tal está, morta, a pálida donzela,
Secas do rosto as rosas e perdida
A branca e viva cor, co'a doce vida.

135 As filhas do Mondego * a morte escura
Longo tempo chorando memoraram,
E, por memória eterna, em fonte pura
As lágrimas choradas transformaram.
O nome lhe puseram, que inda dura,
Dos amores de Inês, * que ali passaram.
Vede que fresca Fonte rega as flores,
Que lágrimas são a água e o nome Amores.

---

(119) Longa bibliografia discute o que sejam "as obras" a "as brancas flores" de que fala Camões. É provável que as armas com que Cupido matou de amores D. Pedro sejam a face, os olhos, o conjunto da beleza do rosto de Inês. As "brancas flores" serão talvez os seios, o "colo de alabastro" regados pelas suas lágrimas.

(120) "mãos lascivas", travessas, irrequietas.

136 Não correu muito tempo que a vingança
Não visse Pedro * das mortais feridas,
Que, em tomando do reino a governança,
A tomou dos fugidos homicidas.
Do outro Pedro * cruíssimo os alcança,
Que ambos, imigos das humanas vidas,
O concerto fizeram, duro e injusto,
Que com Lépido * e Antônio * fez Augusto. * [121]

137 Este castigador foi rigoroso
De latrocínios, mortes e adultérios;
Fazer nos maus cruezas, fero e iroso,
Eram os seus mais certos refrigérios.
As cidades guardando, justiçoso,
De todos os soberbos vitupérios,
Mais ladrões, castigando, à morte deu,
Que o vagabundo Alcides * ou Teseu. *

138 Do justo e duro Pedro * nasce o brando
(Vede da natureza o desconcerto),
Remisso e sem cuidado algum, Fernando, *
Que todo o reino pôs em muito aperto;
Que, vindo o castelhano * devastando
As terras sem defesa, esteve perto
De destruir-se o reino totalmente;
Que um fraco Rei faz fraca a forte gente.

139 Ou foi castigo claro do pecado
De tirar Leonor * a seu marido
E casar-se com ela, de enlevado
Num falso parecer [122] malentendido;
Ou foi que o coração, sujeito e dado
Ao vício vil, [123] de quem se viu rendido,
Mole se fez e fraco; e bem parece
Que um baixo amor os fortes enfraquece.

---

(121) Os dois Pedros (de Castela e de Portugal), foram cruéis e assemelharam-se nisso a Lépido, Antônio e Otávio que ao formarem o triunvirato realizaram terríveis vinganças políticas.

(122) Numa falsa beleza.

(123) Os prazeres da carne.

140 Do pecado tiveram sempre a pena
Muitos, que Deus o quis e permitiu:
Os que foram roubar a bela Helena, *
E com Ápio * também Tarquino * o viu.
Pois por quem Davi * Santo se condena?
Ou quem o tribo ilustre destruiu
De Benjamim? * Bem claro no-lo ensina
Por Sarra * Faraó, * Siquém * por Dina. *

141 E pois, se os peitos fortes enfraquece
Um inconcesso amor desatinado,
Bem no filho de Almena * se parece
Quando em Ônfale * andava transformado.
De Marco Antônio * a fama se escurece
Com ser tanto a Cleopatra * afeiçoado.
Tu também, Peno * próspero, o sentiste
Depois que uma moça vil na Apúlia * viste.

142 Mas quem pode livrar-se, porventura,
Dos laços que Amor *arma brandamente
Entre as rosas e a neve humana pura,
O ouro e o alabastro transparente?
Quem, de uma peregrina fermosura,
De um vulto de Medusa * propriamente,
Que o coração converte, que tem preso,
Em pedra, não, mas em desejo aceso?

143 Quem viu um olhar seguro, um gesto brando,
Uma suave e angélica excelência,
Que em si está sempre as almas transformando,
Que tivesse contra ela resistência?
Desculpado por certo está Fernando, *
Para quem tem de amor experiência;
Mas antes, tendo livre a fantasia,
Por muito mais culpado o julgaria.

CANTO QUARTO

1 Depois de procelosa tempestade,
Noturna sombra e sibilante vento,
Traz a manhã serena claridade,
Esperança de porto e salvamento;
Aparta o Sol a negra escuridade,
Removendo o temor ao pensamento.
Assim no reino forte aconteceu
Depois que o Rei Fernando * faleceu.

2 Porque, se muito os nossos desejaram
Quem os danos e ofensas vá vingando
Naqueles que tão bem se aproveitaram
Do descuido remisso de Fernando, *
Depois de pouco tempo o alcançaram,
Joane, * sempre ilustre, alevantando
Por Rei, como de Pedro * único herdeiro
(Ainda que bastardo) verdadeiro.[124]

3 Ser isto ordenação dos céus divina
Por sinais muito claros se mostrou,
Quando em Évora * a voz de uma menina,
Ante tempo falando, o nomeou.[125]
E, como cousa, enfim, que o céu destina,
No berço o corpo e a voz alevantou:
— Portugal, Portugal, alçando a mão,
Disse, pelo Rei novo, Dom João. *

---

(124) O Mestre de Avis, D. João I, era filho bastardo de D. Pedro I e de uma senhora galega. João das Regras demonstrou juridicamente que apesar disso ele era o legítimo herdeiro do trono português.

(125) Alusão a um episódio contado por Fernão Lopes, segundo o qual uma menina de oito meses se teria levantado do berço para gritar: "Portugal, Portugal, por El-Rei D. João".

4 Alteradas então do reino as gentes
Co'o ódio que ocupado os peitos tinha,
Absolutas cruezas e evidentes
Faz do povo o furor por onde vinha;
Matando vão amigos e parentes
Do adúltero Conde e da Rainha,[126]
Com quem sua incontinência desonesta
Mais, depois de viúva, manifesta.

5 Mas ele, enfim, com causa desonrado,
Diante dela a ferro frio morre,
De outros muitos na morte acompanhado,
Que tudo o fogo erguido queima e corre:
Quem,[127] como Astianás, * precipitado,
Sem lhe valerem ordens, de alta torre;
A quem ordens, nem aras, nem respeito;
Quem nu por ruas, e em pedaços feito.

6 Podem-se pôr em longo esquecimento
As cruezas mortais que Roma * viu,
Feitas do feroz Mário * e do cruento
Sila, * quando o contrário lhe fugiu.
Por isso Leonor, * que o sentimento
Do morto Conde ao mundo descobriu,
Faz contra Lusitânia vir Castela, *
Dizendo ser sua filha herdeira dela.

7 Beatriz * era a filha, que casada
Co'o castelhano * está que o reino pede,
Por filha de Fernando * reputada,
Se a corrompida fama[128] lho concede.
Com esta voz Castela * alevantada,
Dizendo que esta filha ao pai sucede,
Suas forças ajunta, para as guerras,
De várias regiões e várias terras.

---

(126) O Conde de Andeiro, amante de D. Leonor Teles, viúva de D. Fernando.

(127) Quem... quem... — Um... outro...

(128) A má reputação de D. Leonor Teles permitiu a João das Regras explorar a tese da ilegitimidade da filiação de D. Beatriz.

8 Vêm de toda a província que de um Brigo *
(Se foi) já teve o nome derivado;
Das terras que Fernando * e que Rodrigo *
Ganharam do tirano e mauro * estado.
Não estimam das armas o perigo
Os que cortando vão co'o duro arado
Os campos leoneses, cuja gente
Co'os mouros * foi nas armas excelente.

9 Os vândalos, * na antiga valentia
Ainda confiados, se ajuntavam
Da cabeça de toda Andaluzia,
Que do Guadalquibir * as águas lavam.
A nobre ilha também se apercebia
Que antigamente os tírios * habitavam,
Trazendo por insígnias verdadeiras
As Hercúleas * colunas nas bandeiras.

10 Também vêm lá do reino de Toledo, *
Cidade nobre e antiga, a quem cercando
O Tejo em torno vai, suave e ledo,
Que das serras de Conca * vem manando.
A vós outros também não tolhe o medo,
Ó sórdidos galegos, * duro bando,
Que, para resistirdes, vos armastes,
Àqueles cujos golpes já provastes.

11 Também movem da guerra as negras fúrias
A gente biscainha, * que carece
De polidas razões, e que as injúrias
Muito mal dos estranhos compadece.
A terra de Guipúscua * e das Astúrias, *
Que com minas de ferro se enobrece,
Armou dele os soberbos moradores,
Para ajudar na guerra a seus senhores.

12 Joane, * a quem do peito o esforço cresce,
Como a Sansão * Hebreio * da guedelha,
Posto que tudo pouco lhe parece,
Co'os poucos de seu reino se aparelha;
E, não porque conselho lhe falece,
Co'os principais senhores se aconselha,
Mas só por ver das gentes as sentenças,
Que sempre houve entre muitos diferenças.

13 Não falta, com razões, quem desconcerte
Da opinião de todos, na vontade;
Em quem o esforço antigo se converte
Em desusada e má deslealdade,
Podendo o temor mais, gelado, inerte,
Que a própria e natural fidelidade.
Negam o Rei e a Pátria e, se convém,
Negarão, como Pedro, * o Deus que têm.

14 Mas nunca foi que este erro se sentisse
No forte Dom Nuno Álvares; * mas antes,
Posto que em seus irmãos tão claro o visse,
Reprovando as vontades inconstantes,
Àquelas duvidosas gentes disse,
Com palavras mais duras que elegantes,
A mão na espada, irado e não facundo,
Ameaçando a terra, o mar e o mundo:

15 — Como? Da gente ilustre portuguesa
Há de haver quem refuse o pátrio Marte? *
Como? Desta província, que princesa
Foi das gentes na guerra em toda parte,
Há de sair quem negue ter defesa?
Quem negue a fé, o amor, o esforço e arte
De português, e por nenhum respeito
O próprio reino queira ver sujeito?

16 Como? Não sois vós inda os descendentes
Daqueles que, debaixo da bandeira
Do grande Henriques, * feros e valentes,
Vencestes esta gente tão guerreira,
Quando tantas bandeiras, tantas gentes
Puseram em fugida, de maneira
Que sete ilustres Condes lhe trouxeram
Presos, afora a presa que tiveram? [129]

17 Com quem foram contínuo sopeados
Estes, de quem o estais agora vós,
Por Dinis * e seu filho sublimados,
Senão co'os vossos fortes pais e avós?
Pois se, com seus descuidos ou pecados,
Fernando * em tal fraqueza assim vos pôs,
Torne-vos vossas forças o Rei novo,
Se é certo que co'o Rei se muda o povo.

18 Rei tendes tal que, se o valor tiverdes
Igual ao Rei que agora alevantastes,
Desbaratareis tudo o que quiserdes,
Quanto mais a quem já desbaratastes.
E se com isto, enfim, vos não moverdes
Do penetrante medo que tomastes,
Atai as mãos a vosso vão receio,
Que, eu só, resistirei ao jugo alheio.

19 Eu só, com meus vassalos e com esta
(E dizendo isto arranca meia espada),
Defenderei da força dura e infesta
A terra nunca de outrem sojugada.
Em virtude do Rei, da pátria mesta,
Da lealdade já por vós negada,
Vencerei não só estes adversários,
Mas quantos a meu Rei forem contrários.

---

(129) Sete condes aprisionados por D. Afonso Henriques em Arcos-de-Valdevez.

20 Bem como entre os mancebos recolhidos
Em Canúsio, * relíquias sós de Canas, *
Já para se entregar quase movidos
À fortuna das forças africanas,
Cornélio * moço os faz que, compelidos
Da sua espada, jurem que as romanas
Armas não deixarão, enquanto a vida
Os não deixar ou nelas for perdida:

21 Destarte a gente força e esforça Nuno, *
Que, com lhe ouvir as últimas razões,
Removem o temor frio, importuno,
Que gelados lhe tinha os corações.
Nos animais cavalgam de Netuno, * [130]
Brandindo e volteando arremessões;
Vão correndo e gritando, a boca aberta:
Viva o famoso Rei que nos liberta!

22 Das gentes populares, uns aprovam
A guerra com que a pátria se sustinha;
Uns as armas alimpam e renovam,
Que a ferrugem da paz gastadas tinha;
Capacetes estofam, peitos [131] provam,
Arma-se cada um como convinha;
Outros fazem vestidos de mil cores,
Com letras e tenções de seus amores.

23 Com toda esta lustrosa companhia
Joane * forte sai da fresca Abrantes,
Abrantes, * que também da fonte fria
Do Tejo logra as águas abundantes.
Os primeiros armígeros [132] regia
Quem para reger era os mui possantes
Orientais exércitos sem conto
Com que passava Xerxes * o Helesponto. *

(130) V. nota 97.
(131) Os peitorais das armaduras.
(132) Homens armados, soldados.

24 Dom Nuno Álvares * digo: verdadeiro
Açoute de soberbos castelhanos, *
Como já o fero huno * o foi primeiro
Para franceses, para italianos.
Outro também, famoso cavaleiro,
Que a ala direita tem dos lusitanos,
Apto para mandá-los e regê-los,
Mem * Rodrigues se diz de Vasconcelos.

25 E da outra ala, que a esta corresponde,
Antão Vasques de Almada * é capitão,
Que depois foi de Abranches * nobre Conde;
Das gentes vai regendo a sestra mão.
Logo na retaguarda não se esconde
Das Quinas e Castelos o pendão,
Com Joane, * Rei forte em toda parte,
Que escurecendo o preço vai de Marte. *

26 Estavam pelos muros, temerosas
E de um alegre medo [133] quase frias,
Rezando, as mães, irmãs, damas e esposas,
Prometendo jejuns e romarias.
Já chegam as esquadras belicosas
Defronte das imigas companhias,
Que com grita grandíssima os recebem:
E todas grande dúvida concebem.

27 Respondem as trombetas mensageiras,
Pífaros sibilantes e atambores;
Alférezes [134] volteiam as bandeiras,
Que variadas são de muitas côres.
Era no sêco tempo que nas eiras
Ceres * o fruto deixa aos lavradores;
Entra em Astréia * o Sol, no mês de agôsto;
Baco * das uvas tira o doce mosto.

---

(133) Com medo, mas alegres por acreditarem na vitória.
(134) Porta-bandeiras.

28 Deu sinal a trombeta castelhana, *
Horrendo, fero, ingente e temeroso;
Ouviu-o o monte Artabro, * e Guadiana *
Atrás tornou as ondas de medroso.
Ouviu o Douro e a terra transtagana; *
Correu ao mar o Tejo duvidoso;
E as mães que o som terríbil escutaram,
Aos peitos os filhinhos apertaram.

29 Quantos rostos ali se vem sem cor,
Que ao coração acode o sangue amigo!
Que, nos perigos grandes, o temor
É maior muitas vezes que o perigo.
E se o não é, parece-o, que o furor
De ofender ou vencer o duro imigo
Faz não sentir que é perda grande e rara
Dos membros corporais, da vida cara.

30 Começa-se a travar a incerta guerra:
De ambas partes se move a primeira ala;
Uns leva a defensão da própria terra,
Outros as esperanças de ganhá-la.
Logo o grande Pereira, * em quem se encerra
Todo o valor, primeiro se assinala:
Derriba e encontra e a terra enfim semeia
Dos que a tanto desejam, sendo alheia.

31 Já pelo espesso ar os estridentes
Farpões, setas e vários tiros voam;
Debaixo dos pés duros dos ardentes
Cavalos treme a terra, os vales soam.
Espedaçam-se as lanças, e as freqüentes
Quedas co'as duras armas tudo atroam.
Recrescem os imigos sobre a pouca
Gente do fero Nuno, * que os apouca.

32 Eis ali seus irmãos contra ele vão[135]
(Caso feio e cruel); mas não se espanta,
Que menos é querer matar o irmão,
Quem contra o Rei e a Pátria se alevanta.
Destes arrenegados muitos são
No primeiro esquadrão, que se adianta
Contra irmãos e parentes (caso estranho),
Quais nas guerras civis de Júlio * e Magno. *

33 Ó tu, Sertório, * ó nobre Coriolano, *
Catilina, * e vós outros dos antigos
Que contra vossas pátrias, com profano
Coração, vos fizestes inimigos:
Se lá no reino escuro de Sumano *
Receberdes gravíssimos castigos,
Dizei-lhe que também dos portugueses
Alguns traidores houve algumas vezes.

34 Rompem-se aqui dos nossos os primeiros,
Tantos dos inimigos a eles vão.
Está ali Nuno, * qual pelos outeiros
De Ceita * está o fortíssimo leão
Que cercado se vê dos cavaleiros
Que os campos vão correr de Tutuão: *
Perseguem-no co'as lanças, e ele, iroso,
Torvado um pouco está, mas não medroso;

35 Com torva vista os vê, mas a natura
Ferina e a ira não lhe compadecem
Que as costas dê, mas antes na espessura
Das lanças se arremessa, que recrescem.
Tal está o cavaleiro, que a verdura
Tinge co'o sangue alheio; ali perecem
Alguns dos seus, que o ânimo valente
Perde a virtude[136] contra tanta gente.

---

(135) D. Diogo e D. Pedro Álvares Pereira combatiam pelos castelhanos.
(136) Força, valentia.

36 Sentiu Joane * a afronta[137] que passava
Nuno, * que, como sábio capitão,
Tudo corria e via e a todos dava,
Com presença e palavras, coração.
Qual parida leoa, fera e brava,
Que os filhos, que no ninho sós estão,
Sentiu que, enquanto pasto lhe buscara,
O pastor de Massília * lhos furtara,

37 Corre raivosa e freme e com bramidos
Os montes Sete Irmãos * atroa e abala:
Tal Joane, * com outros escolhidos
Dos seus, correndo acode à primeira ala:
— Ó fortes companheiros, ó subidos
Cavaleiros, a quem nenhum se iguala,
Defendei vossas terras, que a esperança
Da liberdade está na vossa lança!

38 Vedes-me aqui, Rei vosso e companheiro,
Que entre as lanças e setas e os arneses
Dos inimigos corro e vou primeiro;
Pelejai, verdadeiros portugueses!
Isto disse o magnânimo guerreiro
E, sopesando a lança quatro vezes,
Com força tira; e deste único tiro
Muitos lançaram o último suspiro.

39 Porque eis os seus, acesos novamente
De uma nobre vergonha e honroso fogo,
Sobre qual mais, com ânimo valente,
Perigos vencerá do márcio * jogo,
Porfiam; tinge o ferro o fogo ardente;
Rompem malhas primeiro e peitos logo.
Assim recebem junto e dão feridas,
Como a quem já não dói perder as vidas.

---

(137) A violência, o assalto, a situação difícil.

40 A muitos mandam ver o Estígio * lago,
Em cujo corpo a morte e o ferro entrava.
O Mestre morre ali de Santiago, *
Que fortissimamente pelejava;
Morre também, fazendo grande estrago,
Outro Mestre cruel de Calatrava. *
Os Pereiras * também, arrenegados,
Morrem, arrenegando o céu e os fados.

41 Muitos também do vulgo vil, sem nome,
Vão, e também dos nobres, ao profundo,
Onde o trifauce Cão[138] perpétua fome
Tem das almas que passam deste mundo.
E porque mais aqui se amanse e dome
A soberba do imigo furibundo,
A sublime bandeira castelhana *
Foi derribada aos pés da lusitana.

42 Aqui a fera batalha se encruece
Com mortes, gritos, sangue e cutiladas;
A multidão da gente que perece
Tem as flores da própria cor mudadas.
Já as costas dão e as vidas; já falece
O furor e sobejam as lançadas;
Já de Castela * o Rei desbaratado
Se vê e de seu propósito mudado.

43 O campo vai deixando ao vencedor,
Contente de lhe não deixar a vida.
Seguem-no os que ficaram, e o temor
Lhe dá, não pés, mas asas à fugida.
Encobrem no profundo peito a dor
Da morte, da fazenda despendida,
Da mágoa, da desonra e triste nojo
De ver outrem triunfar de seu despojo.

(138) **Cérbero, guarda da porta do Inferno.**

44 Alguns vão maldizendo e blasfemando
Do primeiro que guerra fez no mundo;
Outros a sede dura vão culpando
Do peito cobiçoso e sitibundo,
Que, por tomar o alheio, o miserando
Povo aventura às penas do profundo,
Deixando tantas mães, tantas esposas,
Sem filhos, sem maridos, desditosas.

45 O vencedor Joane * esteve os dias
Costumados no campo,[139] em grande glória;
Com ofertas, depois, e romarias,
As graças deu a Quem lhe deu vitória.
Mas Nuno, * que não quer por outras vias
Entre as gentes deixar de si memória
Senão por armas sempre soberanas,
Para as terras se passa transtaganas. *

46 Ajuda-o seu destino de maneira
Que fez igual o efeito ao pensamento,
Porque a terra dos vândalos, * fronteira,
Lhe concede o despojo e o vencimento.
Já de Sevilha a Bética * bandeira,
E de vários senhores, num momento
Se lhe derriba aos pés, sem ter defesa,
Obrigados da força portuguesa.

47 Destas e outras vitórias longamente
Eram os castelhanos * oprimidos,
Quando a paz, desejada já da gente,
Deram os vencedores aos vencidos,
Depois que quis o Padre onipotente
Dar os Reis inimigos por maridos
Às duas ilustríssimas inglesas,
Gentis, fermosas, ínclitas princesas.[140]

---

(139) Segundo o costume da época, o vencedor, para merecer esse nome, devia ficar três dias no campo de batalha, esperando uma eventual reação do vencido.

(140) Na verdade, D. João I de Portugal e D. João I de Castela casaram com duas meias-irmãs, D. Filipa e D. Catarina, filhas de João Gaunt, Duque de Lencastre.

48 Não sofre o peito forte, usado à guerra,
Não ter imigo já a quem faça dano;
E assim, não tendo a quem vencer na terra,
Vai cometer as ondas do oceano.
Este é o primeiro Rei que se desterra
Da pátria, por fazer que o africano
Conheça, pelas armas, quanto excede
A lei de Cristo à lei de Mafamede.*

49 Eis mil nadantes aves,[141] pelo argento
Da furiosa Tétis* inquieta,
Abrindo as pandas asas vão ao vento,
P'ra onde Alcides* pôs a extrema meta.
O monte Abila* e o nobre fundamento
De Ceita* toma, e o torpe Maometa*
Deita fora, e segura toda Espanha
Da juliana,* má e desleal manha.

50 Não consentiu a morte tantos anos
Que de herói tão ditoso se lograsse
Portugal, mas os coros soberanos
Do céu supremo quis que povoasse.
Mas, para defensão dos lusitanos,
Deixou Quem o levou, quem governasse
E aumentasse a terra mais que dantes:
Ínclita geração, altos Infantes.

51 Não foi do Rei Duarte* tão ditoso
O tempo que ficou na suma alteza,
Que assim vai alternando o tempo iroso
O bem co'o mal, o gosto co'a tristeza.
Quem viu sempre um estado deleitoso?
Ou quem viu em fortuna haver firmeza?
Pois inda neste reino e neste Rei
Não usou ela tanto desta lei?

---

(141) Os navios portugueses que, em grande quantidade, partiram à conquista de Ceuta.

52 Viu ser cativo o santo irmão Fernando *
(Que a tão altas empresas aspirava),
Que, por salvar o povo miserando
Cercado, ao sarraceno * se entregava.
Só por amor da pátria está passando
A vida, de senhora feita escrava,
Por não se dar por ele a forte Ceita. *
Mais o público bem que o seu respeita.

53 Codro, * por que o inimigo não vencesse,
Deixou antes vencer da morte a vida;
Régulo, * por que a pátria não perdesse,
Quis mais a liberdade ver perdida.
Este, porque se Espanha não temesse,
A cativeiro eterno se convida.
Codro, * nem Cúrcio, * ouvido por espanto,
Nem os Décios * leais, fizeram tanto.

54 Mas Afonso, * do reino único herdeiro,
Nome em armas ditoso em nossa Hespéria, *
Que a soberba do bárbaro fronteiro
Tornou em baixa e humílima miséria,
Fora por certo invicto cavaleiro,[142]
Se não quisera ir ver a terra Ibéria. *
Mas África dirá ser impossíbil
Poder ninguém vencer o Rei terríbil.

55 Este pôde colher as maçãs de ouro
Que somente o Tiríntio * colher pôde.
Do jugo que lhe pôs, o bravo mouro *
A cerviz inda agora não sacode.
Na fronte a palma leva e o verde louro
Das vitórias do bárbaro, que acode
A defender Alcácer, * forte vila,
Tângere * populoso e a dura Arzila. *

---

(142) D. Afonso IV foi derrotado na batalha de Toro, deixando portanto de ser "invicto cavaleiro". V. estância 57.

56 Porém elas, enfim, por força entradas,
Os muros abaixaram de diamante
Às portuguesas forças, costumadas
A derribarem quanto acham diante.
Maravilhas em armas, estremadas
E de escritura dignas elegante,[143]
Fizeram cavaleiros nesta empresa,
Mais afinando a fama portuguesa.

57 Porém depois, tocado de ambição
E glória de mandar, amara e bela,
Vai cometer Fernando de Aragão, *
Sôbre o potente reino de Castela. *[144]
Ajunta-se a inimiga multidão
Das soberbas e várias gentes dela,
Desde Cáliz * ao alto Perineu, *
Que tudo ao Rei Fernando * obedeceu.

58 Não quis ficar nos reinos ocioso
O mancebo Joane, * e logo ordena
De ir ajudar o pai ambicioso,
Que então lhe foi ajuda não pequena.
Saiu-se, enfim, do trance perigoso,
Com fronte não torvada, mas serena.
Desbaratado o pai sanguinolento,
Mas ficou duvidoso o vencimento:

59 Porque o filho, sublime e soberano,
Gentil, forte, animoso cavaleiro,
Nos contrários fazendo imenso dano,
Todo um dia ficou no campo inteiro.
Destarte foi vencido Otaviano, *
E Antônio * vencedor, seu companheiro,
Quando daqueles que César * mataram
Nos Filípicos * campos se vingaram.

---

(143) E dignas de serem cantadas em elegante prosa.

(144) D. Afonso IV saiu em defesa dos direitos de sua sobrinha ao trono de Castela e foi vencido. Seu filho, mais tarde D. João II, teve mais sorte no campo de batalha.

60 Porém, depois que a escura noite eterna
Afonso * aposentou no céu sereno,
O Príncipe que o reino então governa
Foi Joane * segundo e Rei trezeno.
Este, por haver fama sempiterna,
Mais do que tentar pode o homem terreno
Tentou, que foi buscar da roxa Aurora *
Os términos, que eu vou buscando agora.

61 Manda seus mensageiros, [145] que passaram
Espanha, França, Itália celebrada,
E lá no ilustre porto se embarcaram
Onde já foi Parténope * enterrada:
Nápoles, * onde os fados se mostraram,
Fazendo-a a várias gentes subjugada,
Pela ilustrar, no fim de tantos anos,
Co'o senhorio de ínclitos hispanos.

62 Pelo mar alto Sículo * navegam;
Vão-se às praias de Rodes * arenosas,
E dali às ribeiras altas chegam
Que com morte de Magno * são famosas.
Vão a Mênfis, * e às terras que se regam
Das enchentes nilóticas * undosas;
Sobem à Etiópia * sobre Egito,
Que de Cristo lá guarda o santo rito.

63 Passam também as ondas eritréias, *
Que o povo de Israel * sem nau passou;
Ficam-lhe atrás as serras nabatéias,
Que o filho de Ismael * co'o nome ornou.
As costas odoríferas sabéias, *
Que a mãe do belo Adônis * tanto honrou,
Cercam, com toda a Arábia * descoberta
Feliz, deixando a Pétrea * e a Deserta. *

---

(145) Estes mensageiros de D. João II são Pêro da Covilhã e Afonso de Paiva que, em busca das terras do Preste João das Índias, realizaram a expedição a que Camões se refere nas estâncias 61 a 65.

64 Entram no estreito Pérsico, * onde dura
Da confusa Babel * inda a memória;
Ali co'o Tigre * o Eufrates se mistura,
Que as fontes onde nascem têm por glória.
Dali vão em demanda da água pura,
Que causa inda será de larga história,
Do Indo, pelas ondas do oceano,
Onde não se atreveu passar Trajano. *

65 Viram gentes incógnitas e estranhas
Da Índia, da Carmânia * e Gedrosia, *
Vendo vários costumes, várias manhas,
Que cada região produz e cria.
Mas de vias tão ásperas, tamanhas,
Tornar-se facilmente não podia.
Lá morreram, enfim, e lá ficaram,
Que à desejada pátria não tornaram.

66 Parece que guardava o claro céu
A Manuel * e seus merecimentos
Esta empresa tão árdua, que o moveu
A subidos e ilustres movimentos.
Manuel, * que a Joane * sucedeu
No reino e nos altivos pensamentos,
Logo como tomou do reino cargo,
Tomou mais a conquista do mar largo.

67 O qual, como do nobre pensamento
Daquela obrigação que lhe ficara
De seus antepassados, cujo intento
Foi sempre acrescentar a terra cara,
Não deixasse de ser um só momento
Conquistado, no tempo que a luz clara
Foge, e as estrelas nítidas que saem
A repouso convidam quando caem,

68 Estando já deitado no áureo leito,
Onde imaginações mais certas são,
Revolvendo contínuo no conceito
De seu ofício e sangue a obrigação,
Os olhos lhe ocupou o sono aceito,
Sem lhe desocupar o coração;
Porque, tanto que lasso se adormece,
Morfeu * em várias formas lhe aparece.

69 Aqui se lhe apresenta que subia
Tão alto que tocava à prima esfera,
Donde diante vários mundos via,
Nações de muita gente, estranha e fera.
E lá bem junto donde nasce o dia,
Depois que os olhos longos estendera,
Viu de antigos, longínquos e altos montes
Nascerem duas claras e altas fontes.

70 Aves agrestes, feras e alimárias
Pelo monte selvático habitavam;
Mil árvores silvestres e ervas várias
O passo e o trato às gentes atalhavam.
Estas duras montanhas, adversárias
De mais conversação, por si mostravam
Que, dês que Adão pecou aos nossos anos,
Não as romperam nunca pés humanos.

71 Das águas se lhe antolha que saíam,
Para ele os largos passos inclinando,
Dois homens, que mui velhos pareciam,
De aspeito, inda que agreste, venerando.
Das pontas dos cabelos lhe caíam
Gotas, que o corpo todo vão banhando;
A cor da pele baça e denegrida,
A barba hirsuta, intonsa, mas comprida.

72 De ambos de dois a fronte coroada
Ramos não conhecidos e ervas tinha.
Um deles a presença traz cansada,
Como quem de mais longe ali caminha;
E assim a água, com ímpeto alterada,
Parecia que doutra parte vinha,
Bem como Alfeu * de Arcádia * em Siracusa *
Vai buscar os abraços de Aretusa. *

73 Este, que era o mais grave na pessoa,
Destarte para o Rei de longe brada:
— Ó tu, a cujos reinos e coroa
Grande parte do mundo está guardada,
Nós outros, cuja fama tanto voa,
Cuja cerviz bem nunca foi domada,
Te avisamos que é tempo que já mandes
A receber de nós tributos grandes.

74 Eu sou o ilustre Ganges, que na terra
Celeste tenho o berço verdadeiro;
Estoutro é o Indo, Rei, que, nesta serra
Que vês, seu nascimento tem primeiro.
Custar-te-emos contudo dura guerra;
Mas, insistindo tu, por derradeiro,
Com não vistas vitórias, sem receio
A quantas gentes vês porás o freio.

75 Não disse mais o Rio ilustre e santo,
Mas ambos desparecem num momento.
Acorda Emanuel * co'um novo espanto
E grande alteração de pensamento.
Estendeu nisto Febo * o claro manto
Pelo escuro hemisfério sonolento;
Veio a manhã no céu pintando as cores
De pudibunda rosa e roxas flores.

76 Chama o Rei os senhores a conselho
E propõe-lhe as figuras da visão;
As palavras lhe diz do santo velho,
Que a todos foram grande admiração.
Determinam o náutico aparelho,
Para que, com sublime coração,
Vá a gente que mandar cortando os mares
A buscar novos climas, novos ares.

77 Eu, que bem mal cuidava que em efeito
Se pusesse o que o peito me pedia,
Que sempre grandes cousas desse jeito,
Pressago, o coração me prometia,
Não sei por que razão, por que respeito,
Ou por que bom sinal que em mim se via,
Me põe o ínclito Rei nas mãos a chave
Deste cometimento grande e grave.

78 E com rogo e palavras amorosas,
Que é um mando nos Reis que a mais obriga,
Me disse: — As cousas árduas e lustrosas
Se alcançam com trabalho e com fadiga;
Faz as pessoas altas e famosas
A vida que se perde e que periga,
Que, quando ao medo infame não se rende,
Então, se menos dura, mais se estende.

79 Eu vos tenho entre todos escolhido
Para uma empresa, qual a vós se deve,
Trabalho ilustre, duro e esclarecido,
O que eu sei que por mim vos será leve.
Não sofri mais, mas logo: — Ó Rei subido,
Aventurar-me a ferro, a fogo, a neve,
É tão pouco por vós que mais me pena
Ser esta vida cousa tão pequena.

80 Imaginai tamanhas aventuras
Quais Euristeu * a Alcides * inventava:
O leão Cleonéu, * Harpias * duras,
O porco de Erimanto, * a Hidra * brava,
Descer, enfim, às sombras vãs e escuras
Onde os campos de Dite * a Estige * lava;
Porque a maior perigo, a mor afronta,
Por vós, ó Rei, o esprito e carne é pronta.

81 Com mercês suntuosas me agradece
E com razões me louva esta vontade;
Que a virtude louvada vive e cresce
E o louvor altos casos persuade.
A acompanhar-me logo se oferece,
Obrigado de amor e de amizade,
Não menos cobiçoso de honra e fama,
O caro meu irmão Paulo da Gama. *

82 Mais se me ajunta Nicolau Coelho, *
De trabalhos mui grande sofredor.
Ambos são de valia e de conselho,
De experiência em armas e furor.
Já de manceba gente me aparelho,
Em que cresce o desejo do valor;
Todos de grande esforço; e assim parece
Quem a tamanhas cousas se oferece.

83 Foram de Emanuel * remunerados,
Por que com mais amor se apercebessem,
E com palavras altas animados
Para quantos trabalhos sucedessem.
Assim foram os mínias * ajuntados,
Para que o véu dourado combatessem,
Na fatídica nau, que ousou primeira
Tentar o mar Euxínio, * aventureira.

84 E já no porto da ínclita Ulisséia,*
Co'um alvoroço nobre e co'um desejo
(Onde o licor mistura e branca areia
Co'o salgado Netuno * o doce Tejo)
As naus prestes estão; e não refreia
Temor nenhum o juvenil despejo,
Porque a gente marítima e a de Marte*
Estão para seguir-me a toda parte.

85 Pelas praias vestidos os soldados
De várias cores vêm e várias artes,
E não menos de esfôrço aparelhados
Para buscar do mundo novas partes.
Nas fortes naus os ventos sossegados
Ondeiam os aéreos estandartes.
Elas prometem, vendo os mares largos,
De ser no Olimpo * estrelas, como a de Argos. *

86 Depois de aparelhados, desta sorte,
De quanto tal viagem pede e manda,
Aparelhamos a alma para a morte,
Que sempre aos nautas ante os olhos anda.
Para o sumo poder, que a etérea corte
Sustenta só co'a vista veneranda,
Imploramos favor que nos guiasse
E que nossos começos aspirasse.

87 Partimo-nos assim do santo templo
Que nas praias do mar está assentado,
Que o nome tem da terra, para exemplo,
Donde Deus foi em carne ao mundo dado. [146]
Certifico-te, ó Rei, que, se contemplo
Como fui destas praias apartado,
Cheio dentro de dúvida e receio,
Que apenas nos meus olhos ponho o freio. [147]

---

(146) Partiram de Belém, na margem direita do Tejo, que tem o nome do lugar da Palestina onde nasceu Jesus.

(147) Que dificilmente contenho as lágrimas.

88 A gente da cidade, aquele dia,
(Uns por amigos, outros por parentes,
Outros por ver somente) concorria,
Saudosos na vista e descontentes.
E nós, co'a virtuosa companhia
De mil religiosos diligentes,
Em procissão solene, a Deus orando,
Para os batéis viemos caminhando.

89 Em tão longo caminho e duvidoso
Por perdidos as gentes nos julgavam,
As mulheres co'um choro piedoso,
Os homens com suspiros que arrancavam.
Mães, esposas, irmãs, que o temeroso
Amor mais desconfia, acrescentavam
A desesperação e frio medo
De já nos não tornar a ver tão cedo.

90 Qual vai dizendo: — Ó filho, a quem eu tinha
Só para refrigério e doce amparo
Desta cansada já velhice minha,
Que em choro acabará, penoso e amaro,
Por que me deixas, mísera e mesquinha?
Por que de mim te vás, ó filho caro,
A fazer o funéreo enterramento
Onde sejas de peixes mantimento?

91 Qual em cabelo: — Ó doce e amado esposo,
Sem quem não quis Amor que viver possa,
Por que is aventurar ao mar iroso
Essa vida que é minha e não é vossa?
Como, por um caminho duvidoso,
Vos esquece a afeição tão doce nossa?
Nosso amor, nosso vão contentamento,
Quereis que com as velas leve o vento?

92 Nestas e outras palavras que diziam,
De amor e de piedosa humanidade,
Os velhos e os meninos as seguiam,
Em quem menos esforço põe a idade.
Os montes de mais perto respondiam,
Quase movidos de alta piedade;
A branca areia as lágrimas banhavam,
Que em multidão com elas se igualavam.

93 Nós outros, sem a vista alevantarmos
Nem a mãe, nem a esposa, neste estado,
Por nos não magoarmos, ou mudarmos
Do propósito firme começado,
Determinei de assim nos embarcarmos,
Sem o despedimento costumado,
Que, posto que é de amor usança boa,
A quem se aparta, ou fica, mais magoa.

94 Mas um velho, de aspeito venerando,
Que ficava nas praias, entre a gente,
Postos em nós os olhos, meneando
Três vezes a cabeça, descontente,
A voz pesada um pouco alevantando,
Que nós no mar ouvimos claramente,
Co'um saber só de experiências feito,
Tais palavras tirou do experto peito: [148]

95 — Ó glória de mandar, ó vã cobiça
Desta vaidade a quem chamamos fama!
Ó fraudulento gosto, que se atiça
Co'uma aura popular, que honra se chama!
Que castigo tamanho e que justiça
Fazes no peito vão que muito te ama!
Que mortes, que perigos, que tormentas,
Que crueldades neles exprimentas!

---

(148) Do coração cheio de experiência.

96 Dura inquietação da alma e da vida,
Fonte de desamparos e adultérios,
Sagaz consumidora conhecida
De fazendas, de reinos e de impérios:
Chamam-te ilustre, chamam-te subida,
Sendo digna de infames vitupérios;
Chamam-te fama e glória soberana,
Nomes com quem se o povo néscio engana.

97 A que novos desastres determinas
De levar estes reinos e esta gente?
Que perigos, que mortes lhe destinas,
Debaixo dalgum nome preminente?
Que promessas de reinos e de minas
De ouro, que lhe farás tão facilmente?
Que famas lhe prometerás? Que histórias?
Que triunfos? Que palmas? Que vitórias?

98 Mas, ó tu, geração daquele insano[149]
Cujo pecado e desobediência
Não somente do reino soberano
Te pôs neste desterro e triste ausência,
Mas inda doutro estado, mais que humano,
Da quieta e da simples inocência,
Idade de ouro, tanto te privou,
Que na de ferro e de armas te deitou:

99 Já que nesta gostosa vaidade
Tanto enlevas a leve fantasia,
Já que à bruta crueza e feridade
Puseste nome: esforço e valentia;
Já que prezas em tanta quantidade
O desprezo da vida, que devia
De ser sempre estimada, pois que já
Temeu tanto perdê-la Quem a dá:[150]

(149) Adão, por culpa de quem o Homem perdeu o "Reino soberano" (O Paraíso) e a "simples inocência," a "Idade de ouro".

(150) Alusão a Cristo que, embora dando a vida, também receou perdê-la, a ponto de pedir a Deus: "Pai, se é possível, passa de mim este cálice."

100 Não tens junto contigo o ismaelita,*
Com quem sempre terás guerras sobejas?
Não segue ele do arábio * a lei maldita,
Se tu pela de Cristo só pelejas?
Não tem cidades mil, terra infinita,
Se terras e riqueza mais desejas?
Não é ele por armas esforçado,
Se queres por vitórias ser louvado?

101 Deixas criar às portas o inimigo,
Por ires buscar outro de tão longe,
Por quem se despovoe o reino antigo,
Se enfraqueça e se vá deitando a longe;
Buscas o incerto e incógnito perigo
Por que a fama te exalte e te lisonje
Chamando-te senhor, com larga cópia,
Da Índia, Pérsia, Arábia * e de Etiópia. *

102 Oh! Maldito o primeiro que, no mundo,
Nas ondas vela pôs em seco lenho! [151]
Digno da eterna pena do profundo,
Se é justa a justa lei que sigo e tenho!
Nunca juízo algum alto e profundo
Nem cítara sonora ou vivo engenho,
Te dê por isso fama nem memória,
Mas contigo se acabe o nome e glória!

103 Trouxe o filho de Jápeto * do céu
O fogo que ajuntou ao peito humano,
Fogo que o mundo em armas acendeu,
Em mortes, em desonras (grande engano!)
Quanto melhor nos fora, Prometeu, *
E quanto para o mundo menos dano,
Que a tua estátua ilustre [152] não tivera
Fogo de altos desejos que a movera!

---

(151) Construiu um barco.

(152) A "estátua ilustre" feita por Prometeu (v. Glossário) é o Homem.

104 Não cometera o moço miserando
O carro alto do pai,[153] nem o ar vazio
O grande arquitector co'o filho[154] dando,
Um, nome ao mar, e, o outro, fama ao rio.
Nenhum cometimento alto e nefando
Por fogo, ferro, água, calma e frio,
Deixa intentado[155] a humana geração.
Mísera sorte! Estranha condição!

---

(153) Fáeton (v. Glossário).

(154) Dédalo e seu filho Ícaro. O primeiro "grande arquitector", construiu o labirinto de Creta e, não conseguindo sair dele, por terra, fêz umas asas de cera, para se evadir, voando. O filho, tentou subir tão alto com essas asas que o Sol as derreteu e êle despenhou-se no mar, que tomou o seu nome (Icário).

(155) Sem que tente realizar.

CANTO QUINTO

1 ESTAS SENTENÇAS tais o velho honrado
Vociferando estava, quando abrimos
As asas ao sereno e sossegado
Vento, e do porto amado nos partimos.
E, como é já no mar costume usado,
A vela desfraldando, o céu ferimos,
Dizendo: — Boa viagem! Logo o vento
Nos troncos fez o usado movimento.

2 Entrava neste tempo o eterno lume
No animal Nemeio* truculento;
E o mundo, que com tempo se consume,
Na sexta idade andava,[156] enfermo e lento.
Nela vê, como tinha por costume,
Cursos do Sol catorze vezes cento,
Com mais noventa e sete,[157] em que corria,
Quando no mar a armada se estendia.

3 Já a vista, pouco e pouco, se desterra
Daqueles pátrios montes, que ficavam;
Ficava o caro Tejo e a fresca serra
De Sintra, e nela os olhos se alongavam.
Ficava-nos também na amada terra
O coração, que as mágoas lá deixavam.
E, já depois que toda se escondeu,
Não vimos mais, enfim, que mar e céu.

---

(156) "a sexta idade" é a que vai desde o nascimento de Cristo até à consumação dos séculos.

(157) i. e. 1497 segundo o calendário juliano, data da partida da esquadra de Vasco da Gama

4 Assim fomos abrindo aqueles mares,
Que geração alguma não abriu,
As novas ilhas vendo e os novos ares
Que o generoso Henrique * descobriu;
De Mauritânia * os montes e lugares,
Terra que Anteu * num tempo possuiu,
Deixando à mão esquerda, que à direita
Não há certeza doutra, mas suspeita.[158]

5 Passamos a grande ilha da Madeira,
Que do muito arvoredo assim se chama;
Das que nós povoamos a primeira,
Mais célebre por nome que por fama.
Mas, nem por ser do mundo a derradeira,
Se lhe avantajam quantas Vênus * ama;
Antes, sendo esta sua, se esquecera
De Cipro, * Gnido, * Pafos * e Citera. *

6 Deixamos de Massília * a estéril costa,
Onde seu gado os azenegues * pastam,
Gente que as frescas águas nunca gosta
Nem as ervas do campo bem lhe abastam;
A terra a nenhum fruto, enfim, disposta,
Onde as aves no ventre o ferro gastam,[159]
Padecendo de tudo extrema inópia,
Que aparta a Barbaria * de Etiópia. *

7 Passamos o limite aonde chega
O Sol, que para o norte os carros guia;
Onde jazem os povos a quem nega
O filho de Climene * a cor do dia.
Aqui gentes estranhas lava e rega
Do negro Sanagá * a corrente fria,
Onde o Cabo Arsinário * o nome perde,
Chamando-se dos nossos Cabo Verde. *

---

(158) Em 1497, na direção do Sul (à direita) não havia ainda a certeza da existência do continente americano, mas "suspeita".

(159) Alusão aos avestruzes, que digeririam até ferro.

8 Passadas tendo já as Canárias ilhas,
Que tiveram por nome Fortunadas,*
Entramos, navegando, pelas filhas
Do velho Hespério,* Hespéridas* chamadas;
Terras por onde novas maravilhas
Andaram vendo já nossas armadas.
Ali tomamos porto com bom vento,
Por tomarmos da terra mantimento.

9 Àquela ilha aportamos que tomou
O nome do guerrerio Santiago,*
Santo que os espanhóis tanto ajudou
A fazerem nos mouros* bravo estrago.
Daqui, tanto que Bóreas* nos ventou,
Tornamos a cortar o imenso lago
Do salgado oceano, e assim deixamos
A terra onde o refresco doce achamos.

10 Por aqui rodeando a larga parte
De África, que ficava ao oriente:
A província Jalofo,* que reparte
Por diversas nações a negra gente;
A mui grande Mandinga,* por cuja arte
Logramos o metal rico e luzente,
Que do curvo Gambeia* as águas bebe,
As quais o largo Atlântico recebe;

11 As Dórcadas* passamos, povoadas
Das irmãs[160] que outro tempo ali viviam,
Que, de vista total sendo privadas,
Todas três dum só olho se serviam.
Tu só, tu, cujas tranças encrespadas
Netuno* lá nas águas acendiam,
Tornada já de todas a mais feia,
De víboras encheste a ardente areia.

---

(160) As Górgonas que, diz a Fábula, dispunham de um olho só, para as três. Da cabeça da Medusa, uma das irmãs, caíram gotas de sangue que se metamorfosearam em serpentes, ao tocarem na areia do deserto.

12 Sempre, enfim, para o Austro * a aguda proa,
No grandíssimo gólfão nos metemos,
Deixando a serra aspérrima Leoa,*
Co'o cabo a quem das Palmas * nome demos.
O grande rio, onde batendo soa
O mar nas praias notas, que ali temos,
Ficou, co'a ilha ilustre, que tomou
O nome dum que o lado a Deus tocou.[161]

13 Ali o mui grande reino está de Congo,*
Por nós já convertido à fé de Cristo,
Por onde o Zaire * passa, claro e longo,
Rio pelos antigos nunca visto.
Por este largo mar, enfim, me alongo
Do conhecido pólo de Calisto,*
Tendo o término ardente já passado
Onde o meio do mundo é limitado.

14 Já descoberto tínhamos diante,
Lá no novo hemisfério, nova estrela,[162]
Não vista de outra gente, que, ignorante,
Alguns tempos esteve incerta dela.
Vimos a parte menos rutilante
E, por falta de estrelas, menos bela,
Do pólo fixo, onde inda se não sabe
Que outra terra comece ou mar acabe.

15 Assim, passando aquelas regiões
Por onde duas vezes passa Apolo,*
Dois invernos fazendo e dois verões,
Enquanto corre dum ao outro pólo,
Por calmas, por tormentas e opressões,
Que sempre faz no mar o irado Eolo,*
Vimos as Ursas,* a pesar de Juno,*
Banharem-se nas águas de Netuno.*

---

(161) O Rio Niger, e a Ilha de S. Tomé (porque este Apóstolo só acreditou na ressurreição de Cristo quando lhe tocou num "lado").

(162) Camões toma muitas vezes estrela no sentido de constelação. Aqui, trata-se do Cruzeiro do Sul.

16 Contar-te longamente as perigosas
Cousas do mar, que os homens não entendem,
Súbitas trovoadas temerosas,
Relâmpados que o ar em fogo acendem,
Negros chuveiros, noites tenebrosas,
Bramidos de trovões, que o mundo fendem,
Não menos é trabalho que grande erro,
Ainda que tivesse a voz de ferro.

17 Os casos vi que os rudos marinheiros,
Que têm por mestra a longa experiência,
Contam por certos sempre e verdadeiros,
Julgando as cousas só pela aparência,
E que os que têm juízos mais inteiros,
Que só por puro engenho e por ciência
Vem do mundo os segredos escondidos,
Julgam por falsos ou mal entendidos.

18 Vi, claramente visto, o lume vivo
Que a marítima gente tem por santo,[163]
Em tempo de tormenta e vento esquivo,
De tempestade escura e triste pranto.
Não menos foi a todos excessivo
Milagre, e cousa, certo, de alto espanto,
Ver as nuvens, do mar com largo cano,
Sorver as altas águas do oceano.[164]

19 Eu o vi certamente (e não presumo
Que a vista me enganava): levantar-se
No ar um vaporzinho e sutil fumo
E, do vento trazido, rodear-se;
De aqui levado um cano ao pólo sumo
Se via, tão delgado, que enxergar-se
Dos olhos facilmente não podia;
Da matéria das nuvens parecia.

---

(163) O chamado fogo de Santelmo, fenômeno meteorológico que consistia numa chama azulada que, nas tempestades, surgia nos mastros dos navios.

(164) Alusão à tromba marítima, pormenorizadamente descrita nas estrofes 19 a 22.

20 Ia-se pouco e pouco acrescentando
E mais que um largo mastro se engrossava;
Aqui se estreita, aqui se alarga, quando
Os golpes grandes de água em si chupava;
Estava-se co'as ondas ondeando;
Em cima dele uma nuvem se espessava,
Fazendo-se maior, mais carregada,
Co'o cargo grande d'água em si tomada.

21 Qual roxa sanguessuga se veria
Nos beiços da alimária (que, imprudente,
Bebendo a recolheu na fonte fria)
Fartar co'o sangue alheio a sede ardente;
Chupando, mais e mais se engrossa e cria,
Ali se enche e se alarga grandemente:
Tal a grande coluna, enchendo, aumenta
A si e a nuvem negra que sustenta.

22 Mas, depois que de todo se fartou,
O pé que tem no mar a si recolhe
E pelo céu, chovendo, enfim voou,
Por que co'a água a jacente água molhe;
Às ondas torna as ondas que tomou,
Mas o sabor do sal lhe tira e tolhe.
Vejam agora os sábios na escritura
Que segredos são estes de natura.

23 Se os antigos filósofos, que andaram
Tantas terras, por ver segredos delas,
As maravilhas que eu passei, passaram,
A tão diversos ventos dando as velas,
Que grandes escrituras que deixaram!
Que influição de signos e de estrelas,
Que estranhezas, que grandes qualidades!
E tudo sem mentir, puras verdades.

24 Mas já o planeta[165] que no céu primeiro
Habita, cinco vezes apressada,
Agora meio rosto, agora inteiro,
Mostrara, enquanto o mar cortava a armada,
Quando da etérea gávea um marinheiro,
Pronto co'a vista: — Terra, terra, brada.
Salta no bordo alvoroçada a gente,
Co'os olhos no horizonte do oriente.

25 A maneira de nuvens se começam
A descobrir os montes que enxergamos;
As âncoras pesadas se adereçam;
As velas, já chegados, amainamos.
E, para que mais certas se conheçam
As partes tão remotas onde estamos,
Pelo novo instrumento do astrolábio,
Invenção de sutil juízo e sábio:

26 Desembarcamos logo na espaçosa
Parte, por onde a gente se espalhou,
De ver cousas estranhas desejosa,
Da terra que outro povo não pisou.
Porém eu, co'os pilotos, na arenosa
Praia, por vermos em que parte estou,
Me detenho em tomar do Sol a altura
E compassar a universal pintura.[166]

27 Achamos ter de todo já passado
Do semicapro * Peixe a grande meta,
Estando entre êle e o círculo gelado
Austral, parte do mundo mais secreta.
Eis, de meus companheiros rodeado,
Vejo um estranho vir, de pele preta,
Que tomaram per fôrça, enquanto apanha
De mel os doces favos na montanha.

---

(165) "Planeta" aqui refere-se à Lua, assim considerada no sistema ptolemaico. Repare-se que "planeta" é masculino pelo artigo e feminino pelo adjetivo "apressada". Na época podia ter os dois gêneros.

(166) Marcar a carta geográfica.

28 Torvado vem na vista, como aquele
Que não se vira nunca em tal extremo;
Nem ele entende a nós, nem nós a ele,
Selvagem mais que o bruto Polifemo.*
Começo-lhe a mostrar da rica pele
De colcos* o gentil metal supremo,
A prata fina, a quente especiaria:
A nada disto o bruto se movia.

29 Mando mostrar-lhe peças mais somenos:
Contas de cristalino transparente,
Alguns soantes cascavéis pequenos,
Um barrete vermelho, cor contente;
Vi logo, por sinais e por acenos,
Que com isto se alegra grandemente.
Mando-o soltar com tudo e assim caminha
Para a povoação, que perto tinha.

30 Mas, logo ao outro dia, seus parceiros,
Todos nus e da cor da escura treva,
Descendo pelos ásperos outeiros,
As peças vêm buscar que estoutro leva.
Domésticos já tanto e companheiros
Se nos mostram, que fazem que se atreva
Fernão Veloso* a ir ver da terra o trato
E partir-se com eles pelo mato.

31 É Veloso* no braço confiado
E, de arrogante, crê que vai seguro;
Mas, sendo um grande espaço já passado,
Em que algum bom sinal saber procuro,
Estando, a vista alçada, co'o cuidado
No aventureiro, eis pelo monte duro
Aparece e, segundo ao mar caminha,
Mais apressado do que fora, vinha.

32 O batel de Coelho* foi depressa
Pelo tomar, mas, antes que chegasse,
Um etíope ousado se arremessa
A ele, por que não se lhe escapasse.
Outro e outro lhe saem; vê-se em pressa
Veloso,* sem que alguém lhe ali ajudasse.
Acudo eu logo, e, enquanto o remo aperto,
Se mostra um bando negro, descoberto.

33 Da espessa nuvem setas e pedradas
Chovem sobre nós outros, sem medida;
E não foram ao vento em vão deitadas,
Que esta perna trouxe eu dali ferida.
Mas nós, como pessoas magoadas,
A resposta lhe demos tão tecida,
Que em mais que nos barretes se suspeita
Que a cor vermelha levam desta feita.

34 E, sendo já Veloso* em salvamento,
Logo nos recolhemos para a armada,
Vendo a malícia feia e rudo intento
Da gente bestial, bruta e malvada,
De quem nenhum melhor conhecimento
Pudemos ter da Índia desejada
Que estarmos inda muito longe dela.
E assim tornei a dar ao vento a vela.

35 Disse então a Veloso* um companheiro
(Começando-se todos a sorrir):
— Olá! Veloso amigo, aquele outeiro
É melhor de descer que de subir.
— Sim, é, responde o ousado aventureiro;
Mas, quando eu para cá vi tantos vir
Daqueles cães, depressa um pouco vim,
Por me lembrar que estáveis cá sem mim.

36 Contou então que, tanto que passaram
Aquele monte os negros de quem falo,
Avante mais passar o não deixaram,
Querendo, se não torna, ali matá-lo;
E tornando-se, logo se emboscaram,
Por que, saindo nós para tomá-lo,
Nos pudessem mandar ao reino escuro,
Por nos roubarem mais a seu seguro.

37 Porém já cinco sóis eram passados
Que dali nos partíramos, cortando
Os mares nunca de outrem navegados,
Prosperamente os ventos assoprando,
Quando uma noite, estando descuidados
Na cortadora proa vigiando,
Uma nuvem que os ares escurece,
Sobre nossas cabeças aparece.

38 Tão temerosa vinha e carregada,
Que pôs nos corações um grande medo;
Bramindo, o negro mar de longe brada,
Como se desse em vão nalgum rochedo.
— Ó potestade, disse, sublimada:
Que ameaço divino ou que segredo
Este clima e este mar nos apresenta,
Que mor cousa parece que tormenta?

39 Não acabava, quando uma figura
Se nos mostra no ar, robusta e válida,
De disforme e grandíssima estatura;
O rosto carregado, a barba esquálida,
Os olhos encovados, e a postura
Medonha e má e a cor terrena e pálida;
Cheios de terra e crespos os cabelos,
A boca negra, os dentes amarelos.

40 Tão grande era de membros que bem posso
Certificar-te que este era o segundo
De Rodes * estranhíssimo Colosso,
Que um dos sete milagres foi do mundo.
Co'um tom de voz nos fala, horrendo e grosso,
Que pareceu sair do mar profundo.
Arrepiam-se as carnes e o cabelo,
A mim e a todos, só de ouvi-lo e vê-lo!

41 E disse: — Ó gente ousada, mais que quantas
No mundo cometeram grandes cousas,
Tu, que por guerras cruas, tais e tantas,
E por trabalhos vãos nunca repousas,
Pois os vedados términos quebrantas
E navegar meus longos mares ousas,
Que eu tanto tempo há já que guardo e tenho,
Nunca arados de estranho ou próprio lenho: [167]

42 Pois vens ver os segredos escondidos
Da natureza e do úmido elemento,
A nenhum grande humano concedidos
De nobre ou de imortal merecimento,
Ouve os danos de mim que apercebidos [168]
Estão a teu sobejo atrevimento,
Por todo o largo mar e pela terra
Que inda hás de sojugar com dura guerra.

43 Sabe que quantas naus esta viagem
Que tu fazes, fizerem, de atrevidas,
Inimiga terão esta paragem,
Com ventos e tormentas desmedidas!
E da primeira armada [169] que passagem
Fizer por estas ondas insofridas,
Eu farei de improviso tal castigo
Que seja mor o dano que o perigo!

---

(167) i. e. que nunca foram sulcados por qualquer outro navio, alheio ou próprio.

(168) Ouve os castigos que te preparei.

(169) Esta "primeira armada" foi a de Pedro Álvares Cabral, que perdeu quatro naus naquelas paragens.

44 Aqui espero tomar, se não me engano,
De quem me descobriu[170] suma vingança.
E não se acabará só nisto o dano
De vossa pertinace confiança:
Antes, em vossas naus vereis, cada ano,
Se é verdade o que meu juízo alcança,
Naufrágios, perdições de toda sorte,
Que o menor mal de todos seja a morte!

45 E do primeiro ilustre,[171] que a ventura
Com fama alta fizer tocar os céus,
Serei eterna e nova sepultura,
Por juízos incógnitos de Deus.
Aqui porá da turca armada dura
Os soberbos e prósperos troféus;
Comigo de seus danos o ameaça
A destruída Quíloa* com Mombaça.*

46 Outro[172] também virá, de honrada fama,
Liberal, cavaleiro, enamorado,
E consigo trará a fermosa dama
Que Amor* por grão mercê lhe terá dado.
Triste ventura e negro fado os chama
Neste terreno meu, que, duro e irado,
Os deixará dum cru naufrágio vivos,
Para verem trabalhos excessivos.

47 Verão morrer com fome os filhos caros,
Em tanto amor gerados e nascidos;
Verão os cafres, ásperos e avaros,
Tirar à linda dama seus vestidos;
Os cristalinos membros e preclaros
À calma, ao frio, ao ar, verão despidos,
Depois de ter pisada, longamente,
Co'os delicados pés a areia ardente.

---

(170) Bartolomeu Dias, que descobriu o Cabo da Boa Esperança, capitaneava uma das naus que ali naufragou.

(171) D. Francisco de Almeida (v. Glossário e Canto X, estâncias 26 a 38) morreu perto do Cabo da Boa Esperança numa escaramuça com os cafres.

(172) O caso a que se refere Camões nas estâncias 46 a 48 é o famoso naufrágio de Sepúlveda, descrito na *História Trágico-Marítima:* Manuel de

48 E verão mais os olhos que escaparem
De tanto mal, de tanta desventura,
Os dois amantes míseros ficarem
Na férvida, implacábil espessura.
Ali, depois que as pedras abrandarem
Com lágrimas de dor, de mágoa pura,
Abraçados, as almas soltarão
Da fermosa e misérrima prisão.

49 Mais ia por diante o monstro horrendo,
Dizendo nossos fados, quando, alçado,
Lhe disse eu: — Quem és tu? Que esse estupendo
Corpo, certo me tem maravilhado!
A boca e os olhos negros retorcendo
E dando um espantoso e grande brado,
Me respondeu, com voz pesada e amara,
Como quem da pergunta lhe pesara:

50 — Eu sou aquele oculto e grande cabo
A quem chamais vós outros Tormentório, *
Que nunca a Ptolomeu, * Pompônio, * Estrabo, *
Plínio * e quantos passaram fui notório.
Aqui toda a africana costa acabo
Neste meu nunca visto promontório,
Que para o pólo Antártico * se estende,
A quem vossa ousadia tanto ofende!

51 Fui dos filhos aspérrimos da Terra,
Qual Encélado, * Egeu * e o Centimano; *
Chamei-me Adamastor, * e fui na guerra
Contra o que vibra os raios de Vulcano; *
Não que pusesse serra sobre serra,
Mas, conquistando as ondas do oceano,
Fui capitão do mar, por onde andava
A armada de Netuno, * que eu buscava.

Sousa Sepúlveda vinha da Índia, com a mulher e os filhos, quando o navio naufragou, perto do Cabo. D. Leonor e as crianças morreram de fome, depois de terem sido assaltados e despojados pelos indígenas. Sepúlveda internou-se na selva e desapareceu.

52 Amores da alta esposa de Peleu*
Me fizeram tomar tamanha empresa.
Todas as deusas desprezei do céu,
Só por amar das águas a Princesa.
Um dia a vi, co'as filhas de Nereu,*
Sair nua na praia: e logo presa
A vontade senti de tal maneira
Que inda não sinto cousa que mais queira.

53 Como fosse impossíbil alcançá-la,
Pela grandeza feia de meu gesto,[173]
Determinei por armas de tomá-la
E a Dóris* este caso manifesto.
De medo a deusa então por mim lhe fala;
Mas ela, co'um fermoso riso honesto,
Respondeu: — Qual será o amor bastante
De ninfa,* que sustente o dum gigante?*

54 Contudo, por livrarmos o oceano
De tanta guerra, eu buscarei maneira
Com que, com minha honra, escuse o dano:
Tal resposta me torna a mensageira.
Eu, que cair não pude neste engano
(Que é grande dos amantes a cegueira),
Encheram-me, com grandes abondanças,
O peito de desejos e esperanças.

55 Já néscio, já da guerra desistindo,
Uma noite, de Dóris* prometida,
Me aparece de longe o gesto lindo
Da branca Tétis,* única, despida.
Como doido corri de longe, abrindo
Os braços para aquela que era vida
Deste corpo, e começo os olhos belos
A lhe beijar, as faces e os cabelos.

---

(173) Devido à minha aparência enorme e feia.

56 Oh! Que não sei de nojo como o conte:
Que, crendo ter nos braços quem amava,
Abraçado me achei co'um duro monte
De áspero mato e de espessura brava.
Estando co'um penedo fronte a fronte,
Que eu pelo rosto angélico apertava,
Não fiquei homem, não; mas mudo e quedo
E, junto dum penedo, outro penedo!

57 Ó ninfa, * a mais fermosa do oceano,
Já que minha presença não te agrada,
Que te custava ter-me neste engano,
Ou fosse monte, nuvem, sonho ou nada?
Daqui me parto, irado e quase insano
Da mágoa e da desonra ali passada,
A buscar outro mundo, onde não visse
Quem de meu pranto e de meu mal se risse.

58 Eram já neste tempo meus irmãos
Vencidos e em miséria extrema postos,
E, por mais segurar-se os deuses vãos,
Alguns a vários montes sotopostos.
E, como contra o céu não valem mãos,
Eu, que chorando andava meus desgostos,
Comecei a sentir do fado imigo,
Por meus atrevimentos, o castigo.

59 Converte-se-me a carne em terra dura;
Em penedos os ossos se fizeram;
Estes membros que vês, e esta figura,
Por estas longas águas se estenderam.
Enfim, minha grandíssima estatura
Neste remoto cabo converteram
Os deuses; e, por mais dobradas mágoas,
Me anda Tétis * cercando destas águas.

60 Assim contava; e, co'um medonho choro,
Súbito de ante os olhos se apartou.
Desfez-se a nuvem negra, e co'um sonoro
Bramido muito longe o mar soou.
Eu, levantando as mãos ao santo coro
Dos anjos, que tão longe nos guiou,
A Deus pedi que removesse os duros
Casos, que Adamastor * contou futuros.

61 Já Flegon * e Piróis * vinham tirando,
Co'os outros dois, o carro radiante,
Quando a terra alta se nos foi mostrando
Em que foi convertido o grão gigante. *
Ao longo desta costa, começando
Já de cortar as ondas do levante, *
Por ela abaixo um pouco navegamos,
Onde segunda vez terra tomamos.

62 A gente que esta terra possuía,
Posto que todos etíopes eram,
Mais humana no trato parecia
Que os outros que tão mal nos receberam.
Com bailos e com festas de alegria
Pela praia arenosa a nós vieram,
As mulheres consigo e o manso gado
Que apascentavam, gordo e bem criado.

63 As mulheres, queimadas, vêm em cima
Dos vagarosos bois, ali sentadas,
Animais que eles têm em mais estima
Que todo o outro gado das manadas.
Cantigas pastoris, ou prosa ou rima,
Na sua língua cantam, concertadas
Co'o doce som das rústicas avenas,
Imitando de Títiro * as Camenas. *

64 Estes, como na vista prazenteiros
Fossem, humanamente nos trataram,
Trazendo-nos galinhas e carneiros
A troco doutras peças que levaram.
Mas como nunca, enfim, meus companheiros
Palavra sua alguma lhe alcançaram
Que desse algum sinal do que buscamos,
As velas dando, as âncoras levamos.

65 Já aqui tínhamos dado um grão rodeio
À costa negra de África, e tornava
A proa a demandar o ardente meio[174]
Do céu, e o pólo Antártico * ficava.
Aquele ilhéu[175] deixamos onde veio
Outra armada primeira, que buscava
O Tormentório * cabo e, descoberto,
Naquele ilhéu fez seu limite certo.

66 Daqui fomos cortando muitos dias,
Entre tormentas tristes e bonanças,
No largo mar fazendo novas vias,
Só conduzidos de árduas esperanças.
Co'o mar um tempo andamos em porfias,
Que, como tudo nele são mudanças,
Corrente nele achamos tão possante,
Que passar não deixava por diante:

67 Era maior a força em demasia,
Segundo para trás nos obrigava,
Do mar, que contra nós ali corria,
Que por nós a do vento que assoprava.[176]
Injuriado Noto * da porfia
Em que co'o mar (parece) tanto estava,
Os assopros esforça iradamente,
Com que nos fez vencer a grão corrente.

---

(174) i. e. o Equador.
(175) O Ilhéu da Cruz, onde Bartolomeu Dias deixou um padrão em 1488.
(176) A força do mar, contra nós, era maior que a do vento, a nosso favor.

68 Trazia o Sol o dia celebrado
Em que três Reis das partes do Oriente
Foram buscar um Rei, de pouco nado,
No qual Rei outros três há juntamente.[177]
Neste dia outro porto foi tomado
Por nós, da mesma já contada gente,
Num largo rio, ao qual o nome demos
Do dia em que por ele nos metemos.

69 Desta gente refresco algum tomamos
E do rio fresca água; mas contudo
Nenhum sinal aqui da Índia achamos
No povo, com nós outros quase mudo.
Ora vê, Rei, quamanha terra andamos,
Sem sair nunca deste povo rudo,
Sem vermos nunca nova nem sinal
Da desejada parte oriental.

70 Ora imagina agora quão coitados
Andaríamos todos, quão perdidos
De fomes, de tormentas quebrantados,
Por climas e por mares não sabidos!
E do esperar comprido tão cansados
Quanto a desesperar já compelidos,
Por céus não naturais, de qualidade
Inimiga de nossa humanidade.

71 Corruto já e danado o mantimento,
Danoso e mau ao fraco corpo humano;
E, além disso, nenhum contentamento,
Que sequer da esperança fosse engano.
Crês tu que, se este nosso ajuntamento
De soldados não fora lusitano,
Que durara ele tanto obediente,
Porventura, a seu Rei e a seu regente?

(177) i. e. o dia de Reis (em que os três Reis Magos foram procurar Cristo Rei que, por sua vez, reúne outros três, na Santíssima Trindade).

72 Crês tu que já não foram levantados
Contra seu Capitão, se os resistira,
Fazendo-se piratas, obrigados
De desesperação, de fome, de ira?
Grandemente, por certo, estão provados,
Pois que nenhum trabalho grande os tira
Daquela portuguesa alta excelência
De lealdade firme e obediência.

73 Deixando o porto, enfim, do doce rio
E tornando a cortar a água salgada,
Fizemos desta costa algum desvio,
Deitando para o pego toda a armada;
Porque, ventando Noto, * manso e frio,
Não nos apanhasse a água da enseada
Que a costa faz ali, daquela banda
Donde a rica Sofala * o ouro manda.

74 Esta passada, logo o leve leme
Encomendado ao sacro Nicolau, *
Para onde o mar na costa brada e geme,
A proa inclina duma e doutra nau;
Quando, indo o coração que espera e teme
E que tanto fiou dum fraco pau,
Do que esperava já desesperado,
Foi duma novidade alvoroçado.

75 E foi que, estando já da costa perto,
Onde as praias e vales bem se viam,
Num rio, que ali sai ao mar aberto,
Batéis à vela entravam e saíam.
Alegria mui grande foi, por certo,
Acharmos já pessoas que sabiam
Navegar, porque entre elas esperamos
De achar novas algumas, como achamos.

76 Etíopes são todos, mas parece
Que com gente melhor comunicavam;
Palavra alguma Arábia se conhece
Entre a linguagem sua que falavam;
E com pano delgado, que se tece
De algodão, as cabeças apertavam;
Com outro, que de tinta azul se tinge,
Cada um as vergonhosas partes cinge.

77 Pela arábica língua, que mal falam
E que Fernão Martins * mui bem entende,
Dizem que por naus que em grandeza igualam
As nossas, o seu mar se corta e fende;
Mas que, lá donde sai o Sol, se abalam
P'ra onde a costa ao sul se alarga e estende,
E do sul para o Sol, terra onde havia
Gente, assim como nós, da cor do dia.

78 Mui grandemente aqui nos alegramos
Co'a gente, e com as novas muito mais.
Pelos sinais que neste rio achamos
O nome lhe ficou dos Bons Sinais. *
Um padrão nesta terra alevantamos
Que, para assinalar lugares tais,
Trazia alguns; o nome tem do belo
Guiador de Tobias * a Gabelo. *

79 Aqui de limos, cascas e de ostrinhos,
Nojosa criação das águas fundas,
Alimpamos as naus, que dos caminhos
Longos do mar vêm sórdidas e imundas.
Dos hóspedes que tínhamos vizinhos,
Com mostras aprazíveis e jucundas,
Houvemos sempre o usado mantimento
Limpos de todo o falso pensamento.

80 Mas não foi, da esperança grande e imensa
Que nesta terra houvemos, limpa e pura
A alegria; mas logo a recompensa
A Ramnúsia * com nova desventura:
Assim no céu sereno se dispensa;
Com esta condição, pesada e dura,
Nascemos: o pesar terá firmeza,
Mas o bem logo muda a natureza.

81 E foi que, de doença crua e feia,
A mais que eu nunca vi, desampararam
Muitos a vida, e em terra estranha e alheia
Os ossos para sempre sepultaram.
Quem haverá que, sem o ver, o creia,
Que tão disformemente ali lhe incharam
As gengivas na boca, que crescia
A carne e juntamente apodrecia?

82 Apodrecia co'um fétido e bruto
Cheiro, que o ar vizinho inficionava.
Não tínhamos ali médico astuto,
Cirurgião sutil menos se achava;
Mas qualquer, neste ofício pouco instruto,
Pela carne já podre assim cortava
Como se fora morta, e bem convinha,
Pois que morto ficava quem a tinha.

83 Enfim que, nesta incógnita espessura
Deixamos para sempre os companheiros
Que em tal caminho e em tanta desventura
Foram sempre conosco aventureiros.
Quão fácil é ao corpo a sepultura!
Quaisquer ondas do mar, quaisquer outeiros
Estranhos, assim mesmo como aos nossos,
Receberão de todo o ilustre os ossos.

84 Assim que, deste porto nos partimos
Com maior esperança e mor tristeza,
E pela costa abaixo o mar abrimos,
Buscando algum sinal de mais firmeza.
Na dura Moçambique, * enfim, surgimos,
De cuja falsidade e má vileza
Já serás sabedor, e dos enganos
Dos povos de Mombaça, * pouco humanos.

85 Até que aqui, no teu seguro porto,
Cuja brandura e doce tratamento
Dará saúde a um vivo e vida a um morto,
Nos trouxe a piedade do alto assento.
Aqui repouso, aqui doce conforto,
Nova quietação do pensamento,
Nos deste. E vês aqui, se atento ouviste,
Te contei tudo quanto me pediste.

86 Julgas agora, Rei, se houve no mundo
Gentes que tais caminhos cometessem?
Crês tu que tanto Enéias * e o facundo
Ulisses * pelo mundo se estendessem?
Ousou algum a ver do mar profundo,
Por mais versos que dele se escrevessem,
Do que eu vi, a poder de esforço e de arte,
E do que inda hei de ver, a oitava parte?

87 Esse que bebeu tanto da água Aônia, *
Sobre quem têm contenda peregrina,
Entre si, Rodes, * Smirna * e Colofônia, *
Atenas, Ios, * Argo * e Salamina; *
Essoutro que esclarece toda Ausônia, *
A cuja voz, altíssona e divina,
Ouvindo, o pátrio Míncio * se adormece,
Mas o Tibre * co'o som se ensoberbece:

88 Cantem, louvem e escrevam sempre extremos
Desses seus semideuses e encareçam,
Fingindo magas Circes, * Polifemos, *
Sirenas * que co'o canto os adormeçam;
Dem-lhe mais navegar à vela e remos
Os Cícones * e a terra onde se esquecem
Os companheiros, em gostando o loto;
Dem-lhe perder nas águas o piloto;

89 Ventos soltos lhe finjam e imaginem
Dos odres e Calipsos * namoradas;
Harpias * que o manjar lhe contaminem;
Descer às sombras nuas já passadas:
Que, por muito e por muito que se afinem
Nestas fábulas vãs, tão bem sonhadas,
A verdade que eu conto, nua e pura,
Vence toda grandíloqua escritura!

90 Da boca do facundo Capitão
Pendendo estavam todos, embebidos,
Quando deu fim à longa narração
Dos altos feitos, grandes e subidos.
Louva o Rei o sublime coração
Dos Reis em tantas guerras conhecidos;
Da gente louva a antiga fortaleza,
A lealdade de ânimo e nobreza.

91 Vai recontando o povo, que se admira,
O caso cada qual que mais notou.
Nenhum deles da gente os olhos tira
Que tão longos caminhos rodeou.
Mas já o mancebo Délio * as rédeas vira
Que o irmão de Lampécia * mal guiou,
Por vir a descansar nos Tétios * braços;
E el-Rei se vai do mar aos nobres paços.

92 Quão doce é o louvor e a justa glória
Dos próprios feitos, quando são soados!
Qualquer nobre trabalha que em memória
Vença ou iguale os grandes já passados.
As invejas da ilustre e alheia história
Fazem mil vezes feitos sublimados.
Quem valerosas obras exercita,
Louvor alheio muito o esperta e incita.

93 Não tinha em tanto os feitos gloriosos
De Aquiles, * Alexandro, * na peleja,
Quanto de quem o canta os numerosos
Versos: isso só louva, isso deseja.
Os troféus de Milcíades, * famosos,
Temístocles * despertam só de inveja;
E diz que nada tanto o deleitava
Como a voz que seus feitos celebrava.

94 Trabalha por mostrar Vasco da Gama *
Que essas navegações que o mundo canta
Não merecem tamanha glória e fama
Como a sua, que o céu e a terra espanta.
Sim, mas aquele herói que estima e ama
Com dões, mercês, favores e honra tanta
A lira Mantuana, * faz que soe
Enéias, * e a romana glória voe.

95 Dá a terra lusitana Cipiões, *
Césares, * Alexandros, * e dá Augustos; *
Mas não lhe dá, contudo, aqueles dões
Cuja falta os faz duros e robustos.
Otávio, * entre as maiores opressões,
Compunha versos doutos e venustos
(Não dirá Fúlvia, * certo, que é mentira,
Quando a deixava Antônio * por Glafira). *

96 Vai César * sojugando toda França
E as armas não lhe impedem a ciência;
Mas numa mão a pena e noutra a lança,
Igualava de Cícero * a eloqüência.
O que de Cipião * se sabe e alcança
É nas comédias grande experiência.
Lia Alexandro * a Homero * de maneira
Que sempre se lhe sabe à cabeceira.

97 Enfim, não houve forte Capitão
Que não fosse também douto e ciente,
Da lácia, * grega ou bárbara nação,
Senão da portuguesa tão-somente.
Sem vergonha o não digo: que a razão
De algum não ser por versos excelente
É não se ver prezado o verso e rima:
Porque quem não sabe arte, não na estima.

98 Por isso, e não por falta de natura,
Não há também Vergílios * nem Homeros; *
Nem haverá, se este costume dura,
Pios Enéias * nem Aquiles * feros.
Mas o pior de tudo é que a ventura
Tão ásperos os fez e tão austeros,
Tão rudos e de engenho tão remisso,
Que a muitos lhe dá pouco ou nada disso.

99 Às Musas * agradeça o nosso Gama *
O muito amor da pátria, que as obriga
A dar aos seus, na lira, nome e fama
De toda a ilustre e bélica fadiga;
Que ele, nem quem na estirpe seu se chama,
Calíope * não tem por tão amiga
Nem as filhas do Tejo, que deixassem
As telas de ouro fino e que o cantassem.

100 Porque o amor fraterno e puro gosto
De dar a todo o lusitano feito
Seu louvor, é somente o pressuposto
Das Tágides * gentis, e seu respeito.
Porém não deixe, enfim, de ter disposto
Ninguém a grandes obras sempre o peito:
Que, por esta ou por outra qualquer via,
Não perderá seu preço e sua valia.

CANTO SEXTO

1 NÃO SABIA em que modo festejasse
O Rei pagão [178] os fortes navegantes,
Para que as amizades alcançasse
Do Rei cristão, das gentes tão possantes;
Pesa-lhe que tão longe o aposentasse
Das européias terras abundantes
A ventura, que não no fez vizinho
Donde Hércules * ao mar abriu caminho. [179]

2 Com jogos, danças e outras alegrias,
A segundo a polícia [180] melindana, *
Com usadas e ledas pescarias,
Com que a Lagéia * Antônio * alegra e engana,
Este famoso Rei, todos os dias,
Festeja a companhia lusitana,
Com banquetes, manjares desusados,
Com frutas, aves, carnes e pescados.

3 Mas, vendo o Capitão que se detinha
Já mais do que devia, e o fresco vento
O convida que parta e tome asinha [181]
Os pilotos da terra e mantimento,
Não se quer mais deter, que ainda tinha
Muito para cortar do salso argento.
Já do pagão benigno se despede,
Que a todos amizade longa pede.

---

(178) Embora o rei fosse maometano, Camões chama-lhe pagão, o que se compreende dentro da época e no contexto do poema.

(179) Do verso 4.º ao 8.º o Rei de Melinde lamenta que o seu reino não esteja situado perto do Estreito de Gibraltar, portanto na África do Norte, para assim receber melhor o Gama.

(180) A civilização, os costumes.

(181) Depressa, imediatamente.

4 Pede-lhe mais que aquele porto seja
Sempre com suas frotas visitado,
Que nenhum outro bem maior deseja
Que dar a tais barões seu reino e estado;
E que, enquanto seu corpo o esprito reja,
Estará de contínuo aparelhado
A pôr a vida e reino totalmente
Por tão bom Rei, por tão sublime gente.

5 Outras palavras tais lhe respondia
O Capitão, e logo, as velas dando,
Para as terras da Aurora se partia,
Que tanto tempo há já que vai buscando.
No piloto que leva não havia
Falsidade, mas antes vai mostrando
A navegação certa; e assim caminha
Já mais seguro do que dantes vinha.

6 As ondas navegavam do oriente
Já nos mares da Índia, e enxergavam
Os tálamos do Sol,[182] que nasce ardente:
Já quase seus desejos se acabavam.
Mas o mau de Tioneu,* que na alma sente
As venturas que então se aparelhavam
À gente lusitana, delas dina,
Arde, morre, blasfema e desatina.

7 Via estar todo o Céu determinado
De fazer de Lisboa nova Roma; *
Não no pode estorvar, que destinado
Está doutro poder que tudo doma.
Do Olimpo * desce enfim, desesperado;
Novo remédio em terra busca e toma:
Entra no úmido reino e vai-se à corte
Daquele a quem o mar caiu em sorte.[183]

---

(182) Os leitos do Sol, i. e. o lugar onde ele repousa e donde todos os dias se levanta, o Oriente.

(183) Baco vai à corte de Netuno.

8 No mais interno fundo das profundas
Cavernas altas, onde o mar se esconde,
Lá donde as ondas saem furibundas
Quando às iras do vento o mar responde,
Netuno * mora e moram as jucundas
Nereidas * e outros deuses do mar, onde
As águas campo deixam às cidades
Que habitam estas úmidas deidades.

9 Descobre o fundo nunca descoberto
As areias ali de prata fina;
Torres altas se vêem, no campo aberto,
De transparente massa cristalina;
Quanto se chegam mais os olhos perto
Tanto menos a vista determina
Se é cristal o que vê, se diamante,
Que assim se mostra claro e radiante.

10 As portas de ouro fino, e marchetadas
Do rico aljôfar que nas conchas nasce,
De escultura fermosa estão lavradas,
Na qual do irado Baco * a vista pasce.
E vê primeiro, em cores variadas,
Do velho Caos * a tão confusa face;
Vêem-se os quatro elementos trasladados,
Em diversos ofícios ocupados.

11 Ali, sublime, o Fogo estava em cima,
Que em nenhuma matéria se sustinha;
Daqui as cousas vivas sempre anima,
Depois que Prometeu * furtado o tinha.
Logo após ele, leve se sublima
O invisíbil Ar, que mais asinha
Tomou lugar e, nem por quente ou frio,
Algum deixa no mundo estar vazio.

12 Estava a Terra em montes, revestida
De verdes ervas e árvores floridas,
Dando pasto diverso e dando vida
Às alimárias nela produzidas.
A clara forma ali estava esculpida
Das Águas, entre a terra desparzidas,
De pescados criando vários modos,
Com seu humor mantendo os corpos todos.

13 Noutra parte, esculpida estava a guerra
Que tiveram os deuses co'os gigantes; *
Está Tifeu * debaixo da alta serra
De Etna, que as flamas lança crepitantes.
Esculpido se vê, ferindo a Terra,
Netuno, * quando as gentes, ignorantes,
Dele o cavalo houveram, e a primeira
De Minerva * pacífica oliveira. [184]

14 Pouca tardança faz Lieu * irado
Na vista destas cousas, mas entrando
Nos paços de Netuno, * que, avisado
Da vinda sua, o estava já aguardando,
Às portas o recebe, acompanhado
Das ninfas, * que se estão maravilhando
De ver que, cometendo tal caminho,
Entre no reino da água o Rei do vinho.

15 — Ó Netuno, * lhe disse, não te espantes
De Baco * nos teus reinos receberes,
Porque também co'os grandes e possantes
Mostra a Fortuna * injusta seus poderes.
Manda chamar os deuses do mar, antes
Que fale mais, se ouvir-me o mais quiseres.
Verão da desventura grandes modos;
Ouçam todos o mal que toca a todos.

(184) V. nota 97.

16 Julgando já Netuno * que seria
Estranho caso aquele, logo manda
Tritão, * que chame os deuses da água fria,
Que o mar habitam duma e doutra banda.
Tritão, * que de ser filho se gloria
Do Rei e de Salácia * veneranda,
Era mancebo grande, negro e feio,
Trombeta de seu pai e seu correio.

17 Os cabelos da barba e os que descem
Da cabeça nos ombros, todos eram
Uns limos prenhes de água, e bem parecem
Que nunca brando pente conheceram.
Nas pontas pendurados não falecem
Os negros mexilhões, que ali se geram.
Na cabeça, por gorra, tinha posta
Uma mui grande casca de lagosta.

18 O corpo nu, e os membros genitais,
Por não ter ao nadar impedimento,
Mas porém de pequenos animais
Do mar todos cobertos, cento e cento:
Camarões e cangrejos e outros mais,
Que recebem de Febe * crescimento
Ostras e camarões, do musgo sujos;
As costas com a casca, os caramujos.

19 Na mão a grande concha retorcida
Que trazia, com força já tocava;
A voz grande, canora, foi ouvida
Por todo o mar, que longe retumbava.
Já toda a companhia, apercebida,
Dos deuses para os paços caminhava
Do deus que fez os muros de Dardânia, *
Destruídos depois da grega insânia.

20 Vinha o padre Oceano,* acompanhado
Dos filhos e das filhas que gerara;
Vem Nereu,* que com Dóris* foi casado,
Que todo o mar de ninfas* povoara.
O profeta Proteu,* deixando o gado
Marítimo pascer pela água amara,
Ali veio também, mas já sabia
O que o padre Lieu* no mar queria.

21 Vinha por outra parte a linda esposa
De Netuno,* de Celo* e Vesta* filha,
Grave e leda no gesto, e tão fermosa
Que se amansava o mar, de maravilha.
Vestida uma camisa preciosa
Trazia, de delgada beatilha,
Que o corpo cristalino deixa ver-se,
Que tanto bem não é para esconder-se.

22 Anfitrite,* fermosa como as flores,
Neste caso não quis que falecesse;[185]
O delfim traz consigo que aos amores
Do Rei lhe aconselhou que obedecesse.
Co'os olhos, que de tudo são senhores,
Qualquer parecerá que o sol vencesse.[186]
Ambas vêm pela mão, igual partido,
Pois ambas são esposas dum marido.

23 Aquela que, das fúrias de Atamante*
Fugindo, veio a ter divino estado,
Consigo traz o filho, belo infante,
No número dos deuses relatado.
Pela praia brincando vem, diante,
Com as lindas conchinhas, que o salgado
Mar sempre cria; e às vezes pela areia
No colo o toma a bela Panopeia.*

---

(185) que faltasse.

(186) i. e. o brilho dos olhos de qualquer das duas esposas de Netuno (Tétis e Anfitrite) dá a impressão de poder superar o brilho do Sol.

24 E o Deus[187] que foi num tempo corpo humano
E, por virtude da erva poderosa,
Foi convertido em peixe, e deste dano
Lhe resultou deidade gloriosa,
Inda vinha chorando o feio engano
Que Circe * tinha usado co'a fermosa
Cila, * que ele ama, desta sendo amado,
Que a mais obriga amor mal empregado.

25 Já finalmente todos assentados
Na grande sala, nobre e divinal,
As deusas em riquíssimos estrados,
Os deuses em cadeiras de cristal,
Foram todos do Padre * agasalhados,
Que co'o tebano * tinha assento igual.
De fumos enche a casa a rica massa
Que no mar nasce[188] e Arábia * em cheiro passa.

26 Estando sossegado já o tumulto
Dos deuses e de seus recebimentos,
Começa a descobrir do peito oculto
A causa o Tioneu * de seus tormentos.
Um pouco carregando-se no vulto,
Dando mostra de grandes sentimentos,
Só por dar aos de Luso * triste morte
Co'o ferro alheio, fala desta sorte:

27 — Príncipe, que de juro[189] senhoreias,
Dum pólo ao outro pólo, o mar irado,
Tu, que as gentes da Terra toda enfreias,
Que não passem o termo limitado;
E tu, padre Oceano, * que rodeias
O mundo universal e o tens cercado,
E com justo decreto assim permites
Que dentro vivam só de seus limites;

---

(187) Glauco, pescador da Beócia. Tendo comido certa erva mágica foi transformado em divindade marinha. Circe apaixonou-se por ele e, não sendo correspondida, transformou em monstro Cila, que Glauco amava.

(188) O âmbar, cujo perfume excede o do incenso da Arábia.

(189) de direito.

28 E vós, deuses do mar, que não sofreis
Injúria alguma em vosso reino grande,
Que com castigo igual vos não vingueis
De quem quer que por ele corra e ande:
Que descuido foi este em que viveis?
Quem pode ser que tanto vos abrande
Os peitos, com razão endurecidos
Contra os humanos, fracos e atrevidos?

29 Vistes que, com grandíssima ousadia,
Foram já cometer o céu supremo;
Vistes aquela insana fantasia
De tentarem o mar com vela e remo;
Vistes, e ainda vemos cada dia,
Soberbas e insolências tais, que temo
Que do mar e do céu, em poucos anos,
Venham deuses a ser, e nós, humanos.

30 Vedes agora a fraca geração
Que dum vassalo meu [190] o nome toma,
Com soberbo e altivo coração
A vós e a mim e o mundo todo doma.
Vedes, o vosso mar cortando vão,
Mais do que fez a gente alta de Roma; *
Vedes, o vosso reino devassando,
Os vossos estatutos vão quebrando.

31 Eu vi contra os Mínias, * que primeiro
No vosso reino este caminho abriram,
Bóreas, * injuriado, e o companheiro
Áquilo * e os outros todos resistiram.
Pois se do ajuntamento aventureiro
Os ventos esta injúria assim sentiram,
Vós, a quem mais compete esta vingança,
Que esperais? Por que a pondes em tardança?

---

(190) Luso (v. Glossário)

32 E não consinto, deuses, que cuideis
Que por amor de vós do Céu desci,
Nem da mágoa da injúria que sofreis,
Mas da que se me faz também a mi;
Que aquelas grandes honras que sabeis
Que no mundo ganhei, quando venci
As terras indianas do Oriente,
Todas vejo abatidas desta gente.

33 Que o grão Senhor e Fados,* que destinam,
Como lhe bem parece, o baixo mundo,
Famas mores que nunca determinam
De dar a estes barões no mar profundo.
Aqui vereis, ó deuses, como ensinam
O mal também a deuses; que, a segundo
Se vê, ninguém já tem menos valia
Que quem com mais razão valer devia.

34 E por isso do Olimpo* já fugi,
Buscando algum remédio a meus pesares,
Por ver o preço que no Céu perdi,
Se por dita acharei nos vossos mares.
Mais quis dizer, e não passou daqui,
Porque as lágrimas já, correndo a pares,
Lhe saltaram dos olhos, com que logo
Se acendem as deidades da água em fogo.

35 A ira com que súbito alterado
O coração dos deuses foi num ponto,
Não sofreu mais conselho bem cuidado
Nem dilação nem outro algum desconto:
Ao grande Eolo* mandam já recado,
Da parte de Netuno,* que sem conto
Solte as fúrias dos ventos repugnantes,[191]
Que não haja no mar mais navegantes!

---

(191) contrários, que pugnam uns com os outros.

36 Bem quisera primeiro ali Proteu *
Dizer, neste negócio, o que sentia;
E, segundo o que a todos pareceu,
Era alguma profunda profecia.
Porém tanto o tumulto se moveu,
Súbito, na divina companhia,
Que Tétis, * indignada, lhe bradou:
— Netuno * sabe bem o que mandou!

37 Já lá o soberbo Hipótades * soltava
Do cárcere fechado os furiosos
Ventos, que com palavras animava
Contra os varões audaces e animosos.
Súbito, o céu sereno se obumbrava,
Que os ventos, mais que nunca impetuosos,
Começam novas fôrças a ir tomando,
Torres, montes e casas derribando.

38 Enquanto êste conselho se fazia
No fundo aquoso, a leda, lassa frota
Com vento sossegado prosseguia,
Pelo tranqüilo mar, a longa rota.
Era no tempo quando a luz do dia
Do Eôo * hemisfério está remota;
Os do quarto da prima [192] se deitavam,
Para o segundo os outros despertavam.

39 Vencidos vêm do sono e mal despertos;
Bocejando, a miúdo se encostavam
Pelas antenas, todos mal cobertos
Contra os agudos ares que assopravam;
Os olhos contra seu querer abertos
Mas estregando, [193] os membros estiravam.
Remédios contra o sono buscar querem,
Histórias contam, casos mil referem.

---

(192) O primeiro quarto em que se dividia a noite dos vigias, entre as 20 e as 24 horas.

(193) O mesmo que esfregando.

40 — Com que melhor podemos, um dizia,
Este tempo passar, que é tão pesado,
Senão com algum conto de alegria,
Com que nos deixe o sono carregado?
Responde Lionardo,* que trazia
Pensamentos de firme namorado:
— Que contos poderemos ter melhores,
Para passar o tempo, que de amores?

41 — Não é, disse Veloso,* cousa justa
Tratar branduras em tanta aspereza,
Que o trabalho do mar, que tanto custa,
Não sofre amores nem delicadeza;
Antes de guerra férvida e robusta
A nossa história seja, pois dureza
Nossa vida há de ser, segundo entendo,
Que o trabalho por vir mo está dizendo.

42 Consentem nisto todos, e encomendam
A Veloso* que conte isto que aprova.
— Contarei, disse, sem que me reprendam
De contar cousa fabulosa ou nova.
E por que os que me ouvirem daqui aprendam
A fazer feitos grandes de alta prova,
Dos nascidos direi na nossa terra,
E estes sejam os Doze de Inglaterra.

43 No tempo que do reino a rédea leve,
João,* filho de Pedro,* moderava,
Depois que sossegado e livre o teve [194]
Do vizinho poder, que o molestava,
Lá na grande Inglaterra, que da neve
Boreal sempre abunda, semeava
A fera Erínis* dura e má cizânia,
Que lustre fosse a nossa Lusitânia.

---

(194) i. e. depois do poder de Castela ter deixado o reino em paz.

44 Entre as damas gentis da corte inglesa
E nobres cortesãos, acaso um dia
Se levantou discórdia, em ira acesa
(Ou foi opinião, ou foi porfia).[195]
Os cortesãos, a quem tão pouco pesa
Soltar palavras graves de ousadia,
Dizem que provarão que honras e famas
Em tais damas não há para ser damas;

45 E que se houver alguém, com lança e espada,
Que queira sustentar a parte sua,
Que êles, em campo raso ou estacada,
Lhe darão feia infâmia ou morte crua.
A feminil fraqueza, pouco usada,
Ou nunca, a opróbrios tais, vendo-se nua
De fôrças naturais convenientes,
Socorro pede a amigos e parentes.

46 Mas, como fôssem grandes e possantes
No reino os inimigos, não se atrevem
Nem parentes, nem férvidos amantes,
A sustentar as damas, como devem.
Com lágrimas fermosas, e bastantes
A fazer que em socorro os deuses levem
De todo o céu, por rostos de alabastro,
Se vão todas ao Duque de Alencastro.*

47 Era este inglês potente e militara
Co'os portuguêses já contra Castela,*
Onde as fôrças magnânimas provara
Dos companheiros, e benigna estrela.
Não menos nesta terra exprimentara
Namorados afeitos, quando nela
A filha viu que tanto o peito doma
Do forte Rei que por mulher a toma.[196]

(195) Ou foi convicção legítima, ou puro capricho, teimosia.

(196) A filha do Duque de Lencastre casou com D. João I, Rei de Portugal.

48 Este, que socorrer-lhe não queria
Por não causar discórdias intestinas,
Lhe diz: — Quando o direito pretendia
Do reino lá das terras iberinas,*
Nos lusitanos vi tanta ousadia,
Tanto primor e partes tão divinas,
Que eles sós poderiam, se não erro,
Sustentar vossa parte a fogo e ferro.

49 E se, agravadas damas, sois servidas,
Por vós lhe mandarei embaixadores,
Que, por cartas discretas e polidas,
De vosso agravo os façam sabedores.
Também, por vossa parte, encarecidas
Com palavras de afagos e de amores
Lhe sejam vossas lágrimas, que eu creio
Que ali tereis socorro e forte esteio.

50 Destarte as aconselha o Duque experto[197]
E logo lhe nomeia doze fortes;
E por que cada dama um tenha certo,
Lhe manda que sobre eles lancem sortes,
Que elas só doze são; e descoberto
Qual a qual tem caído das consortes,
Cada uma escreve ao seu, por vários modos,
E todas a seu Rei e o Duque a todos.

51 Já chega a Portugal o mensageiro;
Toda a corte alvoroça a novidade;
Quisera o Rei sublime ser primeiro,
Mas não lho sofre a régia Majestade.
Qualquer dos cortesãos aventureiro
Deseja ser, com férvida vontade,
E só fica por bem-aventurado
Quem já vem pelo Duque nomeado.

---

(197) Experimentado.

52 Lá na leal cidade[198] donde teve
Origem (como é fama) o nome eterno
De Portugal, armar madeiro leve
Manda o que tem o leme do governo.[199]
Apercebem-se[200] os doze, em tempo breve,
De armas e roupas de uso mais moderno,
De elmos, cimeiras, letras e primores,
Cavalos, e concertos de mil cores.

53 Já do seu Rei tomado têm licença,
Para partir do Douro celebrado,
Aqueles que escolhidos por sentença
Foram do Duque inglês exprimentado.
Não há na companhia diferença
De cavaleiro, destro ou esforçado;
Mas um só, que Magriço * se dizia,
Destarte fala à forte companhia:

54 — Fortíssimos consócios, eu desejo
Há muito já de andar terras estranhas,
Por ver mais águas que as do Douro e Tejo,
Várias gentes e leis e várias manhas.
Agora que aparelho certo vejo,
Pois que do mundo as cousas são tamanhas,
Quero, se me deixais, ir só por terra,
Porque eu serei convosco em Inglaterra.

55 E quando caso for que eu, impedido
Por Quem das cousas é última linha,
Não for convosco ao prazo instituído,
Pouca falta vos faz a falta minha:
Todos por mim fareis o que é devido.
Mas, se a verdade o esprito me adivinha,
Rios, montes, fortuna ou sua inveja
Não farão que eu convosco lá não seja.

---

(198) A cidade do Porto.

(199) O rei, que tem o "leme do governo" manda armar um pequeno navio, um "madeiro leve".

(200) Abastecem-se, munem-se.

56 Assim diz e, abraçados os amigos
E tomada licença, enfim se parte.
Passa Leão, * Castela,* vendo antigos
Lugares que ganhara o pátrio Marte; *
Navarra, * co'os altíssimos perigos
Do Perineu, * que Espanha e Gália* parte.
Vistas, enfim, de França as cousas grandes,
No grande empório foi parar de Frandes. *

57 Ali chegado, ou fosse caso ou manha,
Sem passar se deteve muitos dias.
Mas dos onze a ilustríssima companha
Cortam do mar do Norte * as ondas frias;
Chegados de Inglaterra a costa estranha,
Para Londres já fazem todos vias.
Do Duque são com festa agasalhados
E das damas servidos e amimados.

58 Chega-se o prazo e dia assinalado
De entrar em campo já co'os doze Ingleses,
Que pelo Rei já tinham segurado;
Armam-se de elmos, grevas e de arneses.
Já as damas têm por si, fulgente e armado,
O Mavorte * feroz dos portugueses, [201]
Vestem-se elas de cores e de sedas,
De ouro e de jóias mil, ricas e ledas.

59 Mas aquela a quem fora em sorte dado
Magriço, * que não vinha, com tristeza
Se veste, por não ter quem nomeado
Seja seu cavaleiro nesta empresa;
Bem que os onze apregoam que acabado
Será o negócio assim na corte inglesa,
Que as damas vencedoras se conheçam,
Posto que dois e três dos seus faleçam. [202]

---

(201) O espírito decidido e bélico dos cavaleiros portugueses.

(202) i. e. que todas as damas serão tidas como vencedoras, mesmo que venham a morrer dois ou três dos cavaleiros.

60 Já num sublime e público teatro
Se assenta o Rei inglês com toda a corte.
Estavam três e três e quatro e quatro,
Bem como a cada qual coubera em sorte;
Não são vistos do Sol, do Tejo ao Bactro, *
De força, esforço e de ânimo mais forte,
Outros doze sair, como os ingleses,
No campo, contra os onze portugueses.

61 Mastigam os cavalos, escumando,
Os áureos freios, com feroz semblante;
Estava o Sol nas armas rutilando,
Como em cristal ou rígido diamante;
Mas enxerga-se, num e noutro bando,
Partido desigual e dissonante
Dos onze contra os doze; quando a gente
Começa a alvoroçar-se geralmente.

62 Viram todos o rosto aonde havia
A causa principal do rebuliço:
Eis entra um cavaleiro, que trazia
Armas, cavalo, ao bélico serviço;
Ao Rei e às damas fala e logo se ia
Para os onze, que este era o grão Magriço. *
Abraça os companheiros, como amigos
A quem não falta, certo nos perigos.

63 A dama, como ouviu que este era aquele
Que vinha a defender seu nome e fama,
Se alegra e veste ali do animal de Hele, *
Que a gente bruta mais que virtude ama.
Já dão sinal, e o som da tuba impele
Os belicosos ânimos, que inflama;
Picam de esporas, largam rédeas logo,
Abaixam lanças, fere a terra fogo.

64 Dos cavalos o estrépito parece
Que faz que o chão debaixo todo treme;
O coração no peito que estremece
De quem os olha, se alvoroça e teme.
Qual[203] do cavalo voa, que não desce;
Qual, co'o cavalo em terra dando, geme;
Qual vermelhas as armas faz de brancas;
Qual co'os penachos do elmo açouta as ancas.

65 Algum dali tomou perpétuo sono
E fez da vida ao fim breve intervalo;
Correndo, algum cavalo vai sem dono,
E noutra parte o dono sem cavalo.
Cai a soberba inglesa de seu trono,
Que dois ou três já fora vão do valo.
Os que de espada vêm fazer batalha,
Mais acham já que arnês, escudo e malha.

66 Gastar palavras em contar extremos
De golpes feros, cruas estocadas,
É desses gastadores, que sabemos,
Maus do tempo, com fábulas sonhadas.
Basta, por fim do caso, que entendemos
Que, com finezas altas e afamadas,
Co'os nossos fica a palma da vitória
E as damas vencedoras e com glória.

67 Recolhe o Duque os doze vencedores
Nos seus paços, com festas e alegria;
Cozinheiros ocupa e caçadores,
Das damas a fermosa companhia,
Que querem dar aos seus libertadores
Banquetes mil, cada hora e cada dia,
Enquanto se detêm em Inglaterra,
Até tornar à doce e cara terra.

---

(203) Qual... qual... — um... outro...

68 Mas dizem, que, contudo, o grão Magriço, *
Desejoso de ver as cousas grandes,
Lá se deixou ficar, onde um serviço
Notável à Condessa fez de Frandes. *
E, como quem não era já noviço
Em todo transe onde tu, Marte, * mandes,
Um francês mata em campo, que o destino
Lá teve de Torcato * e de Corvino. *

69 Outro também dos doze em Alemanha
Se lança e teve um fero desafio
Co'um germano enganoso, que, com manha
Não devida, o quis pôr no extremo fio.
Contando assim Veloso, * já a companha
Lhe pede que não faça tal desvio
Do caso de Magriço * e vencimento,
Nem deixe o de Alemanha em esquecimento.

70 Mas, neste passo, assim prontos estando,
Eis o mestre, que olhando os ares anda,
O apito toca: acordam, despertando,
Os marinheiros duma e doutra banda.
E, porque o vento vinha refrescando,
Os traquetes das gáveas tomar manda.
— Alerta, disse, estai, que o vento cresce
Daquela nuvem negra que aparece.

71 Não eram os traquetes bem tomados,
Quando dá a grande e súbita procela.
— Amaina, disse o mestre a grandes brados,
Amaina, disse, amaina a grande vela!
Não esperam os ventos indignados
Que amainassem, mas, juntos dando nela,
Em pedaços a fazem co'um ruído
Que o Mundo pareceu ser destruído!

72 O céu fere com gritos nisto a gente,
Co'um súbito temor e desacordo;
Que, no romper da vela, a nau pendente
Toma grão suma de água pelo bordo.
Alija, disse o mestre rijamente,
Alija tudo ao mar, não falte acordo!
Vão outros dar à bomba, não cessando;
À bomba, que nos imos alagando!

73 Correm logo os soldados animosos
A dar à bomba; e, tanto que chegaram,
Os balanços que os mares temerosos
Deram à nau, num bordo os derribaram.
Três marinheiros, duros e forçosos,
A menear o leme não bastaram;
Talhas lhe punham, duma e doutra parte,
Sem aproveitar dos homens força e arte.

74 Os ventos eram tais que não puderam
Mostrar mais força de ímpeto cruel,
Se para derribar então vieram
A fortíssima Torre de Babel. *
Nos altíssimos mares, que cresceram;
A pequena grandura dum batel
Mostra a possante nau, que move espanto,
Vendo que se sustém nas ondas tanto.

75 A nau grande, em que vai Paulo da Gama, *
Quebrado leva o mastro pelo meio,
Quase toda alagada; a gente chama
Aquele que a salvar o mundo veio.
Não menos gritos vãos ao ar derrama
Toda a nau de Coelho, * com receio,
Conquanto teve o mestre tanto tento
Que primeiro amainou que desse o vento.

76 Agora sobre as nuvens os subiam
As ondas de Netuno * furibundo;
Agora a ver parece que desciam
As íntimas entranhas do Profundo.
Noto, * Austro, * Bóreas, * Áquilo, * queriam
Arruinar a máquina do Mundo;
A noite negra e feia se alumia
Co'os raios em que o pólo todo ardia!

77 As Alciônias * aves triste canto
Junto da costa brava levantaram,
Lembrando-se de seu passado pranto,
Que as furiosas águas lhe causaram.
Os delfins namorados, entretanto,
Lá nas covas marítimas entraram,
Fugindo à tempestade e ventos duros,
Que nem no fundo os deixa estar seguros.

78 Nunca tão vivos raios fabricou
Contra a fera soberba dos gigantes *
O grão ferreiro sórdido que obrou
Do enteado as armas radiantes: [204]
Nem tanto o grão Tonante * arremessou
Relâmpados ao mundo, fulminantes,
No grão dilúvio donde sós viveram
Os dois que em gente as pedras converteram. [205]

79 Quantos montes, então, que derribaram
As ondas que batiam denodadas!
Quantas árvores velhas arrancaram
Do vento bravo as fúrias indignadas!
As forçosas raízes não cuidaram
Que nunca para o céu fossem viradas,
Nem as fundas areias que pudessem
Tanto os mares que em cima as revolvessem.

---

(204) Netuno que forjou as armas para Enéias (seu enteado porque era filho de Vênus e de Anquises).

(205) Júpiter quis destruir o mundo num grande dilúvio. Deucalião e Pirra que se salvaram num barco foram lançando pedras para trás das costas, por conselho de um oráculo. Dessas pedras nasceram os homens e mulheres que repovoaram o mundo.

80 Vendo Vasco da Gama * que tão perto
Do fim de seu desejo se perdia,
Vendo ora o mar até o inferno aberto,
Ora com nova fúria ao céu subia,
Confuso de temor, da vida incerto,
Onde nenhum remédio lhe valia,
Chama aquele remédio santo e forte
Que o impossíbil pode, desta sorte:

81 — Divina Guarda, angélica, celeste,
Que os Céus, o Mar e Terra senhoreias:
Tu, que a todo Israel * refúgio deste
Por metade das águas Eritréias; *
Tu, que livraste Paulo * e defendeste
Das Sirtes * arenosas e ondas feias,
E guardaste, co'os filhos, o segundo
Povoador do alagado e vácuo mundo:

82 Se tenho novos medos perigosos
Doutra Cila * e Caríbdis * já passados,
Outras Sirtes * e baixos arenosos,
Outros Acroceráunios * infamados,
No fim de tantos casos trabalhosos,
Porque somos de Ti desamparados,
Se este nosso trabalho não te ofende,
Mas antes teu serviço só pretende?

83 Oh! Ditosos aqueles que puderam
Entre as agudas lanças africanas
Morrer, enquanto fortes sustiveram
A santa Fé nas terras mauritanas! *
De quem feitos ilustres se souberam,
De quem ficam memórias soberanas,
De quem se ganha a vida, com perdê-la,
Doce fazendo a morte as honras dela.

84 Assim dizendo, os ventos, que lutavam
Como touros indômitos, bramando,
Mais e mais a tormenta acrescentavam,
Pela miúda enxárcia assoviando.
Relâmpados medonhos não cessavam,
Feros trovões, que vêm representando
Cair o Céu dos eixos sôbre a Terra,
Consigo os elementos terem guerra.

85 Mas já a amorosa estrela[206] cintilava
Diante do Sol claro, no Horizonte,
Mensageira do dia, e visitava
A terra e o largo mar, com leda fronte.
A deusa que nos céus a governava,
De quem foge o ensífero Orionte,*
Tanto que o mar e a cara armada vira,
Tocada junto foi de medo e de ira.

86 — Estas obras de Baco * são, por certo,
Disse; mas não será que avante leve
Tão danada tenção, que descoberto
Me será sempre o mal a quem se atreve.
Isto dizendo, desce ao mar aberto,
No caminho gastando espaço breve,
Enquanto manda as ninfas * amorosas
Grinaldas nas cabeças pôr de rosas.

87 Grinaldas manda pôr de várias cores
Sobre cabelos louros à porfia.
Quem não dirá que nascem roxas flores
Sobre ouro natural, que Amor enfia?
Abrandar determina, por amores,
Dos ventos a nojosa companhia,
Mostrando-lhe as amadas ninfas * belas,
Que mais fermosas vinham que as estrelas.

---

(206) O planeta Vênus.

88 Assim foi; porque, tanto que chegaram
À vista delas, logo lhe falecem
As forças com que dantes pelejaram,
E já, como rendidos, lhe obedecem.
Os pés e mãos parece que lhe ataram
Os cabelos que os raios escurecem.
A Bóreas,* que do peito mais queria,
Assim disse a belíssima Oritia:*

89 — Não creias, fero Bóreas,* que te creio
Que me tiveste nunca amor constante,
Que brandura é de amor mais certo arreio
E não convém furor a firme amante.
Se já não pões a tanta insânia freio,
Não esperes de mim, daqui em diante,
Que possa mais amar-te, mas temer-te;
Que amor, contigo, em medo se converte.

90 Assim mesmo a fermosa Galatéia*
Dizia ao fero Noto,* que bem sabe
Que dias há que em vê-la se recreia,
E bem crê que com ele tudo acabe.
Não sabe o bravo tanto bem se o creia,
Que o coração no peito lhe não cabe,
De contente de ver que a dama o manda.
Pouco cuida que faz, se logo abranda.

91 Desta maneira as outras amansavam
Subitamente os outros amadores;
E logo à linda Vênus* se entregavam,
Amansadas as iras e os furores.
Ela lhe prometeu, vendo que amavam,
Sempiterno favor em seus amores,
Nas belas mãos tomando-lhe homenagem
De lhe serem leais esta viagem.

92 Já a manhã clara dava nos outeiros
Por onde o Ganges murmurando soa,
Quando da celsa gávea os marinheiros
Enxergaram terra alta, pela proa.
Já fora de tormenta e dos primeiros
Mares, o temor vão do peito voa.
Disse alegre o piloto Melindano: *
— Terra é de Calecu, * se não me engano;

93 Esta é, por certo, a terra que buscais
Da verdadeira Índia, que aparece;
E, se do mundo mais não desejais,
Vosso trabalho longo aqui fenece.
Sofrer aqui não pôde o Gama * mais,
De ledo em ver que a terra se conhece:
Os geolhos no chão, as mãos ao Céu,
A mercê grande a Deus agradeceu.

94 As graças a Deus dava, e razão tinha,
Que não somente a terra lhe mostrava
Que, com tanto temor, buscando vinha,
Por quem tanto trabalho exprimentava,
Mas via-se livrado, tão asinha,
Da morte, que no mar lhe aparelhava
O vento duro, férvido e medonho,
Como quem despertou de horrendo sonho.

95 Por meio destes hórridos perigos,
Destes trabalhos graves e temores,
Alcançam os que são de fama amigos
As honras imortais e graus maiores:
Não encostados sempre nos antigos
Troncos nobres de seus antecessores;
Não nos leitos dourados, entre os finos
Animais de Moscóvia * zibelinos; [207]

---

(207) Entre as peles de zibelina (espécie de marta) da Rússia, símbolo de luxo e ociosidade.

96 Não co'os manjares novos e esquisitos,
Não co'os passeios moles e ociosos,
Não co'os vários deleites e infinitos
Que afeminam os peitos generosos,
Não co'os nunca vencidos apetitos,
Que a fortuna tem sempre tão mimosos,
Que não sofre a nenhum que o passo mude
Para alguma obra heróica de virtude:

97 Mas com buscar, co'o seu forçoso braço,
As honras que ele chame próprias suas;
Vigiando e vestindo o forjado aço,
Sofrendo tempestades e ondas cruas,
Vencendo os torpes frios[208] no regaço
Do sul, e regiões de abrigo nuas;
Engolindo o corrupto mantimento
Temperado co'um árduo sofrimento;

98 E com forçar o rosto, que se enfia,
A parecer seguro, ledo, inteiro,
Para o pelouro ardente que assovia
E leva a perna ou braço ao companheiro.
Destarte o peito um calo honroso cria,
Desprezador das honras e dinheiro,
Das honras e dinheiro que a ventura
Forjou, e não virtude justa e dura.

99 Destarte se esclarece o entendimento,
Que experiências fazem repousado,
E fica vendo, como de alto assento,
O baixo trato humano embaraçado.[209]
Este, onde tiver força o regimento
Direito e não de afeitos ocupado,
Subirá (como deve) a ilustre mando,
Contra vontade sua, e não rogando.[210]

---

(208) Os frios entorpecentes.

(209) Aquele que venceu pelo próprio valor "fica vendo como de alto assento" as baixas maquinações da Humanidade.

(210) O que assim proceder, onde houver justiça subirá aos altos postos sem necessidade de pedir.

CANTO SÉTIMO

1 JÁ SE VIAM chegados junto a terra,
Que desejada já de tantos fora,
Que entre as correntes índicas se encerra
E o Ganges, que no céu terreno mora.[211]
Ora sus, gente forte, que na guerra
Quereis levar a palma vencedora:
Já sois chegados, já tendes diante
A terra de riquezas abundante!

2 A vós, ó geração de Luso,* digo,
Que tão pequena parte sois no mundo;
Não digo inda no mundo, mas no amigo
Curral de Quem governa o céu[212] rotundo;
Vós, a quem não somente algum perigo[213]
Estorva conquistar o povo imundo,[214]
Mas nem cobiça ou pouca obediência
Da Madre que nos céus está em essência:

3 Vós, portugueses, poucos quanto fortes,
Que o fraco poder vosso não pesais;
Vós, que, à custa de vossas várias mortes,
A lei da vida eterna dilatais:
Assim do céu deitadas são as sortes
Que vós, por muito poucos que sejais,
Muito façais na santa cristandade.
Que tanto, ó Cristo, exaltas a humildade!

---

(211) O Ganges era um dos rios do Paraíso ("o céu terreno").

(212) O "Curral (ou o "redil" como hoje se diria) de quem governa o céu", é a Igreja, que reúne o rebanho dos crentes.

(213) A quem nenhum perigo impede.

(214) "povo imundo": os maometanos (v. nota 20).

4 Vede'los alemães, soberbo gado,
Que por tão largos campos se apascenta;
Do sucessor de Pedro * rebelado,
Novo pastor e nova seita inventa.
Vede'lo em feias guerras ocupado,
Que inda co'o cego error se não contenta,
Não contra o superbíssimo otomano, *
Mas por sair do jugo soberano. [215]

5 Vede'lo duro inglês, que se nomeia
Rei da velha e santíssima cidade,
Que o torpe ismaelita * senhoreia
(Quem viu honra tão longe da verdade?)
Entre as boreais neves se recreia,
Nova maneira faz de cristandade: [216]
Para os de Cristo tem a espada nua,
Não por tomar a terra que era sua.

6 Guarda-lhe, por entanto, um falso Rei
A cidade Hierosólima * terreste,
Enquanto ele não guarda a santa lei
Da cidade Hierosólima * celeste.
Pois de ti, galo * indigno, que direi?
Que o nome cristianíssimo * quiseste,
Não para defendê-lo nem guardá-lo,
Mas para ser contra ele e derribá-lo!

7 Achas que tens direito em senhorios
De cristãos, [217] sendo o teu tão largo e tanto,
E não contra o Cinífio * e Nilo * rios,
Inimigos do antigo nome santo?
Ali se hão de provar da espada os fios
Em quem quer reprovar da Igreja * o Canto. *
De Carlos, * de Luís, * o nome e a terra
Herdaste, e as causas não da justa guerra?

---

(215) Referência ao luteranismo.

(216) Henrique VIII, que ostentava o título de Rei de Jerusalém, e fundou a Igreja anglicana.

(217) Francisco I (o "galo indigno") pretendia o domínio de Nápoles e da Navarra.

8 Pois que direi daqueles que em delícias,
Que o vil ócio no mundo traz consigo,
Gastam as vidas, logram as divícias,
Esquecidos do seu valor antigo?
Nascem da tirania inimicícias,
Que o povo forte tem, de si inimigo.
Contigo, Itália, falo, já submersa
Em vícios mil, e de ti mesma adversa.

9 Ó míseros cristãos, pela ventura
Sois os dentes, de Cadmo * desparzidos,
Que uns aos outros se dão à morte dura,
Sendo todos de um ventre produzidos?
Não vedes a divina sepultura
Possuída de Cães, [218] que, sempre unidos,
Vos vêm tomar a vossa antiga terra,
Fazendo-se famosos pela guerra?

10 Vedes, que têm por uso e por decreto,
Do qual são tão inteiros observantes,
Ajuntarem o exército inquieto
Contra os povos que são de Cristo amantes;
Entre vós nunca deixa a fera Aleto *
De semear cizânias repugnantes. [219]
Olhai se estais seguros de perigos,
Que eles, e vós, sois vossos inimigos.

11 Se cobiça de grandes senhorios
Vos faz ir conquistar terras alheias,
Não vedes que Pactolo * e Hermo * rios
Ambos volvem auríferas areias?
Em Lídia, * Assíria, * lavram de ouro os fios;
África esconde em si luzentes veias.
Mova-vos já, sequer, riqueza tanta,
Pois mover-vos não pode a Casa Santa. [220]

---

(218) Os muçulmanos (v. nota 20).

(219) Que levam os homens a lutar uns contra os outros.

(220) Que, pelo menos, tanta riqueza vos estimule, já que a defesa do Santo Sepulcro não pode estimular-vos

12 Aquelas invenções, feras e novas,
De instrumentos mortais da artilharia
Já devem de fazer as duras provas
Nos muros de Bizâncio * e de Turquia. *
Fazei que torne lá às silvestres covas
Dos Cáspios * montes e da Cítia * fria
A Turca geração, que multiplica
Na polícia [221] da vossa Europa * rica.

13 Gregos, traces, * armênios, georgianos, *
Bradando vos estão que o povo bruto
Lhe obriga os caros filhos aos profanos
Preceptos do Alcorão (duro tributo!).
Em castigar os feitos inumanos
Vos gloriai de peito forte e astuto,
E não queirais louvores arrogantes
De serdes contra os vossos mui possantes.

14 Mas, entanto que cegos e sedentos
Andais de vosso sangue, ó gente insana,
Não faltaram cristãos atrevimentos
Nesta pequena casa lusitana.
De África tem marítimos assentos;
É na Ásia mais que todas soberana;
Na quarta parte nova [222] os campos ara;
E, se mais mundo houvera, lá chegara.

15 E vejamos, entanto, que acontece
Àqueles tão famosos navegantes,
Depois que a branda Vênus * enfraquece
O furor vão dos ventos repugnantes; [223]
Depois que a larga terra lhe aparece,
Fim de suas porfias tão constantes,
Onde vêm semear de Cristo a lei
E dar novo costume e novo Rei.

---

(221) Civilização.

(222) "a quarta parte nova" é a América ou Novo Continente, onde Portugal já se achava instalado (no Brasil).

(223) V. nota 191.

16 Tanto que à nova terra se chegaram,
Leves embarcações de pescadores
Acharam, que o caminho lhe mostraram
De Calecu, * onde eram moradores.
Para lá logo as proas se inclinaram,
Porque esta era a cidade, das melhores
Do Malabar, * melhor, onde vivia
O Rei que a terra toda possuía.

17 Além do Indo jaz e aquém do Gange
Um terreno mui grande a assaz famoso
Que pela parte Austral o mar abrange
E para o norte o Emódio * cavernoso.
Jugo de Reis diversos o constrange
A várias leis: alguns o vicioso
Mahoma, * alguns os ídolos adoram,
Alguns os animais que entre eles moram.

18 Lá bem no grande monte que, cortando
Tão larga terra, toda Ásia discorre,
Que nomes tão diversos vai tomando
Segundo as regiões por onde corre,
As fontes saem donde vêm manando
Os rios cuja grão corrente morre
No mar Índico, e cercam todo o peso
Do terreno, fazendo-o quersoneso.

19 Entre um e o outro rio, em grande espaço
Sai da larga terra uma longa ponta,
Quase piramidal, que, no regaço
Do mar, com Ceilão * ínsula confronta.
E junto donde nasce o largo braço
Gangético, * o rumor antigo conta
Que os vizinhos, da terra moradores,
Do cheiro se mantêm das finas flores. [224]

---

(224) Segundo uma lenda, divulgada por Plínio e ainda corrente no tempo de Camões, os habitantes desta região viviam apenas do cheiro das flores.

20 Mas agora, de nomes e de usança
Novos e vários são os habitantes:
Os deliis, * os patanes, * que, em possança
De terra e gente, são mais abundantes;
Decanis, * oriás, * que a esperança
Têm de sua salvação nas ressonantes
Águas do Gange, e a terra de Bengala, *
Fértil de sorte que outra não lhe iguala;

21 O reino de Cambaia * belicoso
(Dizem que foi de Poro, * Rei potente);
O reino de Narsinga,* poderoso
Mais de ouro e pedras que de forte gente.
Aqui se enxerga, lá do mar undoso,
Um monte alto, que corre longamente,
Servindo ao Malabar * de forte muro,
Com que do Canará * vive seguro.

22 Da terra os naturais lhe chamam Gate,*
Do pé do qual, pequena quantidade,
Se estende uma fralda estreita, que combate
Do mar a natural ferocidade.
Aqui de outras cidades, sem debate,
Calecu * tem a ilustre dignidade
De cabeça de império, rica e bela;
Samorim * se intitula o senhor dela.

23 Chegada a frota ao rico senhorio,
Um português, mandado, logo parte
A fazer sabedor o Rei gentio
Da vinda sua a tão remota parte.
Entrando o mensageiro pelo rio
Que ali nas ondas entra, a não vista arte,
A cor, o gesto estranho, o trajo novo,
Fez concorrer a vê-lo todo o povo.

24 Entre a gente que a vê-lo concorria,
Se chega um maometa,* que nascido
Fora na região da Berberia,*
Lá onde fora Anteu * obedecido.
(Ou, pela vizinhança, já teria
O reino lusitano conhecido,
Ou foi já assinalado de seu ferro;
Fortuna o trouxe a tão longo desterro).

25 Em vendo o mensageiro, com jucundo
Rosto, como quem sabe a língua hispana,
Lhe disse: — Quem te trouxe a estoutro mundo,
Tão longe da tua pátria lusitana?
— Abrindo, lhe responde, o mar profundo
Por onde nunca veio gente humana;
Vimos buscar do Indo a grão corrente,
Por onde a lei divina se acrescente.

26 Espantado ficou da grão viagem
O mouro,* que Monçaide * se chamava,
Ouvindo as opressões [225] que, na passagem
Do mar, o lusitano lhe contava.
Mas vendo, enfim, que a força da mensagem
Só para o Rei da terra relevava,
Lhe diz que estava fora da cidade,
Mas de caminho pouca quantidade.

27 E que, entanto que a nova lhe chegasse
De sua estranha vinda, se queria,
Na sua pobre casa repousasse
E do manjar da terra comeria;
E depois que se um pouco recreasse
Com ele para a armada tornaria,
Que alegria não pode ser tamanha
Que achar gente vizinha em terra estranha.

(225) As dificuldades.

28 O português aceita de vontade
O que o ledo Monçaide * lhe oferece;
Como se longa fora já a amizade,
Com ele come e bebe e lhe obedece.
Ambos se tornam logo da cidade
Para a frota, que o mouro * bem conhece.
Sobem à capitaina, e toda a gente
Monçaide recebeu benignamente.

29 O Capitão abraça, em cabo ledo,[226]
Ouvindo clara a língua de Castela; *
Junto de si o assenta e, pronto e quedo,
Pela terra pergunta e cousas dela.
Qual se ajuntava em Ródope * o arvoredo,
Só por ouvir o amante da donzela
Eurídice, * tocando a lira de ouro,
Tal a gente se ajunta a ouvir o mouro. *

30 Ele começa: — Ó gente, que a natura
Vizinha fez de meu paterno ninho,
Que destino tão grande ou que ventura
Vos trouxe a cometerdes tal caminho?
Não é sem causa, não, oculta e escura,
Vir do longínquo Tejo e ignoto Minho, *
Por mares nunca doutro lenho arados,[227]
A reinos tão remotos e apartados.

31 Deus, por certo, vos traz, porque pretende
Algum serviço seu por vós obrado;
Por isso só vos guia e vos defende
Dos imigos, do mar, do vento irado.
Sabei que estais na Índia, onde se estende
Diverso povo, rico e prosperado
De ouro luzente e fina pedraria,
Cheiro suave, ardente especiaria.

(226) Extremamente alegre.
(227) V. nota 167.

32 Esta província, cujo porto agora
Tomado tendes, Malabar * se chama;
Do culto antigo os ídolos adora,
Que cá por estas partes se derrama;
De diversos Reis é, mas dum só fora
Noutro tempo, segundo a antiga fama:
Saramá * Perimal * foi derradeiro
Rei que este reino teve unido e inteiro.

33 Porém, como a esta terra então viessem
De lá do seio arábico outras gentes
Que o culto maomético * trouxessem,
No qual me instituíram meus parentes, [228]
Sucedeu que, pregando, convertessem
O Perimal, * de sábios e eloqüentes;
Fazem-lhe a lei [229] tomar com fervor tanto
Que pressupôs de nela morrer santo.

34 Naus arma e nelas mete, curioso,
Mercadoria que ofereça rica,
Para ir nelas a ser religioso
Onde o Profeta jaz que a lei publica. [230]
Antes que parta, o reino poderoso
Co'os seus reparte; porque não lhe fica
Herdeiro próprio, faz os mais aceitos
Ricos, de pobres, livres, de sujeitos.

35 A um Cochim * e a outro Cananor, *
A qual Chale, * a qual a Ilha da Pimenta, *
A qual Coulão, * a qual dá Cranganor, *
E o mais, a quem o mais serve e contenta.
Um só moço, a quem tinha muito amor,
Depois que tudo deu, se lhe apresenta:
Para este Calecu * somente fica,
Cidade já por trato nobre e rica.

---

(228) i. e. em que os meus pais me educaram.
(229) A religião maometana.
(230) A cidade de Meca.

36 Esta lhe dá, co'o título excelente
De Imperador, que sobre os outros mande.
Isto feito, se parte diligente
Para onde em santa vida acabe e ande.
E daqui fica o nome de potente
Samorim,* mais que todos digno e grande,
Ao moço e descendentes, donde vem
Este que agora o Império manda e tem.

37 A Lei da gente toda, rica e pobre,
De fábulas composta se imagina.
Andam nus e somente um pano cobre
As partes que a cobrir natura ensina.
Dois modos há de gente, porque a nobre
Naires[231] chamados são, e a menos dina
Poleás tem por nome, a quem obriga
A lei não misturar a casta antiga;

38 Porque os que usaram sempre um mesmo ofício,
De outro não podem receber consorte;
Nem os filhos terão outro exercício
Senão o de seus passados, até morte.
Para os naires é, certo, grande vício
Destes serem tocados; de tal sorte
Que, quando algum se toca porventura,
Com cerimônias mil se alimpa e apura.

39 Desta sorte o judaico povo antigo
Não tocava na gente de Samária.*
Mais estranhezas inda das que digo
Nesta terra vereis de usança vária.
Os naires sós são dados ao perigo
Das armas; sós defendem da contrária
Banda o seu Rei, trazendo sempre usada
Na esquerda a adarga e na direita a espada.

---

(231) Naires e poleás, nomes de duas castas do Malabar, a guerreira e a inferior. Camões explica nas estâncias seguintes a diferença entre as duas castas.

40 Brâmenes são os seus religiosos,
Nome antigo e de grande preminência;
Observam os preceitos tão famosos
Dum que primeiro pôs nome à ciência; [232]
Não matam cousa viva e, temerosos,
Das carnes têm grandíssima abstinência.
Somente no venéreo ajuntamento
Têm mais licença e menos regimento.

41 Gerais são as mulheres, mas somente
Para os da geração de seus maridos.
Ditosa condição, ditosa gente,
Que não são de ciúmes ofendidos!
Estes e outros costumes variamente
São pelos malabares * admitidos.
A terra é grossa em trato, em tudo aquilo
Que as ondas podem dar, da China ao Nilo. *

42 Assim contava o mouro; * mas vagando
Andava a fama já, pela cidade,
Da vinda desta gente estranha, quando
O Rei saber mandava da verdade.
Já vinham pelas ruas caminhando,
Rodeados de todo sexo e idade,
Os principais que o Rei buscar mandara
O Capitão da armada que chegara.

43 Mas ele, que do Rei já tem licença
Para desembarcar, acompanhado
Dos nobres portugueses, sem detença
Parte, de ricos panos adornado.
Das cores a fermosa diferença
A vista alegra ao povo alvoroçado;
O remo compassado fere frio
Agora o mar, depois o fresco rio.

(232) Pitágoras que teria sido o primeiro a intitular-se filósofo (a pôr "nome à ciência" por excelência), e cuja doutrina, na opinião de Camões, apresenta pontos de contacto com os preceitos dos brâmanes.

44 Na praia um regedor do reino estava
Que, na sua língua, Catual * se chama,
Rodeado de naires, que esperava
Com desusada festa o nobre Gama. *
Já na terra, nos braços o levava
E num portátil leito u'a rica cama
Lhe oferece em que vá, costume usado,
Que nos ombros dos homens é levado.

45 Destarte o malabar, * destarte o Luso, *
Caminham lá para onde o Rei o espera.
Os outros portugueses vão ao uso
Que infantaria segue, esquadra fera.
O povo que concorre vai confuso
De ver a gente estranha, e bem quisera
Perguntar; mas, no tempo já passado,
Na torre de Babel * lhe foi vedado.[233]

46 O Gama * e o Catual * iam falando
Nas cousas que lhe o tempo oferecia;
Monçaide, * entre eles, vai interpretando
As palavras que de ambos entendia.
Assim pela cidade caminhando,
Onde uma rica fábrica[234] se erguia
De um suntuoso templo já chegavam,
Pelas portas do qual juntos entravam.

47 Ali estão das deidades as figuras,
Esculpidas em pau e em pedra fria,
Vários de gestos, vários de pinturas,
A segundo o Demônio lhe fingia.[235]
Vêem-se as abomináveis esculturas,
Qual a Quimera * em membros se varia.
Os cristãos olhos, a ver Deus usados
Em forma humana, estão maravilhados.

---

(233) A diferença das línguas (causada pela torre de Babel) impedia as perguntas.
(234) Construção, edifício.
(235) i. e. conforme o Demônio inventava.

48 Um na cabeça cornos esculpidos,
Qual Júpiter * Amon * em Líbia * estava;
Outro num corpo rostos tinha unidos,
Bem como o antigo Jano * se pintava;
Outro, com muitos braços divididos,
A Briareu * parece que imitava;
Outro fonte canina tem de fora,
Qual Anúbis * Menfítico * se adora.

49 Aqui feita do bárbaro gentio
A supersticiosa adoração,
Direitos vão, sem outro algum desvio,
P'ra onde estava o Rei do povo vão.
Engrossando-se vai da gente o fio
Co'os que vêm ver o estranho Capitão.
Estão pelos telhados e janelas
Velhos e moços, donas e donzelas.

50 Já chegam perto, e não com passos lentos,
Dos jardins odoríferos fermosos,
Que em si escondem os régios aposentos,
Altos de torres não, mas suntuosos.
Edificam-se os nobres seus assentos [236]
Por entre os arvoredos deleitosos.
Assim vivem os Reis daquela gente,
No campo e na cidade juntamente.

51 Pelos portais da cerca a sutileza
Se enxerga da Dedálea * faculdade,
Em figuras mostrando, por nobreza,
Da Índia a mais remota antiguidade.
Afiguradas vão com tal viveza
As histórias daquela antiga idade,
Que quem delas tiver notícia inteira,
Pela sombra conhece a verdadeira.

---

(236) Residências.

52 Estava um grande exército, que pisa
A terra oriental que o Idaspe * lava;
Rege-o um capitão de fronte lisa,
Que com frondentes tirsos pelejava
(Por ele edificada estava Nisa *
Nas ribeiras do rio que manava),
Tão próprio que, se ali estiver Semele, *
Dirá, por certo, que é seu filho aquele.[237]

53 Mais avante, bebendo, seca o rio
Mui grande multidão da assíria gente,
Sujeita a feminino senhorio[238]
De uma tão bela como incontinente.
Ali tem, junto ao lado nunca frio,
Esculpido o feroz ginete ardente
Com quem teria o filho competência.
Amor nefando, bruta incontinência!

54 Daqui mais apartadas, tremulavam
As bandeiras de Grécia gloriosas
(Terceira Monarquia),[239] e sojugavam
Até as águas gangéticas * undosas.
Dum capitão mancebo se guiavam,
De palmas rodeado valerosas,
Que já não de Filipo, * mas, sem falta,
De progênie de Júpiter * se exalta.

55 Os portugueses vendo estas memórias,
Dizia o Catual * ao Capitão:
— Tempo cedo virá que outras vitórias
Estas que agora olhais abaterão.
Aqui se escreverão novas histórias
Por gentes estrangeiras que virão;
Que os nossos sábios magos o alcançaram
Quando o tempo futuro especularam.

---

(237) Entre as esculturas, uma representava Baco, com um grande exército (a lenda diz que ele conquistara a Índia), de "fronte lisa" (Baco nunca envelhece), que edificou Nisa e era filho de Semele (v. Glossário).

(238) Semíramis, que teria mantido relações com o próprio filho e com um "feroz ginete".

(239) A "Terceira Monarquia" é a de Alexandre Magno (as duas anteriores são a dos assírios e a dos persas. A Quarta será a dos romanos.) O "capitão mancebo" do 5.º verso é Alexandre Magno.

56 E diz-lhe mais a mágica ciência
Que, para se evitar força tamanha,
Não valerá dos homens resistência,
Que contra o céu não val da gente manha;
Mas também diz que a bélica excelência,
Nas armas e na paz, da gente estranha
Será tal, que será no mundo ouvido
O vencedor por glória do vencido.

57 Assim falando, entravam já na sala
Onde aquele potente Imperador
Numa camilha jaz, que não se iguala
De outra alguma no preço e no lavor.
No recostado gesto se assinala
Um venerando e próspero senhor;
Um pano de ouro cinge, e na cabeça
De preciosas gemas se adereça.

58 Bem junto dele, um velho reverente,
Co'os geolhos no chão, de quando em quando
Lhe dava a verde folha da erva ardente,
Que a seu costume estava ruminando.[240]
Um Brâmene, pessoa preminente,
Para o Gama * vem com passo brando,
Para que ao grande Príncipe o apresente,
Que diante lhe acena que se assente.

59 Sentado o Gama * junto ao rico leito,
Os seus mais afastados, pronto em vista
Estava o Samorim * no trajo e jeito
Da gente, nunca de antes dele vista.
Lançando a grave voz do sábio peito,
Que grande autoridade logo aquista
Na opinião do Rei e do povo todo,
O Capitão lhe fala deste modo:

---

(240) Trata-se de uma erva chamada bétel, que os hindus tinham o hábito de mascar.

60 — Um grande Rei, de lá das partes onde
O Céu volúbil, com perpétua roda,
Da terra a luz solar co'a terra esconde,
Tingindo, a que deixou, de escura noda.[241]
Ouvindo do rumor que lá responde
O eco, como em ti da Índia toda
O principado está e a majestade,
Vínculo quer contigo de amizade.

61 E por longos rodeios a ti manda
Por te fazer saber que tudo aquilo
Que sobre o mar, que sobre as terras anda,
De riquezas, de lá do Tejo ao Nilo, *
E desde a fria plaga de Gelanda *
Até bem donde o Sol não muda o estilo
Nos dias, sobre a gente de Etiópia, *
Tudo tem no seu reino em grande cópia.

62 E se queres, com pactos e lianças
De paz e de amizade, sacra e nua,
Comércio consentir das abondanças
Das fazendas da terra sua e tua,
Por que cresçam as rendas e abastanças
(Por quem a gente mais trabalha e sua)
De vossos reinos, será certamente
De ti proveito, e dele glória ingente.

63 E sendo assim que o nó desta amizade
Entre vós firmemente permaneça,
Estará pronto, a toda adversidade
Que por guerra a teu reino se ofereça,
Com gente, armas e naus, de qualidade
Que por irmão te tenha e te conheça;
E da vontade em ti sobre isto posta
Me dês a mim certíssima resposta.

---

(241) i. e. um rei do Ocidente (o céu no seu movimento ("volúbil") esconde a luz do hemisfério ocidental, com o hemisfério oriental que fica mergulhado em trevas).

64 Tal embaixada dava o Capitão,
A quem o Rei gentio respondia
Que, em ver embaixadores de nação
Tão remota grão glória recebia;
Mas neste caso a última tenção
Com os de seu conselho tomaria,
Informando-se certo de quem era
O Rei e a gente e terra que dissera.

65 E que, entanto, podia do trabalho
Passado ir repousar; e em tempo breve
Daria a seu despacho um justo talho,[242]
Com que a seu Rei resposta alegre leve.
Já nisto punha a noite o usado atalho
Às humanas canseiras, por que ceve
De doce sono os membros trabalhados,
Os olhos ocupando, ao ócio dados.

66 Agasalhados foram juntamente
O Gama * e portugueses no aposento
Do nobre Regedor da índica gente,
Com festas e geral contentamento.
O Catual, * no cargo diligente
De seu Rei, tinha já por regimento
Saber da gente estranha donde vinha,
Que costumes, que lei, que terra tinha.

67 Tanto que os ígneos carros do fermoso
Mancebo Délio * viu, que a luz renova,
Manda chamar Monçaide, * desejoso
De poder-se informar da gente nova.
Já lhe pergunta, pronto e curioso,
Se tem notícia inteira e certa prova
Dos estranhos, quem são; que ouvido tinha
Que é gente de sua pátria mui vizinha.

---

(242) Daria uma resolução justa.

68 Que particularmente ali lhe desse
Informação mui larga, pois fazia
Nisso serviço ao Rei, por que soubesse
O que neste negócio se faria.
Monçaide *torna: — Posto que eu quisesse
Dizer-te disto mais, não saberia;
Somente sei que é gente lá de Espanha,
Onde o meu ninho e o Sol no mar se banha.

69 Têm a lei dum Profeta que gerado
Foi sem fazer na carne detrimento
Da mãe, tal que por Bafo [243] está aprovado
Do Deus que tem do mundo o regimento.
O que entre meus antigos é vulgado
Deles, é que o valor sanguinolento
Das armas no seu braço resplandece;
O que em nossos passados se parece.

70 Porque eles, com virtude sobre-humana,
Os deitaram dos campos abundosos
Do rico Tejo e fresca Guadiana,*
Com feitos memoráveis e famosos.
E não contentes inda, e na africana
Parte, cortando os mares procelosos,
Nos não querem deixar viver seguros,
Tomando-nos cidades e altos muros.

71 Não menos têm mostrado esforço e manha
Em quaisquer outras guerras que aconteçam,
Ou das gentes belígeras de Espanha,
Ou lá dalguns que do Pirene* desçam.
Assim que nunca enfim, com lança estranha
Se tem que por vencidos se conheçam;
Nem se sabe inda, não, te afirmo e asselo,
Para estes Anibais * nenhum Marcelo.*

(243) O Espírito Santo.

72 E se esta informação não for inteira
Tanto quanto convém, deles pretende
Informar-te, que é gente verdadeira,
A quem mais falsidade enoja e ofende.
Vai ver-lhe a frota, as armas e a maneira
Do fundido metal que tudo rende,
E folgarás de veres a polícia[244]
Portuguesa, na paz e na milícia.

73 Já com desejos o idolatra ardia
De ver isto que o mouro * lhe contava.
Manda esquipar batéis, que ir ver queria
Os lenhos em que o Gama * navegava.
Ambos partem da praia, a quem seguia
A naira geração, que o mar coalhava.
À capitaina sobem, forte e bela,
Onde Paulo * os recebe a bordo dela.

74 Purpúreos são os toldos, e as bandeiras
Do rico fio são que o bicho gera;
Nelas estão pintadas as guerreiras
Obras que o forte braço já fizera;
Batalhas têm campais aventureiras,
Desafios cruéis, pintura fera,
Que, tanto que ao gentio se apresenta,
A tento nela os olhos apascenta.

75 Pelo que vê pergunta; mas o Gama
Lhe pedia primeiro que se assente
E que aquele deleite que tanto ama
A seita epicuréia * experimente.
Dos espumantes vasos se derrama
O licor que Noé * mostrara à gente;
Mas comer o gentio não pretende,
Que a seita que seguia lho defende.

---

(244) Civilização, costumes.

76 A trombeta, que, em paz, no pensamento
Imagem faz de guerra, rompe os ares;
Co'o fogo o diabólico instrumento[245]
Se faz ouvir no fundo lá dos mares.
Tudo o gentio nota; mas o intento
Mostrava sempre ter nos singulares
Feitos dos homens que, em retrato breve,
A muda poesia ali descreve.

77 Alça-se em pé, com ele o Gama * junto,
Coelho * de outra parte e o mauritano; *
Os olhos põe no bélico transunto[246]
De um velho branco, aspeito venerando,
Cujo nome não pode ser defunto
Enquanto houver no mundo trato humano:
No trajo a grega usança está perfeita;
Um ramo, por insígnia, na direita.

78 Um ramo na mão tinha... Mas, ó cego,
Eu, que cometo, insano e temerário,
Sem vós, ninfas * do Tejo e do Mondego, *
Por caminho tão árduo, longo e vário!
Vosso favor invoco, que navego
Por alto mar, com vento tão contrário
Que, se não me ajudais, hei grande medo
Que o meu fraco batel se alague cedo.

79 Olhai que há tanto tempo que, cantando
O vosso Tejo e os vossos lusitanos,
A Fortuna me traz peregrinando,
Novos trabalhos vendo e novos danos:
Agora o mar, agora exprimentando
Os perigos mavórcios * inumanos,
Qual cânace, * que à morte se condena,
Numa mão sempre a espada e noutra a pena;

---

(245) A artilharia.

(246) No retrato de aspecto guerreiro.

80 Agora, com pobreza aborrecida,
Por hospícios alheios degradado;
Agora, da esperança já adquirida,
De novo, mais que nunca, derribado;
Agora às costas escapando a vida,
Que dum fio pendia tão delgado
Que não menos milagre foi salvar-se
Que para o Rei judaico acrescentar-se.[247]

81 E ainda, ninfas * minhas, não bastava
Que tamanhas misérias me cercassem,
Senão que aqueles que eu cantando andava
Tal prêmio de meus versos me tornassem:
A troco dos descansos que esperava,
Das capelas de louro que me honrassem,
Trabalhos nunca usados me inventaram,
Com que em tão duro estado me deitaram!

82 Vede, ninfas, * que engenhos de senhores
O vosso Tejo cria valerosos,
Que assim sabem prezar, com tais favores,
A quem os faz, cantando, gloriosos!
Que exemplos a futuros escritores,
Para espertar engenhos curiosos,
Para porem as cousas em memória
Que merecerem ter eterna glória!

83 Pois logo, em tanto males, é forçado
Que só vosso favor me não faleça,
Principalmente aqui, que sou chegado
Onde feitos diversos engrandeça:
Dai-mo vós sós, que eu tenho já jurado
Que não no empregue em quem o não mereça,
Nem por lisonja louve algum subido,
Sob pena de não ser agradecido.

---

(247) Alusão às dificuldades da vida de Camões e talvez ao naufrágio que sofreu. O poeta compara o "milagre" da sua salvação àquele com que Deus acrescentou mais quinze anos à vida de Ezequias, Rei da Judéia, depois de Isaías ter anunciado a sua morte.

84 Nem creiais, ninfas,* não, que fama desse
A quem ao bem comum e do seu Rei
Antepuser seu próprio interesse,
Imigo da divina e humana lei.
Nenhum ambicioso que quisesse
Subir a grandes cargos, cantarei,
Só por poder com torpes exercícios
Usar mais largamente de seus vícios;

85 Nenhum que use de seu poder bastante
Para servir a seu desejo feio,
E que, por comprazer ao vulgo errante,
Se muda em mais figuras que Proteio.*
Nem, Camenas,* também cuideis que cante
Quem, com hábito honesto e grave, veio,
Por contentar o Rei, no ofício novo,
A despir e roubar o pobre povo!

86 Nem quem acha que é justo e que é direito
Guardar-se a lei do Rei severamente,
E não acha que é justo e bom respeito
Que se pague o suor da servil gente;
Nem quem sempre, com pouco experto peito,
Razões aprende, e cuida que é prudente,
Para taxar, com mão rapace e escassa,
Os trabalhos alheios que não passa.

87 Aqueles sós direi que aventuraram
Por seu Deus, por seu Rei, a amada vida,
Onde, perdendo-a, em fama a dilataram,
Tão bem de suas obras merecida.
Apolo* e as Musas,* que me acompanharam,
Me dobrarão a fúria[248] concedida,
Enquanto eu tomo alento, descansado,
Por tornar ao trabalho, mais folgado.

(248) V. nota 3.

CANTO OITAVO

1 Na primeira figura se detinha
O Catual * que vira estar pintada,
Que por divisa um ramo na mão tinha,
A barba branca, longa e penteada.
Quem era e por que causa lhe convinha
A divisa que tem na mão tomada?
Paulo * responde, cuja voz discreta
O mauritano * sábio lhe interpreta:

2 — Estas figuras todas que aparecem,
Bravos em vista e feros nos aspeitos,
Mais bravos e mais feros se conhecem,
Pela fama, nas obras e nos feitos.
Antigos são, mas inda resplandecem
Co'o nome, entre os engenhos mais perfeitos.
Este que vês, é Luso, * donde a fama
O nosso reino Lusitânia chama.

3 Foi filho e companheiro do tebano *
Que tão diversas partes conquistou;
Parece vindo ter ao ninho hispano
Seguindo as armas, que contínuo usou.
Do Douro e Guadiana * o campo ufano,
Já dito Elísio, * tanto o contentou
Que ali quis dar aos já cansados ossos
Eterna sepultura, e nome aos nossos.

4 O ramo que lhe vês, para divisa,
O verde tirso foi de Baco * usado;
O qual à nossa idade amostra e avisa
Que foi seu companheiro e filho amado.
Vês outro, que do Tejo a terra pisa,
Depois de ter tão longo mar arado,
Onde muros perpétuos edifica,
E templo a Palas, * que em memória fica?

5 Ulisses * é o que faz a santa casa
À deusa que lhe dá língua facunda;
Que se lá na Ásia Tróia * insigne abrasa,
Cá na Europa * Lisboa ingente funda.
— Quem será estoutro cá, que o campo arrasa
De mortos, com presença furibunda?
Grandes batalhas tem desbaratadas,
Que as águias nas bandeiras tem pintadas.

6 Assim o gentio diz. Responde o Gama: *
— Este que vês, pastor já foi de gado;
Viriato * sabemos que se chama,
Destro na lança mais que no cajado.
Injuriada tem de Roma * a fama,
Vencedor invencíbil, afamado.
Não têm com ele, não, nem ter puderam,
O primor que com Pirro * já tiveram.

7 Com força, não; com manha vergonhosa
A vida lhe tiraram que os espanta;
Que o grande aperto, em gente inda que honrosa,
Às vezes leis magnânimas quebranta.
Outro está aqui que, contra a pátria irosa,
Degradado, conosco se alevanta. [249]
Escolheu bem com quem se alevantasse
Para que eternamente se ilustrasse.

---

(249) Alusão a Sertório (V. Glossário).

8 Vês, conosco também vence as bandeiras
Dessas aves de Júpiter * validas;
Que já naquele tempo as mais guerreiras
Gentes de nós souberam ser vencidas.
Olha tão sutis artes e maneiras
Para adquirir os povos, tão fingidas:
A fatídica cerva que o avisa.
Ele é Sertório, * e ela a sua divisa.

9 Olha estoutra bandeira, e vê pintado
O grão progenitor dos Reis primeiros.
Nós húngaro o fazemos, porém nado
Crêem ser em Lotaríngia * os estrangeiros.
Depois de ter, co'os mouros, * superado
Galegos * e leoneses * cavaleiros,
À Santa Casa passa o santo Henrique, * [250]
Por que o tronco dos Reis se santifique.

10 — Quem é, me dize, estoutro que me espanta
(Pergunta o malabar * maravilhado),
Que tantos esquadrões, que gente tanta,
Com tão pouca, tem roto e destroçado?
Tantos muros aspérrimos quebranta,
Tantas batalhas dá, nunca cansado,
Tantas coroas tem, por tantas partes,
A seus pés derribadas, e estandartes!

11 — Este é o primeiro Afonso, * disse o Gama, *
Que todo Portugal aos mouros * toma;
Por quem no Estígio * lago jura a Fama *
De mais não celebrar nenhum de Roma. *
Este é aquele zeloso a quem Deus ama,
Com cujo braço o mouro imigo doma,
Para quem de seu reino abaixa os muros,
Nada deixando já para os futuros.

---

(250) **D. Henrique, pai de D. Afonso Henriques, fundador de Portugal, esteve na Terra Santa, numa Cruzada.**

12 Se César, * se Alexandro * Rei, tiveram
Tão pequeno poder, tão pouca gente,
Contra tantos imigos quantos eram
Os que desbaratava este excelente,
Não creias que seus nomes se estenderam
Com glórias imortais tão largamente;
Mas deixa os feitos seus inexplicáveis,
Vê que os de seus vassalos são notáveis.

13 Este[251] que vês olhar, com gesto irado,
Para o rompido aluno mal sofrido,
Dizendo-lhe que o exército espalhado
Recolha, e torne ao campo defendido;
Torna o moço, do velho acompanhado,
Que vencedor o torna de vencido:
Egas Moniz * se chama, o forte velho,
Para leais vassalos claro espelho.

14 Vê-lo cá vai co'os filhos a entregar-se,
A corda ao colo, nu de seda e pano,
Porque não quis o moço sujeitar-se,
Como ele prometera, ao castelhano. *
Fez com siso e promessas levantar-se
O cerco, que já estava soberano.
Os filhos e mulher obriga à pena:
Para que o senhor salve, a si condena.

15 Não fez o Cônsul tanto que cercado
Foi nas Forcas Caudinas, * de ignorante,
Quando a passar por baixo foi forçado
Do samnítico * jugo triunfante.
Este, pelo seu povo injuriado,
A si se entrega só, firme e constante;
Estoutro a si e os filhos naturais
E a consorte sem culpa, que dói mais.

---

(251) Egas Moniz (v. Glossário). "O rompido aluno mal sofrido" é Afonso Henriques.

16 Vês este que, saindo da cilada,
Dá sobre o Rei que cerca a vila forte?
Já o Rei tem preso e a vila descercada;
Ilustre feito, digno de Mavorte. * [252]
Vê-lo cá vai pintado nesta armada,
No mar também aos mouros * dando a morte,
Tomando-lhe as galés, levando a glória
Da primeira marítima vitória.

17 É Dom Fuas Roupinho, * que na terra
E no mar resplandece juntamente,
Co'o fogo que acendeu junto da serra
De Ábila, * nas galés da maura * gente.
Olha como, em tão justa e santa guerra,
De acabar pelejando está contente.
Das mãos dos mouros * entra a felice alma,
Triunfando, nos céus, com justa palma.

18 Não vês um ajuntamento, de estrangeiro
Trajo, sair da grande armada nova
Que ajuda a combater o Rei primeiro
Lisboa, de si dando santa prova?
Olha Henrique, * famoso cavaleiro,
A palma que lhe nasce junto à cova.
Por eles mostra Deus milagre visto;
Germanos são os Mártires de Cristo.

19 Um Sacerdote vê, brandindo a espada
Contra Arronches, * que toma, por vingança
De Leiria, * que de antes foi tomada
Por quem por Mafamede * enresta a lança:
É Teotônio * Prior. Mas vê cercada
Santarém, * e verás a segurança
Da figura nos muros que, primeira
Subindo, ergueu das Quinas a bandeira.

---

(252) D. Fuas Roupinho que conseguiu levantar o cerco a Porto de Mós e aprisionar o Rei mouro que sitiava a vila.

20 Vê-lo cá donde Sancho * desbarata
Os mouros * de Vandália * em fera guerra;
Os imigos rompendo, o alferes mata
E hispálico * pendão derriba em terra.
Mem Moniz * é, que em si o valor retrata
Que o sepulcro do pai co'os ossos cerra.
Digno destas bandeiras, pois sem falta
A contrária derriba e a sua exalta.

21 Olha aquele que desce pela lança,
Com as duas cabeças dos vigias,
Onde a cilada esconde, com que alcança
A cidade, por manhas e ousadias.
Ela por armas toma a semelhança
Do cavaleiro que as cabeças frias
Na mão levava (feito nunca feito!).
Giraldo Sem Pavor * é o forte peito.

22 Não vês um castelhano, * que, agravado
De Afonso * nono, Rei, pelo ódio antigo
Dos de Lara, * co'os mouros * é deitado,
De Portugal fazendo-se inimigo?
Abrantes vila toma, acompanhado
Dos duros infiéis que traz consigo.
Mas vê que um português com pouca gente
O desbarata e o prende ousadamente.

23 Martim Lopes * se chama o cavaleiro
Que destes levar pode a palma e o louro.
Mas olha um eclesiástico guerreiro,
Que em lança de aço torna o bago de ouro.
Vê-lo, entre os duvidosos, tão inteiro
Em não negar batalha ao bravo mouro? *
Olha o sinal no Céu, que lhe aparece,
Com que nos poucos seus o esforço cresce.

24 Vês, vão os Reis de Córdova * e Sevilha
Rotos, co'os outros dois, e não de espaço. [253]
Rotos? Mas antes mortos; maravilha
Feita de Deus, que não de humano braço.
Vês? Já a vila de Alcácere * se humilha,
Sem lhe valer defesa ou muro de aço,
A Dom Mateus, * o Bispo de Lisboa,
Que a coroa de palma ali coroa.

25 Olha um Mestre [254] que desce de Castela, *
Português de nação, como conquista
A terra dos Algarves, e já nela
Não acha que por armas lhe resista.
Com manha, esforço e com benigna estrela,
Vilas, castelos, toma a escala vista.
Vês Tavila * tomada aos moradores,
Em vingança dos sete caçadores?

26 Vês, com bélica astúcia ao mouro * ganha
Silves, * que ele ganhou com força ingente.
É Dom Paio Correia, * cuja manha
E grande esforço faz inveja à gente.
Mas não passes os três [255] que em França e Espanha
Se fazem conhecer perpetuamente
Em desafios, justas e tornéus,
Nelas deixando públicos troféus.

27 Vê-los co'o nome vêm de aventureiros
A Castela, * onde o preço sós levaram
Dos jogos de Belona * verdadeiros,
Que com dano dalguns se exercitaram.
Vê mortos os soberbos cavaleiros
Que o principal dos três desafiaram,
Que Gonçalo Ribeiro * se nomeia,
Que pode não temer a lei Letéia. *

---

(253) E não devagar.

(254) O Mestre de Santiago, D. Paio Correia (v. Glossário).

(255) Chamavam-se os três cavaleiros Gonçalo Ribeiro, Vasco Anes e Fernão Martins.

28 Atenta num que a fama tanto estende
Que de nenhum passado se contenta;
Que a pátria, que de um fraco fio pende,
Sobre seus duros ombros a sustenta.
Não no vês tinto de ira, que reprende
A vil desconfiança, inerte e lenta,
Do povo, e faz que tome o doce freio
De Rei seu natural, e não de alheio?

29 Olha: por seu conselho e ousadia,
De Deus guiada só e de santa estrela,
Só, pode o que impossíbil parecia:
Vencer o povo ingente de Castela.*
Vês, por indústria, esforço e valentia,
Outro estrago e vitória, clara e bela,
Na gente, assim feroz como infinita,
Que entre o Tartesso* e Guadiana* habita?

30 Mas não vês quase já desbaratado
O poder lusitano, pela ausência
Do Capitão devoto, que, apartado,
Orando invoca a Suma e Trina Essência?
Vê-lo com pressa já dos seus achado,
Que lhe dizem que falta resistência
Contra poder tamanho, e que viesse
Por que consigo esforço aos fracos desse.

31 Mas olha com que santa confiança,
Que inda não era tempo, respondia,
Como quem tinha em Deus a segurança
Da vitória que logo lhe daria.
Assim Pompílio,* ouvindo que a possança
Dos imigos a terra lhe corria,
A quem lhe a dura nova estava dando,
— Pois eu, responde, estou sacrificando.

32 Se quem com tanto esforço em Deus se atreve
Ouvir quiseres como se nomeia,
Português Cipião * chamar-se deve;
Mas mais de Dom Nuno Álvares * se arreia.[256]
Ditosa pátria que tal filho teve!
Mas antes pai: que, enquanto o Sol rodeia
Este globo de Ceres * e Netuno, *
Sempre suspirará por tal aluno.[257]

33 Na mesma guerra vê que presas ganha
Estoutro Capitão de pouca gente;
Comendadores vence e o gado apanha
Que levavam roubado ousadamente.
Outra vez vê que a lança em sangue banha
Destes, só por livrar, co'o amor ardente,
O preso amigo, preso por leal:
Pêro Rodrigues * é do Landroal. *

34 Olha este desleal[258] o como paga
O perjúrio que fez e vil engano;
Gil Fernandes * é de Elvas * quem o estraga
E faz vir a passar o último dano:
De Xerez * rouba o campo e quase alaga
Co'o sangue de seus donos castelhano. *
Mas olha Rui Pereira, * que co'o rosto
Faz escudo às galés, diante posto.

35 Olha que dezassete lusitanos,[259]
Neste outeiro subidos, se defendem
Fortes, de quatrocentos castelhanos, *
Que em derredor, pelos tomar, se estendem;
Porém logo sentiram, com seus danos,
Que não só se defendem, mas ofendem.
Digno feito de ser, no mundo, eterno,
Grande no tempo antigo e no moderno.

---

(256) Orgulha-se mais do nome de Nuno Álvares.

(257) i. e. enquanto o sol iluminar a Terra, a pátria chorará esse seu filho.

(258) Paio Rodrigues Marinho, alcaide de Campo Maior. (v. Glossário, em Gil Fernandes).

(259) Alusão a um feito verificado talvez no cerco de Almada, em que dezessete portugueses, tendo saído da vila para buscar água, resistiram a muitos castelhanos que os atacaram.

36 Sabe-se antigamente que trezentos
Já contra mil romanos pelejaram,
No tempo que os viris atrevimentos
De Viriato * tanto se ilustraram,
E deles alcançando vencimentos
Memoráveis, de herança nos deixaram
Que os muitos, por ser poucos, não temamos;
O que depois mil vezes amostramos.

37 Olha cá dois Infantes, Pedro * e Henrique, *
Progênie generosa de Joane; *
Aquele faz que fama ilustre fique
Dele em Germânia, * com que a morte engane;
Este, que ela nos mares o publique
Por seu descobridor, e desengane
De Ceita * a maura * túmida vaidade,
Primeiro entrando as portas da cidade.

38 Vês o Conde Dom Pedro, * que sustenta
Dois cercos contra toda a Barbaria? *
Vês outro Conde [260] está, que representa
Em terra Marte, * em forças e ousadia.
De poder defender se não contenta
Alcácere,* da ingente companhia;
Mas do seu Rei defende a cara vida,
Pondo por muro a sua, ali perdida.

39 Outros muitos verias, que os pintores
Aqui também por certo pintariam;
Mas falta-lhe pincel, faltam-lhe cores:
Honra, prêmio, favor, que as artes criam.
Culpa dos viciosos sucessores,
Que degeneram, certo, e se desviam
Do lustre e do valor dos seus passados,
Em gostos e vaidades atolados.

---

(260) **Trata-se de D. Duarte de Meneses, Conde de Viana e Tarouca que defendeu Alcácer Ceguer, na África do Norte, contra os mouros, tendo morrido para salvar a vida do Rei D. Duarte.**

40 Aqueles pais ilustres que já deram
Princípio à geração que deles pende,
Pela virtude muito então fizeram
E por deixar a casa que descende.
Cegos, que, dos trabalhos que tiveram,
Se alta fama e rumor deles se estende,
Escuros deixam sempre seus menores,
Com lhe deixar descansos corruptores.

41 Outros também há grandes e abastados,
Sem nenhum tronco ilustre donde venham.
Culpa de Reis, que às vezes a privados
Dão mais que a mil que esforço e saber tenham.
Estes os seus não querem ver pintados,
Crendo que cores vãs lhe não convenham,
E, como a seu contrário natural,
À pintura que fala querem mal.

42 Não nego que há, contudo, descendentes
Do generoso tronco e casa rica,
Que, com costumes altos e excelentes,
Sustentam a nobreza que lhe fica;
E se a luz dos antigos seus parentes
Neles mais o valor não clarifica,
Não falta, ao menos, nem se faz escura.
Mas destes acha poucos a pintura.

43 Assim está declarando os grandes feitos
O Gama, * que ali mostra a vária tinta
Que a douta mão tão claros, tão perfeitos,
Do singular artífice ali pinta.
Os olhos tinha prontos e direitos
O Catual * na história bem distinta;
Mil vezes perguntava e mil ouvia
As gostosas batalhas que ali via.

44 Mas já a luz se mostrava duvidosa,
Porque a lâmpada grande se escondia[261]
Debaixo do horizonte e, luminosa,
Levava aos antípodas o dia,
Quando o gentio e a gente generosa
Dos naires da nau forte se partia,
A buscar o repouso que descansa
Os lassos animais, na noite mansa.

45 Entretanto, os arúspices famosos
Na falsa opinião, que em sacrifícios
Antevêem sempre os casos duvidosos
Por sinais diabólicos e indícios,
Mandados do Rei próprio, estudiosos,
Exercitavam a arte e seus ofícios,
Sobre esta vinda desta gente estranha,
Que às suas terras vem da ignota Espanha.

46 Sinal lhe mostra o Demo verdadeiro
De como a nova gente lhe seria
Jugo perpétuo, eterno cativeiro,
Destruição de gente e de valia.
Vai-se espantado o atônito agoureiro
Dizer ao Rei (segundo o que entendia)
Os sinais temerosos que alcançara
Nas entranhas das vítimas que olhara.

47 A isto mais se ajunta que um devoto
Sacerdote da lei de Mafamede, *
Dos ódios concebidos não remoto[262]
Contra a divina Fé, que tudo excede,
Em forma do Profeta falso e noto
Que do filho da escrava Agar * procede,
Baco * odioso em sonhos lhe aparece,
Que de seus ódios inda se não desce.

---

(261) Já o Sol se punha.

(262) Não afastado, não isento, de ódios contra o cristianismo.

48 E diz-lhe assim: — Guardai-vos, gente minha,
Do mal que se aparelha pelo imigo
Que pelas águas úmidas caminha,
Antes que esteis mais perto do perigo.
Isto dizendo, acorda o mouro * asinha,
Espantado do sonho; mas consigo
Cuida que não é mais que sonho usado.
Torna a dormir, quieto e sossegado.

49 Torna Baco, * dizendo: — Não conheces
O grão legislador que a teus passados
Tem mostrado o preceito a que obedeces,
Sem o qual fôreis muitos batizados?
Eu por ti, rudo, velo, e tu adormeces?
Pois saberás que aqueles que chegados
De novo são, serão mui grande dano
Da lei que eu dei ao néscio povo humano.

50 Enquanto é fraca a força desta gente,
Ordena como em tudo se resista,
Porque, quando o Sol sai, facilmente
Se pode nele pôr a aguda vista;
Porém, depois que sobe claro e ardente,
Se agudeza dos olhos o conquista,
Tão cega fica, quanto ficareis
Se raízes criar lhe não tolheis.

51 Isto dito, ele e o sono se despede.
Tremendo fica o atônito agareno;
Salta da cama, lume aos servos pede,
Lavrando nele o férvido veneno.
Tanto que a nova luz que ao Sol precede
Mostrara rosto angélico e sereno,
Convoca os principais da torpe seita,
Aos quais do que sonhou dá conta estreita.

52 Diversos pareceres e contrários
Ali se dão, segundo o que entendiam;
Astutas traições, enganos vários,
Perfídias, inventavam e teciam;
Mas, deixando conselhos temerários,
Destruição da gente pretendiam,
Por manhas mais sutis e ardis melhores,
Com peitas adquirindo os regedores.

53 Com peitas, ouro e dádivas secretas
Conciliam da terra os principais;
E com razões notáveis e discretas
Mostram ser perdição dos naturais,
Dizendo que são gentes inquietas,
Que, os mares discorrendo ocidentais,
Vivem só de piráticas rapinas,
Sem Rei, sem leis humanas ou divinas.

54 Oh! Quanto deve o Rei que bem governa
De olhar que os conselheiros ou privados
De consciência e de virtude interna
E de sincero amor sejam dotados!
Porque, como este posto na superna
Cadeira, pode mal dos apartados
Negócios ter notícia mais inteira
Do que lhe der a língua conselheira.

55 Nem tão pouco direi que tome tanto
Em grosso a consciência limpa e certa,
Que se enleve num pobre e humilde manto,
Onde ambição acaso ande encoberta.
E, quando um bom em tudo é justo e santo,
E em negócios do mundo pouco acerta;
Que mal com eles poderá ter conta
A quieta inocência, em só Deus pronta.

56 Mas aqueles avaros Catuais
Que o gentílico povo governavam,
Induzidos das gentes infernais,
O português despacho dilatavam.
Mas o Gama, * que não pretende mais,
De tudo quanto os mouros * ordenavam,
Que levar a seu Rei um sinal certo
Do mundo que deixava descoberto,

57 Nisto trabalha só; que bem sabia
Que, depois que levasse esta certeza,
Armas e naus e gentes mandaria
Manuel, * que exercita a suma alteza,
Com que a seu jugo e lei someteria
Das terras e do mar e redondeza;
Que ele não era mais que um diligente
Descobridor das terras do Oriente.

58 Falar ao Rei gentio determina,
Por que com seu despacho se tornasse,
Que já sentia em tudo da malina
Gente impedir-se quanto desejasse.
O Rei, que da notícia falsa e indina
Não era de espantar se se espantasse,
Que tão crédulo era em seus agouros,
E mais sendo afirmados pelos mouros,*

59 Este temor lhe esfria o baixo peito.
Por outra parte, a força da cobiça,
A quem por natureza está sujeito,
Um desejo imortal lhe acende e atiça:
Que bem vê que grandíssimo proveito
Fará, se, com verdade e com justiça,
O contrato fizer, por longos anos,
Que lhe comete o rei dos lusitanos.

60 Sobre isto, nos conselhos que tomava,
Achava mui contrários pareceres;
Que naqueles com quem se aconselhava
Executa o dinheiro seus poderes.
O grande Capitão chamar mandava,
A quem chegado disse: — Se quiseres
Confessar-me a verdade limpa e nua,
Perdão alcançarás da culpa tua.

61 Eu sou bem informado que a embaixada
Que de teu Rei me deste, que é fingida;
Porque nem tu tens Rei, nem pátria amada,
Mas vagabundo vás passando a vida.
Que quem da Hespéria * última alongada,
Rei ou senhor de insânia desmedida,
Há de vir cometer, com naus e frotas,
Tão incertas viagens e remotas?

62 E, se de grandes reinos poderosos
O teu Rei tem a régia majestade,
Que presentes me trazes valerosos,
Sinais de tua incógnita verdade?
Com peças e dões altos, suntuosos,
Se lia dos Reis altos a amizade;
Que sinal nem penhor não é bastante
As palavras dum vago navegante.

63 Se porventura vindes desterrados,
Como já foram homens de alta sorte,
Em meu reino sereis agasalhados,
Que toda a terra é pátria para o forte;
Ou se piratas sois, ao mar usados,
Dizei-mo sem temor de infâmia ou morte,
Que, por se sustentar, em toda idade
Tudo faz a vital necessidade.

64 Isto assim dito, o Gama, * que já tinha
Suspeitas das insídias que ordenava
O maomético * ódio, donde vinha
Aquilo que tão mal o Rei cuidava,
Co'uma alta confiança, que convinha,
Com que seguro crédito alcançava,
Que Vênus Acidália * lhe influía,
Tais palavras do sábio peito abria:

65 — Se os antigos delitos que a malícia
Humana cometeu na prisca idade
Não causaram que o vaso da nequícia,[263]
Açoute tão cruel da cristandade,
Viera pôr perpétua inimicícia
Na geração de Adão, co'a falsidade,
Ó poderoso Rei, da torpe seita,
Não conceberas tu tão má suspeita.

66 Mas, porque nenhum grande bem se alcança
Sem grandes opressões, e em todo o feito
Segue o temor os passos da esperança,
Que em suor vive sempre de seu peito,
Me mostras tu tão pouca confiança
Desta minha verdade, sem respeito
Das razões em contrário que acharias
Se não cresses a quem não crer devias.

67 Porque, se eu de rapinas só vivesse,
Undívago ou da pátria desterrado,
Como crês que tão longe me viesse
Buscar assento incógnito e apartado?
Por que esperanças, ou por que interesse
Viria exprimentando o mar irado,
Os antárticos * frios e os ardores
Que sofrem do Carneiro * os moradores?

(263) O "vaso da nequícia", que contém a maldade, é Satanás.

68 Se com grandes presentes de alta estima
O crédito me pedes do que digo,
Eu não vim mais que a achar o estranho clima
Onde a natura pôs teu reino antigo;
Mas, se a fortuna tanto me sublima,
Que eu torne à minha pátria e reino amigo,
Então verás o dom soberbo e rico
Com que minha tornada certifico

69 Se te parece inopinado feito
Que Rei da última Hespéria * a ti me mande,
O coração sublime, o régio peito,
Nenhum caso possíbil tem por grande.
Bem parece que o nobre e grão conceito
Do lusitano espírito demande
Maior crédito e fé de mais alteza,
Que creia dele tanta fortaleza.

70 Sabe que há muitos anos que os antigos
Reis nossos firmemente propuseram
De vencer os trabalhos e perigos
Que sempre às grandes cousas se opuseram;
E, descobrindo os mares inimigos
Do quieto descanso, pretenderam
De saber que fim tinham e onde estavam
As derradeiras praias que lavavam.

71 Conceito digno foi do ramo claro
Do venturoso Rei que arou primeiro
O mar, por ir deitar do ninho caro
O morador de Abila * derradeiro; [264]
Este, por sua indústria e engenho raro,
Num madeiro ajuntando outro madeiro,
Descobrir pôde a parte que faz clara
De Argos, * da Hidra * a luz, da Lebre * e da Ara. *

---

(264) D. João I que, conquistando Ceuta, expulsou da pátria ("deitou (fora) do ninho caro") o último "morador de Abila".

72 Crescendo co'os sucessos bons primeiros
No peito as ousadias, descobriram,
Pouco e pouco, caminhos estrangeiros,
Que, uns sucedendo aos outros, prosseguiram.
De África os moradores derradeiros,
Austrais, que nunca as sete flamas[265] viram,
Foram vistos de nós, atrás deixando
Quantos estão os trópicos queimando.

73 Assim, com firme peito e com tamanho
Propósito vencemos a fortuna,
Até que nós no teu terreno estranho
Viemos pôr a última coluna.
Rompendo a força do líquido estanho,[266]
Da tempestade horrífica e importuna,
A ti chegamos, de quem só queremos
Sinal que ao nosso Rei de ti levemos.

74 Esta é a verdade, Rei; que não faria
Por tão incerto bem, tão fraco prêmio,
Qual, não sendo isto assim, esperar podia,
Tão longo, tão fingido e vão proêmio;[267]
Mas antes descansar me deixaria
No nunca descansado e fero grêmio
Da madre Tétis,* qual pirata iníquo,
Dos trabalhos alheios feito rico.

75 Assim que, ó Rei, se minha grão verdade
Tens por qual é, sincera e não dobrada,
Ajunta-me ao despacho brevidade,
Não me impidas o gosto da tornada;
E, se inda te parece falsidade,
Cuida bem na razão que está provada,
Que com claro juízo pode ver-se,
Que fácil é a verdade de entender-se.

---

(265) As sete estrelas da Ursa Maior.
(266) O mar, comparado a estanho derretido.
(267) Vasco da Gama pedia tão pouco (apenas um simples "sinal" do encontro com o Samorim) que "por tão incerto bem, tão fraco prêmio" não valeria a pena um discurso tão longo e tão falso.

76 A tento estava o Rei na segurança
Com que provava o Gama * o que dizia;
Concebe dele certa confiança,
Crédito firme, em quanto proferia;
Pondera das palavras a abastança,
Julga na autoridade grão valia,
Começa de julgar por enganados
Os Catuais corruptos, mal julgados.

77 Juntamente, a cobiça do proveito
Que espera do contrato lusitano
O faz obedecer e ter respeito
Co'o Capitão, e não co'o mauro * engano.
Enfim ao Gama * manda que direito
Às naus se vá e, seguro dalgum dano,
Possa a terra mandar qualquer fazenda
Que pela especiaria troque e venda.

78 Que mande da fazenda, enfim, lhe manda
Que nos reinos gangéticos * faleça,
Se alguma traz idônea lá da banda
Donde a terra se acaba e o mar começa.
Já da real presença veneranda
Se parte o Capitão, para onde peça
Ao Catual que dele tinha cargo,
Embarcação, que a sua está de largo.

79 Embarcação que o leve às naus lhe pede,
Mas o mau Regedor, que novos laços
Lhe maquinava, nada lhe concede,
Interpondo tardanças e embaraços
Com ele parte ao cais, por que o arrede
Longe quanto puder dos régios paços,
Onde, sem que seu Rei tenha notícia,
Faça o que lhe ensinar sua malícia.

80 Lá bem longe lhe diz que lhe daria
Embarcação bastante em que partisse,
Ou que para a luz crástina do dia
Futuro sua partida diferisse.
Já com tantas tardanças entendia
O Gama * que o gentio consentisse
Na má tenção dos mouros, * torpe e fera,
O que dele até 'li não entendera.

81 Era este Catual * um dos que estavam
Corruptos pela maometana * gente,
O principal por quem se governavam
As cidades do Samorim potente.
Dele somente os mouros * esperavam
Efeito a seus enganos torpemente.
Ele, que no concerto vil conspira,
De suas esperanças não delira.[268]

82 O Gama * com instância lhe requere
Que o mande pôr nas naus, e não lhe val;
E que assim lho mandara, lhe refere,
O nobre sucessor de Perimal. *
Por que razão lhe impede e lhe difere
A fazenda trazer de Portugal?
Pois aquilo que os Reis já têm mandado
Não pode ser por outrem derrogado.

83 Pouco obedece o Catual * corrupto
A tais palavras; antes, revolvendo
Na fantasia algum sutil e astuto
Engano diabólico e estupendo,
Ou como banhar possa o ferro bruto
No sangue aborrecido, estava vendo,
Ou como as naus em fogo lhe abrasasse,
Por que nenhuma à pátria mais tornasse.

---

(268) Não se afasta, não se desvia (das esperanças dos mouros).

84 Que nenhum torne à pátria só pretende
O conselho infernal dos maometanos, *
Por que não saiba nunca onde se estende
A terra Eoa * o Rei dos lusitanos.
Não parte o Gama, * enfim, que lho defende
O Regedor dos bárbaros profanos;
Nem sem licença sua ir-se podia,
Que as almadias todas lhe tolhia.

85 Aos brados e razões do Capitão
Responde o idolatra que mandasse
Chegar à terra as naus que longe estão,
Por que melhor dali fosse e tornasse.
Sinal é de inimigo e de ladrão
Que lá tão longe a frota se alargasse,
Lhe diz; porque do certo e fido amigo
É não temer do seu nenhum perigo.

86 Nestas palavras o discreto Gama *
Enxerga bem que as naus deseja perto
O Catual, * por que com ferro e flama
Lhas assalte, por ódio descoberto.
Em vários pensamentos se derrama;
Fantasiando está remédio certo
Que desse a quanto mal se lhe ordenava.
Tudo temia; tudo, enfim, cuidava.

87 Qual o reflexo lume do polido
Espelho de aço ou de cristal fermoso,
Que, do raio solar sendo ferido,
Vai ferir noutra parte, luminoso,
E, sendo da ociosa mão movido,
Pela casa, do moço curioso,
Anda pelas paredes e telhado
Trêmulo, aqui e ali, e dessossegado:

88 Tal o vago juízo flutuava
Do Gama * preso, quando lhe lembrara
Coelho, * se por caso o esperava
Na praia co'os batéis, como ordenara.
Logo secretamente lhe mandava
Que se tornasse à frota, que deixara,
Não fosse salteado dos enganos
Que esperava dos feros maometanos. *

89 Tal há de ser quem quer, co'o dom de Marte, *
Imitar os Ilustres e igualá-los:
Voar co'o pensamento a toda parte,
Adivinhar perigos e evitá-los
Com militar engenho e sutil arte,
Entender os imigos, e enganá-los,
Crer tudo, enfim; que nunca louvarei
O Capitão que diga: — Não cuidei.

90 Insiste o malabar * em tê-lo preso
Se não manda chegar a terra a armada.
Ele, constante e de ira nobre aceso,
Os ameaços seus não teme nada;
Que antes quer sobre si tomar o peso
De quanto mal a vil malícia ousada
Lhe andar armando, que pôr em ventura[269]
A frota de seu Rei, que tem segura.

91 Aquela noite esteve ali detido,
E parte do outro dia, quando ordena
De se tornar ao Rei; mas impedido
Foi da guarda que tinha, não pequena.
Comete-lhe o gentio, outro partido,
Temendo de seu Rei castigo ou pena
Se sabe esta malícia, a qual asinha
Saberá, se mais tempo ali o detinha.

(269) Em perigo.

92 Diz-lhe que mande vir toda a fazenda
Vendíbil que trazia, para a terra,
Para que, devagar, se troque e venda;
Que, quem não quer comércio, busca guerra.
Posto que os maus propósitos entenda
O Gama, * que o danado peito encerra,
Consente, porque sabe por verdade
Que compra co'a fazenda a liberdade.

93 Concertam-se que o negro [270] mande dar
Embarcações idôneas com que venha;
Que os seus batéis não quer aventurar
Onde lhos tome o imigo, ou lhos detenha.
Partem as almadias a buscar
Mercadoria hispana que convenha,
Escreve a seu irmão que lhe mandasse
A fazenda com que se resgatasse.

94 Vem a fazenda a terra, aonde logo
A agasalhou o infame Catual; *
Com ela ficam Álvaro * e Diogo, *
Que a pudessem vender pelo que val.
Se mais que obrigação, que mando e rogo,
No peito vil o prêmio pode e val,
Bem o mostra o gentio a quem o entenda,
Pois o Gama * soltou pela fazenda.

95 Por ela o solta, crendo que ali tinha
Penhor bastante donde recebesse
Interesse maior do que lhe vinha
Se o Capitão mais tempo detivesse.
Ele, vendo que já lhe não convinha
Tornar a terra, por que não pudesse
Ser mais retido, sendo às naus chegado
Nelas estar se deixa descansado.

---

(270) Injúria, ou observação objetiva, "o negro" designa o Catual.

96 Nas naus estar se deixa, vagaroso,
Até ver o que o tempo lhe descobre;
Que não se fia já do cobiçoso
Regedor, corrompido e pouco nobre.
Veja agora o juízo curioso
Quanto no rico, assim como no pobre,
Pode o vil interesse e sede imiga
Do dinheiro, que a tudo nos obriga.

97 A Polidoro * mata o Rei Treício, *
Só por ficar senhor do grão tesouro;
Entra, pelo fortíssimo edifício,
Com a filha de Acriso * a chuva de ouro;
Pode tanto em Tarpéia * avaro vício
Que, a troco do metal luzente e louro,
Entrega aos inimigos a alta torre,
Do qual quase afogada em pago morre.

98 Este rende munidas fortalezas;
Faz tredores e falsos os amigos;
Este a mais nobres faz fazer vilezas,
E entrega capitães aos inimigos;
Este corrompe virginais purezas,
Sem temer de honra ou fama alguns perigos;
Este deprava às vezes as ciências,
Os juízos cegando e as consciências.

99 Este interpreta mais que sutilmente
Os textos; este faz e desfaz leis;
Este causa os perjúrios entre a gente
E mil vezes tiranos torna os reis.
Até os que só a Deus onipotente
Se dedicam, mil vezes ouvireis
Que corrompe este encantador, e ilude;
Mas não sem cor, contudo, de virtude.

CANTO NONO

1 TIVERAM longamente na cidade,
Sem vender-se, a fazenda os dois feitores,
Que os infiéis, por manha e falsidade,
Fazem que não lha comprem mercadores;
Que todo seu propósito e vontade
Era deter ali os descobridores
Da Índia tanto tempo que viessem
De Meca * as naus, que as suas desfizessem.

2 Lá no seio eritreu, * onde fundada
Arsínoe * foi do egípcio Ptolomeu *
(Do nome da irmã sua assim chamada,
Que depois em Suez * se converteu),
Não longe, o porto jaz na nomeada
Cidade Meca, * que se engrandeceu
Com a superstição falsa e profana
Da religiosa água maometana. *

3 Gidá * se chama o porto aonde o trato
De todo o Roxo mar * mais florescia,
De que tinha proveito grande e grato
O Soldão [271] que esse reino possuía.
Daqui aos malabares, * por contrato
Dos infiéis, fermosa companhia
De grandes naus, pelo Índico oceano,
Especiaria vêm buscar cada ano.

---

(271) O Sultão.

4 Por estas naus os mouros * esperavam,
Que, como fossem grandes e possantes,
Aquelas que o comércio lhe tomavam
Com flamas abrasassem crepitantes.
Neste socorro tanto confiavam
Que já não querem mais dos navegantes
Senão que tanto tempo ali tardassem
Que da famosa Meca * as naus chegassem.

5 Mas o Governador dos Céus e gentes,
Que, para quanto tem determinado,
De longe os meios dá convenientes
Por onde vem a efeito o fim fadado,
Influiu piedosos acidentes
De afeição em Monçaide, * que guardado
Estava para dar ao Gama * aviso
E merecer por isso o Paraíso.

6 Este, de quem se os mouros * não guardavam
Por ser mouro * como eles, antes era
Participante em quanto maquinavam,
A tenção lhe descobre torpe e fera.
Muitas vezes as naus que longe estavam
Visita, e com piedade considera
O dano sem razão que se lhe ordena
Pela maligna gente sarracena. *

7 Informa o cauto Gama * das armadas
Que da arábica Meca * vêm cada ano,
Que agora são dos seus tão desejadas,
Para ser instrumento deste dano.
Diz-lhe que vêm de gente carregadas
E dos trovões horrendos de Vulcano, * [272]
E que pode ser delas oprimido,
Segundo estava mal apercebido.

---

(272) Artilharia.

8 O Gama,* que também considerava
O tempo que para a partida o chama,
E que despacho já não esperava
Melhor do Rei, que os maometanos * ama,
Aos feitores que em terra estão, mandava
Que se tornem às naus; e, por que a fama
Desta súbita vinda os não impida,
Lhe manda que a fizessem escondida.

9 Porém não tardou muito que, voando,
Um rumor não soasse com verdade:
Que foram presos os feitores, quando
Foram sentidos vir-se da cidade.
Esta fama as orelhas penetrando
Do sábio Capitão, com brevidade
Faz represália nuns que às naus vieram
A vender pedraria que trouxeram.

10 Eram, estes, antigos mercadores,
Ricos em Calecu * e conhecidos.
Da falta deles, logo entre os melhores
Sentido foi que estão no mar retidos.
Mas já nas naus os bons trabalhadores
Volvem o cabrestante e, repartidos
Pelo trabalho, uns puxam pela amarra,
Outros quebram co'o peito duro a barra,

11 Outros pendem da verga e já desatam
A vela, que com grita se soltava,
Quando, com maior grita, ao Rei relatam
A pressa com que a armada se levava.
As mulheres e filhos, que se matam,
Daqueles que vão presos, onde estava
O Samorim se aqueixavam que perdidos
Uns têm os pais, as outras os maridos.

12 Manda logo os feitores lusitanos
Com toda sua fazenda, livremente,
Apesar dos imigos maometanos,*
Por que lhe torne a sua presa gente.
Desculpas manda o Rei de seus enganos;
Recebe o Capitão de melhor mente
Os presos que as desculpas e, tornando
Alguns negros,[273] se parte, as velas dando.

13 Parte-se costa abaixo, porque entende
Que em vão co'o Rei gentio trabalhava
Em querer dele paz, a qual pretende
Por firmar o comércio que tratava.
Mas como aquela terra, que se estende
Pela Aurora,* sabida já deixava,
Com estas novas torna à pátria cara,
Certos sinais levando do que achara.

14 Leva alguns malabares,* que tomou
Por força, dos que o Samorim mandara
Quando os presos feitores lhe tornou;
Leva pimenta ardente, que comprara;
A seca flor de Banda* não ficou;
A noz e o negro cravo, que faz clara
A nova ilha Maluco,* co'a canela
Com que Ceilão* é rica, ilustre e bela.

15 Isto tudo lhe houvera a diligência
De Monçaide* fiel, que também leva,
Que, inspirado de angélica influência,
Quer no livro de Cristo que se escreva.
Oh! Ditoso africano, que a clemência
Divina assim tirou de escura treva,
E tão longe da pátria achou maneira
Para subir à pátria verdadeira!

---

(273) Epíteto empregado simultaneamente com objetividade (os habitantes do Malabar são escuros) e com intuito injurioso.

16 Apartadas assim da ardente costa
As venturosas naus, levando a proa
Para onde a natureza tinha posta
A meta Austrina* da Esperança Boa,*
Levando alegres novas e resposta
Da parte oriental para Lisboa,
Outra vez cometendo os duros medos
Do mar incerto, tímidos e ledos.

17 O prazer de chegar à pátria cara,
A seus penates caros e parentes,
Para contar a peregrina e rara
Navegação, os vários céus e gentes;
Vir a lograr o prêmio que ganhara,
Por tão longos trabalhos e acidentes:
Cada um tem por gosto tão perfeito,
Que o coração para ele é vaso estreito.

18 Porém a Deusa Cípria,* que ordenada
Era, para favor dos lusitanos,
Do Padre Eterno,[274] e por bom gênio dada,
Que sempre os guia já de longos anos,
A glória por trabalhos alcançada,
Satisfação de bem sofridos danos,
Lhe andava já ordenando, e pretendia
Dar-lhe nos mares tristes alegria.

19 Depois de ter um pouco revolvido
Na mente o largo mar que navegaram,
Os trabalhos que pelo deus nascido
Nas Anfioneias* Tebas*[275] se causaram,
Já trazia de longe no sentido,
Para prêmio de quanto mal passaram,
Buscar-lhe algum deleite, algum descanso,
No reino de Cristal, líquido e manso;

---

(274) Júpiter.
(275) Baco, que nasceu em Tebas.

20 Algum repouso, enfim, com que pudesse
Refocilar a lassa humanidade
Dos navegantes seus, como interesse
Do trabalho que encurta a breve idade.
Parece-lhe razão que conta desse
A seu filho, por cuja potestade
Os deuses faz descer ao vil terreno
E os humanos subir ao Céu sereno.

21 Isto bem revolvido, determina
De ter-lhe aparelhada, lá no meio
Das águas, alguma ínsula divina,
Ornada de esmaltado e verde arreio; [276]
Que muitas tem no reino que confina
Da Mãe primeira co'o terreno seio, [277]
Afora as que possui soberanas
Para dentro das portas herculanas. *

22 Ali quer que as aquáticas donzelas
Esperem os fortíssimos barões
(Todas as que têm título de belas,
Glória dos olhos, dor dos corações)
Com danças e coréias, porque nelas
Influirá secretas afeições,
Para com mais vontade trabalharem
De contentar a quem se afeiçoarem.

23 Tal manha buscou já para que aquele
Que de Anquises * pariu, bem recebido
Fosse no campo que a bovina pele
Tomou de espaço, [278] por sutil partido.
Seu filho vai buscar, porque só nele
Tem todo seu poder, fero Cupido, *
Que, assim como naquela empresa, antiga
A ajudou já, nestoutra a ajude e siga.

---

(276) Adornada de colorida vegetação.

(277) Tem sido muito discutida a localização desta ilha. As conjeturas vão das costas da Índia ao Golfo Pérsico e ao Mar Arábico. De seguro há apenas que a Ilha dos Amores fica, como diz Camões na estância 40 deste Canto, "nas entranhas do profundo oceano".

(278) i. e. para que Enéias fosse bem recebido por Dido em Cartago onde a rainha construíra uma casa num campo que, segundo ela prometera, ocuparia

24 No carro ajunta as aves que na vida
Vão da morte as exéquias celebrando,[279]
E aquelas em que já foi convertida
Perístera,* as boninas apanhando.
Em derredor da deusa, já partida,
No ar lascivos beijos se vão dando.
Ela, por onde passa, o ar e o vento
Sereno faz, com brando movimento.

25 Já sobre os Idálios* montes pende,[280]
Onde o filho frecheiro estava então,
Ajuntando outros muitos, que pretende
Fazer uma famosa expedição
Contra o mundo rebelde, por que emende
Erros grandes que há dias nele estão,
Amando cousas que nos foram dadas
Não para ser amadas, mas usadas.

26 Via Acteon* na caça tão austero,
De cego na alegria bruta, insana,
Que, por seguir um feio animal fero,
Foge da gente e bela forma humana;
E por castigo quer, doce e severo,
Mostrar-lhe a fermosura de Diana.*
(E guarde-se não seja inda comido
Desses cães que agora ama, e consumido).

27 E vê do mundo todos os principais
Que nenhum no bem público imagina;
Vê neles que não têm amor a mais
Que a si somente, e a quem filáucia ensina;
Vê que esses que freqüentam os reais
Paços, por verdadeira e sã doutrina
Vendem adulação, que mal consente
Mondar-se o novo trigo florescente.

---

apenas o espaço de uma pele de boi (astuciosamente, Dido cortara a pele em pequenas tiras, conseguindo assim dos cartagineses um campo muito maior do que estes haviam pensado).

(279) Os cisnes que, segundo a tradição, cantam antes de morrer.

(280) O carro que transportava Vênus "pende" sobre os montes Idálios.

28 Vê que aqueles que devem à pobreza
Amor divino, e ao povo caridade,
Amam somente mandos e riqueza,
Simulando justiça e integridade.
Da feia tirania e de aspereza
Fazem direito e vã severidade.
Leis em favor do Rei se estabelecem;
As em favor do povo só perecem.

29 Vê, enfim, que ninguém ama o que deve,
Senão o que somente mal deseja.
Não quer que tanto tempo se releve
O castigo que duro e justo seja.
Seus ministros ajunta, por que leve
Exércitos conformes à peleja
Que espera ter co'a mal regida gente
Que lhe não for agora obediente.

30 Muitos destes meninos voadores
Estão em várias obras trabalhando:
Uns amolando ferros passadores,[281]
Outros hásteas de setas delgaçando.
Trabalhando, cantando estão de amores,
Vários casos em verso modulando;
Melodia sonora e concertada,
Suave a letra, angélica a soada.

31 Nas frágoas imortais onde forjavam
Para as setas as pontas penetrantes,
Por lenha corações ardendo estavam,
Vivas entranhas inda palpitantes.
As águas onde os ferros temperavam,
Lágrimas são de míseros amantes;
A viva flama, o nunca morto lume,
Desejo é só que queima e não consume.

(281) As flechas com que os amores traspassam os corações.

32 Alguns exercitando a mão andavam
Nos duros corações da plebe ruda;
Crebros [282] suspiros pelo ar soavam
Dos que feridos vão da seta aguda.
Fermosas ninfas * são as que curavam
As chagas recebidas, cuja ajuda
Não somente dá vida aos mal feridos,
Mas põe em vida os inda não nascidos.

33 Fermosas são algumas e outras feias,
Segundo a qualidade for das chagas,
Que o veneno espalhado pelas veias
Curam-no às vezes ásperas triagas.
Alguns ficam ligados em cadeias
Por palavras sutis de sábias magas.
Isto acontece às vezes, quando as setas
Acertam de levar ervas secretas.

34 Destes tiros assim desordenados,
Que estes moços mal destros vão tirando,
Nascem amores mil desconcertados
Entre o povo ferido miserando;
E também nos heróis de altos estados
Exemplos mil se vêem de amor nefando,
Qual o das moças Bíbli * e Ciniréia, *
Um mancebo de Assíria, [283] um de Judéia. [284]

35 E vós, ó poderosos, por pastoras
Muitas vezes ferido o peito vedes;
E por baixos e rudos, vós, senhoras,
Também vos tomam nas vulcâneas * redes. [285]
Uns esperando andais noturnas horas,
Outros subis telhados e paredes;
Mas eu creio que deste amor indino
É mais culpa a da mãe que a do menino.

---

(282) Freqüentes, amiudados.

(283) Antíoco, apaixonado pela madrasta (Camões glosou este caso no auto *El-Rei Seleuco*).

(284) Amnon, filho de Davi, que se apaixonou pela própria irmã.

(285) As redes do adultério em que Vulcano surpreendeu Vênus, quando esta se encontrava com Marte.

36 Mas já no verde prado o carro leve
Punham os brancos cisnes mansamente;
E Dione, * que as rosas entre a neve
No rosto traz, descia diligente.
O frecheiro, que contra o Céu se atreve,
A recebê-la vem, ledo e contente;
Vêm todos os Cupidos * servidores
Beijar a mão à deusa dos amores.

37 Ela, por que não gaste o tempo em vão,
Nos braços tendo o filho, confiada
Lhe diz: — Amado filho, em cuja mão
Toda minha potência está fundada;
Filho, em quem minhas forças sempre estão,
Tu, que as armas Tiféias * tens em nada,
A socorrer-me a tua potestade
Me traz especial necessidade.

38 Bem vês as lusitânicas fadigas,
Que eu já de muito longe favoreço,
Porque das Parcas * sei, minhas amigas,
Que me hão de venerar e ter em preço.
E, porque tanto imitam as antigas
Obras de meus romanos, me ofereço
A lhe dar tanta ajuda, em quanto posso,
A quanto se estender o poder nosso.

39 E porque das insídias do odioso
Baco * foram na Índia molestados,
E das injúrias sós do mar undoso
Puderam mais ser mortos que cansados,
No mesmo mar, que sempre temeroso
Lhe foi, quero que sejam repousados,
Tomando aquele prêmio e doce glória
Do trabalho que faz clara a memória.

40 E para isso queria que, feridas
As filhas de Nereu * no ponto fundo,[286]
De amor dos lusitanos incendidas
Que vêem de descobrir o novo mundo,
Todas numa ilha juntas e subidas,
Ilha que nas entranhas do profundo
Oceano terei aparelhada,
De dões de Flora * e Zéfiro * adornada;

41 Ali, com mil refrescos e manjares,
Com vinhos odoríferos e rosas,
Em cristalinos paços singulares,
Fermosos leitos, e elas mais fermosas;
Enfim, com mil deleites não vulgares,
Os esperem as ninfas * amorosas,
De amor feridas, para lhe entregarem
Quanto delas os olhos cobiçarem.

42 Quero que haja no reino netunino, *
Onde eu nasci, progênie forte e bela;
E tome exemplo o mundo vil, malino,
Que contra tua potência se revela,
Por que entendam que muro adamantino
Nem triste hipocrisia val contra ela.
Mal haverá na terra quem se guarde
Se teu fogo imortal nas águas arde.

43 Assim Vênus * propôs; e o filho iníquo,
Para lhe obedecer, já se apercebe:
Manda trazer o arco ebúrneo rico,
Onde as setas de ponta de ouro embebe.
Com gesto ledo a Cípria, * e impudico,
Dentro no carro o filho seu recebe;
A rédea larga às aves cujo canto
A Faetontéia * morte chorou tanto.

---

(286) No mar fundo.

44 Mas diz Cupido * que era necessária
Uma famosa e célebre terceira,
Que, posto que mil vezes lhe é contrária,
Outras muitas a tem por companheira:
A deusa Gigantéia, * temerária,
Jactante, mentirosa e verdadeira,
Que com cem olhos vê, e, por onde voa,
O que vê, com mil bocas apregoa.

45 Vão-na buscar e mandam-na diante,
Que celebrando vá, com tuba clara,
Os louvores da gente navegante,
Mais do que nunca os de outrem celebrara.
Já, murmurando, a Fama * penetrante
Pelas fundas cavernas se espalhara;
Fala verdade, havida por verdade,
Que junto a deusa traz Credulidade. *

46 O louvor grande, o rumor excelente,
No coração dos deuses que indignados
Foram por Baco * contra a ilustre gente,
Mudando, os fez um pouco afeiçoados.
O peito feminil, que levemente
Muda quaisquer propósitos tomados,
Já julga por mau zelo e por crueza
Desejar mal a tanta fortaleza.

47 Despede nisto o fero moço as setas,
Uma após outra: geme o mar co'os tiros;
Direitas pelas ondas inquietas
Algumas vão, e algumas fazem giros;
Caem as ninfas, * lançam das secretas
Entranhas ardentíssimos suspiros;
Cai qualquer, sem ver o vulto que ama,
Que tanto como a vista pode a fama.

48 Os cornos ajuntou da ebúrnea Lua,
Com força, o moço indômito, excessiva,
Que Tétis * quer ferir mais que nenhuma,
Porque mais que nenhuma lhe era esquiva.
Já não fica na aljava seta alguma,
Nem nos equóreos campos ninfa * viva;
E se, feridas, inda estão vivendo,
Será para sentir que vão morrendo.

49 Dai lugar, altas e cerúleas ondas,
Que, vedes, Vênus * traz a medicina,
Mostrando as brancas velas e redondas,
Que vêm por cima da água netunina. *
Para que tu recíproco respondas,
Ardente Amor, à flama feminina,
É forçado que a pudicícia honesta
Faça quanto lhe Vênus * admoesta.

50 Já todo o belo coro se aparelha
Em coréias gentis, usança velha,
Das nereidas, * e junto caminhava
Para a ilha a que Vênus * as guiava.
Ali a fermosa deusa lhe aconselha
O que ela fez mil vezes, quando amava.
Elas, que vão do doce amor vencidas,
Estão a seu conselho oferecidas.

51 Cortando vão as naus a larga via
Do mar ingente para a pátria amada,
Desejando prover-se de água fria
Para a grande viagem prolongada,
Quando, juntas, com súbita alegria,
Houveram vista da Ilha namorada,
Rompendo pelo céu a mãe fermosa
De Menônio, * suave e deleitosa.

52 De longe a ilha viram, fresca e bela,
Que Vênus * pelas ondas lha levava
(Bem como o vento leva branca vela)
Para onde a forte armada se enxergava;
Que, por que não passassem, sem que nela
Tomassem porto, como desejava,
Para onde as naus navegam a movia
A Acidália, * que tudo, enfim, podia.

53 Mas firme a fez e imóbil, como viu
Que era dos nautas vista e demandada,
Qual ficou Delos, * tanto que pariu
Latona * Febo * e a deusa à caça usada. [287]
Para lá logo a proa o mar abriu,
Onde a costa fazia uma enseada
Curva e quieta, cuja branca areia
Pintou de ruivas conchas Citeréia. *

54 Três fermosos outeiros se mostravam,
Erguidos com soberba graciosa,
Que de gramíneo esmalte se adornavam,
Na fermosa ilha, alegre e deleitosa.
Claras fontes e límpidas manavam
Do cume, que a verdura tem viçosa;
Por entre pedras alvas se deriva
A sonorosa linfa fugitiva.

55 Num vale ameno, que os outeiros fende,
Vinham as claras águas ajuntar-se,
Onde uma mesa fazem, que se estende
Tão bela quanto pode imaginar-se.
Arvoredo gentil sobre ela pende,
Como que pronto está para afeitar-se,
Vendo-se no cristal resplandecente,
Que em si o está pintando propriamente.

---

(287) Diana.

56 Mil árvores estão ao céu subindo,
Com pomos odoríferos e belos;
A laranjeira tem no fruto lindo
A cor que tinha Dafne * nos cabelos.
Encosta-se no chão, que está caindo,
A cidreira co'os pesos amarelos;
Os fermosos limões ali cheirando,
Estão virgíneas tetas imitando.

57 As árvores agrestes, que os outeiros
Têm com frondente coma enobrecidos,
Álamos são de Alcides,* e os loureiros
Do louro Deus amados e queridos;[288]
Mirtos de Citeréia, * co'os pinheiros
De Cibele, * por outro amor vencidos;
Está apontando o agudo cipariso
Para onde é posto o etéreo Paraíso.

58 Os dões que dá Pomona * ali Natura
Produze, diferentes nos sabores,
Sem ter necessidade de cultura,
Que sem ela se dão muito melhores:
As cerejas, purpúreas na pintura,
As amoras, que o nome têm de amores,
O pomo que da pátria Pérsia veio,[289]
Melhor tornado no terreno alheio.

59 Abre a romã, mostrando a rubicunda
Cor, com que tu, rubi, teu preço perdes;
Entre os braços do ulmeiro está a jucunda
Vide, co'uns cachos roxos e outros verdes;
E vós, se na vossa árvore fecunda,
Peras piramidais, viver quiserdes,
Entregai-vos ao dano que co'os bicos
Em vós fazem os pássaros iníquos.

---

(288) Os loureiros amados e queridos por Apolo, a quem eram dedicados.
(289) O pêssego.

60 Pois a tapeçaria bela e fina,
Com que se cobre o rústico terreno,
Faz ser a de Aquemênia * menos dina,
Mas o sombrio vale mais ameno.
Ali a cabeça a flor Cefísia * inclina
Sôbolo tanque lúcido e sereno;
Floresce o filho e neto de Ciniras, *
Por quem tu, deusa Páfia, * inda suspiras.

61 Para julgar, difícil cousa fora,
No céu vendo e na terra as mesmas cores,
Se dava às flores cor a bela Aurora, *
Ou se lha dão a ela as belas flores.
Pintando estava ali Zéfiro * e Flora *
As violas da cor[290] dos amadores,
O lírio roxo, a fresca rosa bela,
Qual reluze nas faces da donzela;

62 A cândida cecém, das matutinas
Lágrimas rociada, e a manjerona,
Vêem-se as letras nas flores hiacintinas,
Tão queridas do filho de Latona, *
Bem se enxerga nos pomos e boninas
Que competia Clóris * com Pomona. *
Pois, se as aves no ar cantando voam,
Alegres animais o chão povoam.

63 A longo da água o níveo cisne canta,
Responde-lhe do ramo Filomela; *
Da sombra de seus cornos não se espanta
Acteon * na água cristalina e bela;
Aqui a fugace lebre se levanta
Da espessa mata, ou tímida gazela;
Ali no bico traz ao caro ninho
O mantimento o leve passarinho.

---

(290) A violeta branca, a "pálida viola" de que fala Camões na écloga 8 ("Que grande variedade vão fazendo...") é a flor que representa as tristezas do amor.

64 Nesta frescura tal desembarcavam
Já das naus os segundos Argonautas,*
Onde pela floresta se deixavam
Andar as belas deusas, como incautas.
Algumas, doces cítaras tocavam,
Algumas, harpas e sonoras frautas;
Outras, co'os arcos de ouro, se fingiam
Seguir os animais que não seguiam.

65 Assim lho aconselhara a mestra experta:
Que andassem pelos campos espalhadas;
Que, vista dos barões a presa incerta,
Se fizessem primeiro desejadas.
Algumas, que na forma descoberta
Do belo corpo estavam confiadas,
Posta a artificiosa fermosura,
Nuas lavar se deixam na água pura.

66 Mas os fortes mancebos, que na praia
Punham os pés, de terra cobiçosos
(Que não há nenhum deles que não saia),
De acharem caça agreste desejosos,
Não cuidam que, sem laço ou redes, caia
Caça naqueles montes deleitosos,
Tão suave, doméstica e benina,
Qual ferida lha tinha já Ericina.* [291]

67 Alguns, que em espingardas e nas bestas,
Para ferir os cervos, se fiavam,
Pelos sombrios matos e florestas
Determinadamente se lançavam;
Outros, nas sombras, que de as altas sestas [292]
Defendem a verdura, passeavam
Ao longo da água, que, suave e queda,
Por alvas pedras corre à praia leda.

(291) Como aquela que Vênus já havia ferido para eles.
(292) Do forte calor do sol.

68 Começam de enxergar subitamente,
Por entre verdes ramos, várias cores,
Cores de quem a vista julga e sente
Que não eram das rosas ou das flores,
Mas da lã fina e seda diferente,
Que mais incita a força dos amores,
De que se vestem as humanas rosas,
Fazendo-se por arte mais fermosas.

69 Dá Veloso,* espantado, um grande grito:
— Senhores, caça estranha, disse, é esta!
Se inda dura o gentio antigo rito,
A deusas é sagrada esta floresta.
Mais descobrimos do que humano esprito
Desejou nunca, e bem se manifesta
Que são grandes as cousas e excelentes
Que o mundo encobre aos homens imprudentes.

70 Sigamos estas deusas e vejamos
Se fantásticas são, se verdadeiras.
Isto dito, veloces mais que gamos,
Se lançam a correr pelas ribeiras.
Fugindo as ninfas* vão por entre os ramos,
Mas, mais industriosas que ligeiras,
Pouco e pouco, sorrindo e gritos dando,
Se deixam ir dos galgos alcançando.

71 Duma os cabelos de ouro o vento leva,
Correndo, e da outra as fraldas delicadas;
Acende-se o desejo, que se ceva
Nas alvas carnes, súbito mostradas.
Uma de indústria cai, e já releva,
Com mostras mais macias que indignadas,
Que sobre ela, empecendo, também caia
Quem a seguiu pela arenosa praia.

72 Outros, por outra parte, vão topar
Com as deusas despidas, que se lavam;
Elas começam súbito a gritar,
Como que assalto tal não esperavam.
Umas, fingindo menos estimar
A vergonha que a força, se lançavam
Nuas por entre o mato, aos olhos dando
O que às mãos cobiçosas vão negando.

73 Outra, como acudindo mais depressa
À vergonha da deusa caçadora,[293]
Esconde o corpo n'água; outra se apressa
Por tomar os vestidos que tem fora.
Tal dos mancebos há que se arremessa,
Vestido assim e calçado (que, co'a mora
De se despir, há medo que inda tarde)
A matar na água o fogo que nele arde.

74 Qual cão de caçador, sagaz e ardido,
Usado a tomar na água a ave ferida,
Vendo no rosto o férreo cano erguido
Para a garcenha ou pata conhecida,
Antes que soe o estouro, mal sofrido
Salta n'água e da presa não duvida,
Nadando vai e latindo; assim o mancebo
Remete à que não era irmã de Febo. *[294]

75 Lionardo, * soldado bem disposto,
Manhoso, cavaleiro e namorado,
A quem Amor * não dera um só desgosto
Mas sempre fora dele mal tratado,
E tinha já por firme pressuposto
Ser com amores mal afortunado,
Porém não que perdesse a esperança
De inda poder seu fado ter mudança,

---

(293) Diana.
(294) i. e. a ninfa não era tão esquiva como Diana, irmã de Febo.

76 Quis aqui sua ventura que corria
Após Efire, * exemplo de beleza,
Que mais caro que as outras dar queria
O que deu para dar-se a natureza.
Já cansado, correndo, lhe dizia:
— Ó fermosura indigna de aspereza,
Pois desta vida te concedo a palma,
Espera um corpo de quem levas a alma!

77 Todas de correr cansam, ninfa * pura,
Rendendo-se à vontade do inimigo;
Tu só de mim só foges na espessura?
Quem te disse que eu era o que te sigo?
Se to tem dito já aquela ventura
Que em toda a parte sempre anda comigo,
Oh! não na creias, porque eu, quando a cria,
Mil vezes cada hora me mentia.

78 Não canses, que me cansas; e se queres
Fugir-me, por que não possa tocar-te,
Minha ventura é tal que, inda que esperes,
Ela fará que não possa alcançar-te.
Espera; quero ver, se tu quiseres,
Que sutil modo busca de escapar-te;
E notarás, no fim deste sucesso,
"Tra la spica e la man qual muro he messo".[295]

79 Oh! Não me fujas! Assim nunca o breve
Tempo fuja de tua fermosura;
Que, só com refrear o passo leve,
Vencerás da fortuna a força dura.
Que Imperador, que exército, se atreve
A quebrantar a fúria da ventura
Que, em quanto desejei, me vai seguindo,
O que tu só farás não me fugindo?

---

(295) **Verso de Petrarca (na verdade *spiga* e não *spica* e è e não *he*) que significa: que muro se levanta entre a espiga e a mão?**

80 Pões-te da parte da desdita minha?
Fraqueza é dar ajuda ao mais potente.
Levas-me um coração que livre tinha?
Solta-mo e correrás mais levemente.
Não te carrega essa alma tão mesquinha
Que nesses fios de ouro reluzente
Atada levas? Ou, depois de presa,
Lhe mudaste a ventura e menos pesa?

81 Nesta esperança só te vou seguindo:
Que ou tu não sofrerás o peso dela,
Ou, na virtude de teu gesto lindo,
Lhe mudarás a triste e dura estrela.
E se se lhe mudar, não vás fugindo,
Que Amor * te ferirá, gentil donzela,
E tu me esperarás, se Amor * te fere;
E se me esperas, não há mais que espere.

82 Já não fugia a bela ninfa, * tanto
Por se dar cara ao triste que a seguia,
Como por ir ouvindo o doce canto,
As namoradas mágoas que dizia.
Volvendo o rosto, já sereno e santo,
Toda banhada em riso e alegria,
Cair se deixa aos pés do vencedor,
Que todo se desfaz em puro amor.

83 Oh! que famintos beijos na floresta,
E que mimoso choro que soava!
Que afagos tão suaves, que ira honesta,
Que em risinhos alegres se tornava!
O que mais passam na manhã e na sesta,
Que Vênus * com prazeres inflamava,
Melhor é exprimentá-lo que julgá-lo;
Mas julgue-o quem não pode exprimentá-lo.

84 Destarte, enfim, conformes já as fermosas
Ninfas * co'os seus amados navegantes,
Os ornam de capelas deleitosas
De louro e de ouro e flores abundantes.
As mãos alvas lhe davam como esposas;
Com palavras formais e estipulantes
Se prometem eterna companhia,
Em vida e morte, de honra e alegria.

85 Uma, delas maior, a quem se humilha
Todo o coro das ninfas * e obedece,
Que dizem ser de Celo * e Vesta * filha,
O que no gesto belo se parece,
Enchendo a terra e o mar de maravilha,
O Capitão ilustre, que o merece,
Recebe ali com pompa honesta e régia,
Mostrando-se senhora grande e egrégia.

86 Que, depois de lhe ter dito quem era,
Co'um alto exórdio, de alta graça ornado,
Dando-lhe a entender que ali viera
Por alta influição do imóbil fado, *
Para lhe descobrir da unida esfera
Da terra imensa e mar não navegado
Os segredos, por alta profecia,
O que esta sua nação só merecia,

87 Tomando-o pela mão, o leva e guia
Para o cume dum monte alto e divino,
No qual uma rica fábrica se erguia,
De cristal toda e de ouro puro e fino.
A maior parte aqui passam do dia,
Em doces jogos e em prazer contínuo.
Ela nos paços logra seus amores,
As outras pelas sombras, entre as flores.

88 Assim a fermosa e a forte companhia
O dia quase todo estão passando
Numa alma,[296] doce, incógnita alegria,
Os trabalhos tão longos compensando.
Porque dos feitos grandes, da ousadia
Forte e famosa, o mundo está guardando
O prêmio lá no fim, bem merecido,
Com fama grande e nome alto e subido.

89 Que as ninfas * do Oceano, tão fermosas,
Tétis * e a ilha angélica pintada,
Outra cousa não é que as deleitosas
Honras que a vida fazem sublimada.
Aquelas preminências gloriosas,
Os triunfos, a fronte coroada
De palma e louro, a glória e maravilha:
Estes são os deleites desta ilha.

90 Que as imortalidades que fingia
A antiguidade, que os ilustres ama,
Lá no estelante Olimpo,* a quem subia
Sobre as asas ínclitas da Fama,*
Por obras valerosas que fazia,
Pelo trabalho imenso que se chama
Caminho da virtude, alto e fragoso,
Mas, no fim, doce, alegre e deleitoso:

91 Não eram senão prêmios que reparte,
Por feitos imortais e soberanos,
O mundo co'os barões que esforço e arte
Divinos os fizeram, sendo humanos.
Que Júpiter, * Mercúrio, * Febo * e Marte, *
Enéias * e Quirino * e os dois tebanos, *
Ceres, * Palas * e Juno * com Diana, *
Todos foram de fraca carne humana.

---

(296) "alma" — criadora, que alimenta (sentido atual).

92 Mas a Fama,* trombeta de obras tais,
Lhe deu no mundo nomes tão estranhos
De deuses, semideuses, imortais,
Indígetes,[297] heróicos e de magnos.
Por isso, ó vós que as famas estimais,
Se quiserdes no mundo ser tamanhos,
Despertai já do sono do ócio ignavo,[298]
Que o ânimo, de livre, faz escravo.

93 E ponde na cobiça um freio duro,
E na ambição também, que indignamente
Tomais mil vezes, e no torpe e escuro
Vício da tirania infame e urgente;
Porque essas honras vãs, esse ouro puro,
Verdadeiro valor não dão à gente.
Melhor é merecê-los sem os ter,
Que possuí-los sem os merecer.

94 Ou dai na paz as leis iguais, constantes,
Que aos grandes não dêem o dos pequenos,
Ou vos vesti nas armas rutilantes,
Contra a lei dos imigos sarracenos: *
Fareis os reinos grandes e possantes,
E todos tereis mais e nenhum menos:
Possuireis riquezas merecidas,
Com as honras que ilustram tanto as vidas.

95 E fareis claro o Rei que tanto amais,
Agora co'os conselhos bem cuidados,
Agora co'as espadas, que imortais
Vos farão, como os vossos já passados.
Impossibilidades não façais,
Que quem quis, sempre pôde; e numerados
Sereis entre os heróis esclarecidos
E nesta Ilha de Vênus * recebidos.

---

(297) Herói nacional divinizado.

(298) Indolente.

CANTO DÉCIMO

1 Mas já o claro amador da Larisséia *
Adúltera inclinava os animais
Lá para o grande lago que rodeia
Temistitão, * nos fins ocidentais.
O grande ardor do Sol, Favônio * enfreia
Co'o sopro que, nos tanques naturais,
Encrespa a água serena, e despertava
Os lírios e jasmins, que a calma agrava,

2 Quando as fermosas ninfas, * co'os amantes
Pela mão, já conformes e contentes,
Subiam para os paços radiantes
E de metais ornados reluzentes,
Mandados da Rainha, que abundantes
Mesas de altos manjares excelentes
Lhe tinha aparelhados, que a fraqueza
Restaurem da cansada natureza.

3 Ali, em cadeiras ricas, cristalinas,
Se assentam dois e dois, amante e dama;
Noutras, à cabeceira, de ouro finas,
Está co'a bela deusa o claro Gama. *
De iguarias suaves e divinas,
A quem não chega a egípcia antiga fama,
Se acumulam os pratos de fulvo ouro,
Trazidos lá do Atlântico tesouro.

4 Os vinhos odoríferos, que acima
Estão não só do itálico Falerno *
Mas da ambrósia, que Jove * tanto estima
Com todo o ajuntamento sempiterno,
Nos vasos onde em vão trabalha a lima [299]
Crespas escumas erguem, que no interno
Coração movem súbita alegria,
Saltando co'a mistura da água fria.

5 Mil práticas alegres se tocavam;
Risos doces, sutis e argutos ditos,
Que entre um e outro manjar se alevantavam,
Despertando os alegres apetitos;
Músicos instrumentos não faltavam
(Quais, no profundo reino, os nus espritos
Fizeram descansar da eterna pena) [300]
Co'uma voz duma angélica sirena. *

6 Cantava a bela ninfa, * e co'os acentos,
Que pelos altos paços vão soando,
Em consonância igual, os instrumentos
Suaves vêm a um tempo conformando.
Um súbito silêncio enfreia os ventos
E faz ir docemente murmurando
As águas, e nas casas naturais
Adormecer os brutos animais.

7 Com doce voz está subindo ao Céu
Altos barões que estão por vir ao mundo.
Cujas claras idéias viu Proteu *
Num globo vão, diáfano, rotundo,
Que Júpiter * em dom lho concedeu
Em sonhos, e depois no reino fundo,
Vaticinando, o disse, e na memória
Recolheu logo a ninfa * a clara história.

---

(299) Vasos de diamante, que não podiam ser trabalhados pela lima.
(300) Semelhantes àqueles que fizeram descansar os espíritos no inferno (alusão à descida de Orfeu aos Infernos).

8 Matéria é de coturno, e não de soco,[301]
A que a ninfa * aprendeu no imenso lago;
Qual Iopas * não soube, ou Demodoco, *
Entre os feaces * um, outro em Cartago. *
Aqui, minha Calíope, * te invoco
Neste trabalho extremo, por que em pago
Me tornes do que escrevo, e em vão pretendo,
O gosto de escrever, que vou perdendo.

9 Vão os anos descendo, e já do estio
Há pouco que passar até o outono;
A Fortuna me faz o engenho frio,
Do qual já não me jacto nem me abono;
Os desgostos me vão levando ao rio
Do negro esquecimento e eterno sono.
Mas tu me dá que cumpra, ó grão rainha
Das musas, * co'o que quero à nação minha.

10 Cantava a bela deusa que viriam
Do Tejo, pelo mar que o Gama * abrira,
Armadas que as ribeiras venceriam
Por onde o oceano Índico suspira;
E que os gentios Reis que não dariam
A cerviz sua ao jugo, o ferro e ira
Provariam do braço duro e forte,
Até render-se a ele ou logo à morte.

11 Cantava dum que tem nos malabares * [302]
Do sumo sacerdócio a dignidade,
Que, só por não quebrar co'os singulares
Barões os nós que dera de amizade,
Sofrerá suas cidades e lugares,
Com ferro, incêndios, ira e crueldade,
Ver destruir do Samorim potente,
Que tais ódios terá co'a nova gente.

---

(301) É matéria nobre, não baixa (o coturno era o calçado dos atores trágicos, o soco, dos atores cômicos).

(302) Camões alude ao Rei do Cochim, Sumo Sacerdote da religião de Brama, que se aliou aos portugueses e sofreu por isso represálias por parte do Samorim.

12 E canta como lá se embarcaria
Em Belém * o remédio deste dano,[303]
Sem saber o que em si ao mar traria,
O grão Pacheco, * Aquiles * Lusitano.
O peso sentirão, quando entraria,
O curvo lenho e o férvido Oceano,
Quando mais n'água os troncos que gemerem
Contra sua natureza se meterem.

13 Mas, já chegados aos fins orientais
E deixado em ajuda do gentio
Rei de Cochim, * com poucos naturais,
Nos braços do salgado e curvo rio
Desbaratará os naires infernais,
No passo Cambalão, * tornando frio
De espanto o ardor imenso do Oriente,
Que verá tanto obrar tão pouca gente.

14 Chamará o Samorim mais gente nova;
Virão Reis de Bipur * e de Tanor, *
Das serras de Narsinga, * que alta prova
Estarão prometendo a seu senhor;
Fará que todo o naire, enfim, se mova
Que entre Calecu * jaz e Cananor, *
De ambas as leis imigas para a guerra:
Mouros por mar, gentios pela terra.

15 E todos outra vez desbaratando,
Por terra e mar, o grão Pacheco * ousado,
A grande multidão que irá matando
A todo o malabar * terá admirado.
Cometerá outra vez, não dilatando,
O gentio os combates, apressado,
Injuriando os seus, fazendo votos
Em vão aos deuses vãos, surdos e imotos.

---

(303) Duarte Pacheco Pereira trouxe o "remédio para este dano", isto e, a vingança das injúrias sofridas pelo Rei de Cochim.

16 Já não defenderá somente os passos,
Mas queimar-lhe há lugares, templos, casas;
Aceso de ira, o Cão, não vendo lassos
Aqueles que as cidades fazem rasas,
Fará que os seus, de vida pouco escassos,
Cometam o Pacheco,* que tem asas,
Por dois passos num tempo; mas voando
Dum noutro, tudo irá desbaratando.

17 Virá ali o Samorim, por que em pessoa
Veja a batalha e os seus esforce e anime;
Mas um tiro, que com zunido voa,
De sangue o tingirá no andor sublime.
Já não verá remédio ou manha boa
Nem força que o Pacheco * muito estime;
Inventará traições e vãos venenos,
Mas sempre (o Céu querendo) fará menos.

18 Que tornará a vez sétima (cantava)
Pelejar co'o invicto e forte Luso, *
A quem nenhum trabalho pesa e agrava;
Mas, contudo, este só o fará confuso.
Trará para a batalha, horrenda e brava,
Máquinas de madeiros fora de uso, [304]
Para lhe abalroar as caravelas,
Que até 'li vão lhe fora cometê-las.

19 Pela água levará serras de fogo [305]
Para abrasar-lhe quanta armada tenha;
Mas a militar arte e engenho logo
Fará ser vã a braveza com que venha.
Nenhum claro barão no márcio * jogo,
Que nas asas da Fama * se sustenha,
Chega a este, que a palma a todos toma.
E perdoe-me a ilustre Grécia ou Roma. *

---

(304) Máquinas de guerra (castelos de madeira) ainda não usadas.
(305) Pequenos barcos carregados de matérias inflamáveis.

20 Porque tantas batalhas, sustentadas
Com muito pouco mais de cem soldados,
Com tantas manhas e artes inventadas,
Tantos Cães não imbeles profligados,
Ou parecerão fábulas sonhadas,
Ou que os celestes coros, invocados,
Descerão a ajudá-lo e lhe darão
Esforço, força, ardil e coração.

21 Aquele que nos campos maratônios *
O grão poder de Dário * estrui e rende,
Ou quem, com quatro mil lacedemônios,
O passo de Termópilas * defende,
Nem o mancebo Cocles * dos ausônios, *
Que com todo o poder tusco[306] contende
Em defensa da ponte, ou Quinto Fábio, *
Foi como este na guerra forte e sábio.

22 Mas neste passo a ninfa, * o som canoro
Abaixando, fez ronco e entristecido,
Cantando em baixa voz, envolta em choro,
O grande esforço mal agradecido.
— Ó Belisário * (disse) que no coro
Das musas * serás sempre engrandecido,
Se em ti viste abatido o bravo Marte, *
Aqui tens com quem podes consolar-te.

23 Aqui tens companheiro, assim nos feitos
Como no galardão injusto e duro;
Em ti e nele veremos altos peitos
A baixo estado vir, humilde e escuro.
Morrer nos hospitais, em pobres leitos,
Os que ao Rei e à lei servem de muro!
Isto fazem os Reis cuja vontade
Manda mais que a justiça e que a verdade.

---

(306) Etrusco.

24 Isto fazem os Reis quando embebidos
Numa aparência branda que os contenta:
Dão os prêmios, de Aiace * merecidos,
À língua vã de Ulisses * fraudulenta.
Mas vingo-me: que os bens mal repartidos
Por quem só doces sombras apresenta,
Se não os dão a sábios cavaleiros,
Dão-nos logo a avarentos lisonjeiros.

25 Mas tu, de quem ficou tão mal pagado
Um tal vassalo, ó Rei, só nisto inico,
Se não és para dar-lhe honroso estado,
É ele para dar-te um reino rico.
Enquanto for o mundo rodeado
Dos apolíneos raios, eu te fico[307]
Que ele seja entre a gente ilustre e claro,
E tu nisto culpado por avaro.

26 Mas eis outro (cantava) intitulado
Vem com nome real[308] e traz consigo
O filho, que no mar será ilustrado,
Tanto como qualquer romano antigo.
Ambos darão com braço forte, armado,
A Quíloa * fértil, áspero castigo,
Fazendo nela Rei leal e humano,
Deitado fora o pérfido tirano.

27 Também farão Mombaça, * que se arreia
De casas suntuosas e edifícios,
Co'o ferro e fogo seu queimada e feia,
Em pago dos passados malefícios.
Depois, na costa da Índia, andando cheia
De lenhos inimigos e artifícios
Contra os lusos, * com velas e com remos
O mancebo Lourenço * fará extremos.

---

(307) Enquanto o Sol iluminar a terra eu te afirmo que...

(308) D. Francisco de Almeida que foi o primeiro Vice-Rei da Índia, e que seguiu para a Índia com seu filho Lourenço.

28 Das grandes naus do Samorim potente,
Que encherão todo o mar, co'a férrea pela,
Que sai com trovão do cobre ardente,
Fará pedaços leme, mastro, vela.
Depois, lançando arpéus ousadamente
Na capitaina imiga, dentro nela
Saltando a fará só com lança e espada
De quatrocentos mouros * despejada.

29 Mas de Deus a escondida providência
(Que ela só sabe o bem de que se serve)
O porá onde esforço nem prudência
Poderá haver que a vida lhe reserve.
Em Chaul, * onde em sangue e resistência
O mar todo com fogo e ferro ferve,
Lhe farão que com vida se não saia
As armadas de Egito e de Cambaia. *

30 Ali, o poder de muitos inimigos
(Que o grande esforço só com força rende),
Os ventos que faltaram, e os perigos
Do mar, que sobejaram, tudo o ofende.
Aqui ressurjam todos os antigos,
A ver o nobre ardor que aqui se aprende:
Outro Ceva * verão, que, espedaçado,
Não sabe ser rendido nem domado.

31 Com toda uma coxa fora, que em pedaços
Lhe leva um cego tiro que passara,
Se serve inda dos animosos braços
E do grão coração que lhe ficara.
Até que outro pelouro quebra os laços
Com que co'alma o corpo se liara:
Ela, solta, voou da prisão fora
Onde súbito se acha vencedora.

32 Vai-te, alma, em paz, da guerra turbulenta,
Na qual tu mereceste paz serena;
Que o corpo, que em pedaços se apresenta,
Quem o gerou, vingança já lhe ordena:
Que eu ouço retumbar a grão tormenta,
Que vem já dar a dura e eterna pena,
De esperas, basiliscos e trabucos,
A cambaicos * cruéis e mamelucos. *

33 Eis vem o pai, com ânimo estupendo,
Trazendo fúria e mágoa por antolhos,
Com que o paterno amor lhe está movendo
Fogo no coração, água nos olhos.
A nobre ira lhe vinha prometendo
Que o sangue fará dar pelos geolhos
Nas inimigas naus; senti-lo-á o Nilo, *
Podê-lo-á o Indo ver e o Gange ouvi-lo.

34 Qual o touro cioso, que se ensaia
Para a crua peleja, os cornos tenta
No tronco dum carvalho ou alta faia
E, o ar ferindo, as forças exprimenta:
Tal, antes que no seio de Cambaia *
Entre Francisco * irado, na opulenta
Cidade de Dabul * a espada afia,
Abaixando-lhe a túmida ousadia.

35 E logo, entrando fero na enseada
De Dio, * ilustre em cercos e batalhas,
Fará espalhar a fraca e grande armada
De Calecu, * que remos tem por malhas.
A de Melique * Iaz, * acautelada,
Co'os pelouros que tu, Vulcano, * espalhas,
Fará ir ver o frio e fundo assento,
Secreto leito do úmido elemento.

36 Mas a de Mir Hocém,* que, abalroando,
A fúria esperará dos vingadores,
Verá braços e pernas ir nadando
Sem corpos, pelo mar, de seus senhores.
Raios de fogo irão representando,
No cego ardor, os bravos domadores.
Quanto ali sentirão olhos e ouvidos
É fumo, ferro, flamas e alaridos.

37 Mas ah! que desta próspera vitória,
Com que depois virá ao pátrio Tejo,
Quase lhe roubará a famosa glória
Um sucesso, que triste e negro vejo.
O cabo Tormentório,* que a memória
Co'os ossos guardará, não terá pejo
De tirar deste mundo aquele esprito,
Que não tiraram toda a Índia e Egito.

38 Ali, cafres selvagens poderão
O que destros imigos não puderam;
E rudos paus tostados sós farão
O que arcos e pelouros não fizeram.
Ocultos os juízos de Deus são;
As gentes vãs, que não nos entenderam,
Chamam-lhe fado mau, fortuna escura,
Sendo só providência de Deus pura.

39 Mas oh! que luz tamanha que abrir sinto
(Dizia a ninfa,* e a voz alevantava)
Lá no mar de Melinde,* em sangue tinto
Das cidades de Lamo,* de Oja* e Brava,*
Pelo Cunha* também, que nunca extinto
Será seu nome em todo o mar que lava
As ilhas do Austro, e praias que se chamam
De São Lourenço,* e em todo o sul se afamam.

40 Esta luz é do fogo e das luzentes
Armas com que Albuquerque * irá amansando
De Ormuz * os párseos, * por seu mal valentes,
Que refusam o jugo honroso e brando.
Ali verão as setas estridentes
Reciprocar-se, a ponta no ar virando,
Contra quem as tirou; que Deus peleja
Por quem estende a fé da Madre Igreja.[309]

41 Ali do sal os montes não defendem
De corrupção os corpos no combate
Que mortos pela praia e mar se estendem
De Gerum, * de Mascate * e Calaiate; *
Até que a força só de braço aprendem
A abaixar a cerviz, onde se lhe ate
Obrigação de dar o reino inico
Das perlas de Barém * tributo rico.

42 Que gloriosas palmas tecer vejo,
Com que Vitória a fronte lhe coroa,
Quando, sem sombra vã que medo ou pejo,
Toma a ilha ilustríssima de Goa! *
Depois, obedecendo ao duro ensejo,
A deixa, e ocasião espera boa
Com que a torne a tomar, que esforço e arte
Vencerão a Fortuna e o próprio Marte. *

43 Eis já sobre ela torna e vai rompendo
Por muros, fogo, lanças e pelouros,
Abrindo com a espada o espesso e horrendo
Esquadrão de gentios e de mouros. *
Irão soldados ínclitos fazendo
Mais que leões famélicos e touros,
Na luz que sempre celebrada e dina
Será da egípcia santa Caterina. *

---

(309) Alusão ao que conta Castanheda, segundo o qual muitos mouros foram mortos nesta batalha pelas próprias flechas.

44 Nem tu menos fugir poderás deste,
Posto que rica e posto que assentada
Lá no grêmio da Aurora,* onde nasceste,
Opulenta Malaca* nomeada.
As setas venenosas que fizeste,
Os crises[310] com que já te vejo armada,
Malaios* namorados, jaus* valentes,
Todos farás ao Luso* obedientes.

45 Mais estanças cantara esta sirena*
Em louvor do ilustríssimo Albuquerque: *
Mas alembrou-lhe uma ira que o condena,
Posto que a fama sua o mundo cerque.
O grande Capitão que o fado ordena
Que com trabalhos glória eterna merque,
Mais há de ser um brando companheiro
Para os seus, que juiz cruel e inteiro.[311]

46 Mas em tempo que fomes e asperezas,
Doenças, frechas e trovões ardentes,
A sazão e o lugar, fazem cruezas
Nos soldados a tudo obedientes,
Parece de selváticas brutezas,
De peitos inumanos e insolentes,
Dar extremo suplício pela culpa
Que a fraca humanidade e Amor* desculpa.

47 Não será a culpa abominoso incesto
Nem violento estupro em virgem pura,
Nem menos adultério desonesto,
Mas co'uma escrava vil, lasciva e escura.
Se o peito, ou de cioso, ou de modesto,
Ou de usado a crueza fera e dura,
Co'os seus uma ira insana não refreia,
Põe, na fama alva, nódoa negra e feia.

---

(310) Punhais malaios, de dois gumes.

(311) Refere-se Camões ao ato de Albuquerque que condenou à morte um dos seus soldados (Rui Dias, de Alenquer) por ter violado uma escrava que destinava ao serviço da Rainha de Portugal.

48 Viu Alexandro * Apeles * namorado
Da sua Campaspe, * e deu-lha alegremente,
Não sendo seu soldado exprimentado,
Nem vendo-se num cerco duro e urgente.
Sentiu Ciro * que andava já abrasado
Araspas, * de Panteia, * em fogo ardente,
Que ele tomara em guarda, e prometia
Que nenhum mau desejo o venceria.

49 Mas, vendo o ilustre persa que vencido
Fora de Amor, que, enfim, não tem defensa,
Levemente o perdoa, e foi servido
Dele num caso grande, em recompensa.
Por força, de Judita * foi marido
O férreo Balduíno; * mas dispensa
Carlos, * pai dela, posto em cousas grandes,
Que viva e povoador seja de Frandes. *

50 Mas, prosseguindo a ninfa * o longo canto,
De Soares * cantava, que as bandeiras
Faria tremular e pôr espanto
Pelas roxas arábicas ribeiras.
Medina * abominável teme tanto
Quanto Meca * e Gidá, * co'as derradeiras
Praias de Abássia; * Barborá * se teme
Do mal de que o empório Zeila * geme.

51 A nobre ilha também de Taprobana, *
Já pelo nome antigo tão famosa
Quanto agora soberba e soberana
Pela cortiça cálida, cheirosa,[312]
Dela dará tributo à lusitana
Bandeira, quando, excelsa e gloriosa,
Vencendo se erguerá na torre erguida,
Em Columbo, * dos próprios tão temida.

---

(312) A "cortiça cálida, cheirosa", é a canela.

52 Também Sequeira, * as ondas eritréias *
Dividindo, abrirá novo caminho
Para ti, grande Império, que te arreias
De seres de Candace * e Sabá * ninho.
Maçuá, * com cisternas de água cheias,
Verá, e o porto Arquico, * ali vizinho;
E fará descobrir remotas ilhas,
Que dão ao mundo novas maravilhas.

53 Virá depois Meneses, * cujo ferro
Mais na África, que cá, terá provado;
Castigará de Ormuz * soberba o erro,
Com lhe fazer tributo dar dobrado.
Também tu, Gama, em pago do desterro
Em que estás e serás inda tornado,
Co'os títulos de Conde e de honras nobres
Virás mandar a terra que descobres.

54 Mas aquela fatal necessidade
De quem ninguém se exime dos humanos,
Ilustrado co'a régia dignidade,
Te tirará do mundo e seus enganos.
Outro Meneses * logo, cuja idade
É maior na prudência que nos anos,
Governará; e fará o ditoso Henrique *
Que perpétua memória dele fique,

55 Não vencerá somente os malabares, *
Destruindo Panane * com Coulete, *
Cometendo as bombardas, que, nos ares,
Se vingam só do peito que as comete;
Mas com virtudes, certo, singulares,
Vence os imigos da alma todos sete;
De cobiça triunfa e incontinência,
Que em tal idade é suma de excelência.

56 Mas, depois que as estrelas o chamarem,
Sucederás, ó forte Mascarenhas; *
E, se injustos o mando te tomarem,
Prometo-te que fama eterna tenhas.
Para teus inimigos confessarem
Teu valor alto o fado quer que venhas
A mandar, mais de palmas coroado,
Que de fortuna justa acompanhado.

57 No reino de Bintão, * que tantos danos
Terá a Malaca, * muito tempo, feitos,
Num só dia as injúrias de mil anos
Vingarás, co'o valor de ilustres peitos.
Trabalhos e perigos inumanos,
Abrolhos férreos mil, passos estreitos,
Tranqueiras, baluartes, lanças, setas:
Tudo fico que rompas e sometas.

58 Mas na Índia, cobiça e ambição,
Que claramente põe aberto o rosto
Contra Deus e Justiça, te farão
Vitupério nenhum, mas só desgosto.
Quem faz injúria vil e sem-razão,
Com forças e poder em que está posto,
Não vence; que a vitória verdadeira
É saber ter justiça nua e inteira.

59 Mas, contudo, não nego que Sampaio *
Será, no esforço, ilustre e assinalado,
Mostrando-se no mar um fero raio,
Que de inimigos mil verá coalhado.
Em Bacanor * fará cruel ensaio
No Malabar, * para que, amedrontado,
Depois a ser vencido dele venha
Cutiale, * com quanta armada tenha.

60 E não menos de Dio * a fera frota,
Que Chaul * temerá, de grande e ousada,
Fará, co'a vista só, perdida e rota,
Por Heitor da Silveira * e destroçada;
Por Heitor * português, de quem se nota
Que na costa cambaica, * sempre armada,
Será aos guzarates * tanto dano,
Quanto já foi aos gregos o troiano. *

61 A Sampaio * feroz sucederá
Cunha, que longo tempo tem o leme:
De Chale * as torres altas erguerá,
Enquanto Dio * ilustre dele treme;
O forte Baçaim * se lhe dará,
Não sem sangue, porém, que nele geme
Melique, * porque à força só de espada
A tranqueira soberba vê tomada.

62 Trás este vem Noronha, * cujo auspício
De Dio * os rumes * feros afugenta;
Dio, * que o peito e bélico exercício
De Antônio da Silveira * bem sustenta.
Fará em Noronha a morte o usado ofício,
Quando um teu ramo, ó Gama, se exprimenta
No governo do Império, cujo zelo
Com medo o Roxo mar * fará amarelo.

63 Das mãos do teu Estêvão * vem tomar
As rédeas um, que já será ilustrado
No Brasil, * com vencer e castigar
O pirata francês, ao mar usado.
Depois, Capitão-mor do Índico mar,
O muro de Damão, * soberbo e armado,
Escala e primeiro entra a porta aberta,
Que fogo e frechas mil terão coberta.

64 A este o Rei cambaico * soberbíssimo
Fortaleza dará na rica Dio, *
Por que contra o Mogor * poderosíssimo
Lhe ajude a defender o senhorio.
Depois irá com peito esforçadíssimo
A tolher que não passe o Rei gentio
De Calecu, * que assim com quantos veio
O fará retirar, de sangue cheio.

65 Destruirá a cidade Repelim, *
Pondo o seu Rei, com muitos, em fugida;
E depois, junto ao cabo Comorim, *
Uma façanha faz esclarecida:
A frota principal do Samorim,
Que destruir o mundo não duvida,
Vencerá co'o furor do ferro e fogo;
Em si verá Beadala * o márcio * jogo.

66 Tendo assim limpa a Índia dos imigos,
Virá depois com cetro a governá-la
Sem que ache resistências nem perigos,
Que todos tremem dele e nenhum fala.
Só quis provar os ásperos castigos
Baticalá, * que vira já Beadala. *
De sangue e corpos mortos ficou cheia
E de fogo e trovões desfeita e feia.

67 Este será Martinho, * que de Marte *
O nome tem co'as obras derivado;
Tanto em armas ilustre em toda parte,
Quanto, em conselho, sábio e bem cuidado.
Suceder-lhes-á ali Castro, * que o estandarte
Português terá sempre levantado,
Conforme sucessor ao sucedido,
Que um ergue Dio, * outro o defende erguido.

68 Persas feroces, abassis * e rumes, *
Que trazido de Roma * o nome têm,
Vários de gestos, vários de costumes
(Que mil nações ao cerco feras vêm),
Farão dos Céus ao mundo vãos queixumes
Porque uns poucos a terra lhe detêm.
Em sangue português juram, descridos,
De banhar os bigodes retorcidos.

69 Basiliscos medonhos e leões,
Trabucos feros, minas encobertas,
Sustenta Mascarenhas * co'os barões
Que tão ledos as mortes têm por certas;
Até que, nas maiores opressões,
Castro * libertador, fazendo ofertas
Das vidas de seus filhos, quer que fiquem
Com fama eterna e a Deus se sacrifiquem.

70 Fernando, * um deles, ramo da alta planta,
Onde o violento fogo, com ruído,
Em pedaços os muros no ar levanta,
Será ali arrebatado e ao Céu subido.
Álvaro, * quando o Inverno o mundo espanta
E tem o caminho úmido impedido,
Abrindo-o, vence as ondas e os perigos,
Os ventos e depois os inimigos.

71 Eis vem depois o pai, que as ondas corta
Co'o restante da gente lusitana,
E com força e saber, que mais importa,
Batalha dá felice e soberana.
Uns, paredes subindo, escusam porta;
Outros a abrem na fera esquadra insana.
Feitos farão tão dignos de memória
Que não caibam em verso ou larga história.

72 Este, depois, em campo se apresenta,
Vencedor forte e intrépido, ao possante
Rei de Cambaia* e a vista lhe amedrenta
Da fera multidão quadrupedante.[313]
Não menos suas terras mal sustenta
O Hidalcão, * do braço triunfante
Que castigando vai Dabul * na costa;
Nem lhe escapou Pondá, * no sertão posta.

73 Estes e outros barões, por várias partes,
Dignos todos de fama e maravilha,
Fazendo-se na terra bravos Martes, *
Virão lograr os gostos desta ilha,
Varrendo triunfantes estandartes
Pelas ondas que corta a aguda quilha;
E acharão estas ninfas* e estas mesas,
Que glórias e honras são de árduas empresas.

74 Assim cantava a ninfa; * e as outras todas,
Com sonoroso aplauso, vozes davam,
Com que festejam as alegres bodas
Que com tanto prazer se celebravam.
Por mais que da Fortuna andem as rodas
(Numa cônsona voz todas soavam),
Não vos hão de faltar, gente famosa,
Honra, valor e fama gloriosa.

75 Depois que a corporal necessidade
Se satisfez do mantimento nobre,
E na harmonia e doce suavidade
Viram os altos feitos que descobre,
Tétis, * de graça ornada e gravidade,
Para que com mais alta glória dobre
As festas deste alegre e claro dia,
Para o felice Gama * assim dizia:

---

(313) Grande quantidade de soldados, montados em cavalos ou elefantes.

76 — Faz-te mercê, barão, a Sapiência
Suprema de, co'os olhos corporais,
Veres o que não pode a vã ciência
Dos errados e míseros mortais.
Sigue-me firme e forte, com prudência,
Por este monte espesso, tu co'os mais.
Assim lhe diz e o guia por um mato
Árduo, difícil, duro a humano trato.

77 Não andam muito que no erguido cume
Se acharam, onde um campo se esmaltava
De esmeraldas, rubis, tais que presume
A vista que divino chão pisava.
Aqui um globo vem no ar, que o lume
Claríssimo por ele penetrava,
De modo que o seu centro está evidente,
Como a sua superfície, claramente.

78 Qual a matéria seja não se enxerga,
Mas enxerga-se bem que está composto
De vários orbes, que a divina verga [314]
Compôs, e um centro a todos só tem posto. [315]
Volvendo, ora se abaixe, agora se erga,
Nunca se ergue ou se abaixa, e um mesmo rosto
Por toda a parte tem; e em toda parte
Começa e acaba, enfim, por divina arte;

79 Uniforme, perfeito, em si sustido,
Qual, enfim, o arquetipo que o criou.
Vendo o Gama este globo, comovido
De espanto e de desejo ali ficou.
Diz-lhe a deusa: — O transunto, reduzido
Em pequeno volume, aqui te dou
Do mundo aos olhos teus, para que vejas
Por onde vás e irás e o que desejas.

---

(314) A vara divina, o poder de Deus.

(315) Descrição do mundo segundo o sistema ptolemaico: "vários orbes" com a Terra no centro.

80 Vês aqui a grande máquina do mundo,
Etérea e elemental, que fabricada
Assim foi do saber, alto e profundo,
Que é sem princípio e meta limitada.
Quem cerca em derredor este rotundo
Globo e sua superfície tão limada,
É Deus: mas o que é Deus, ninguém o entende,
Que a tanto o engenho humano não se estende.

81 Este orbe que, primeiro, vai cercando
Os outros mais pequenos que em si tem,
Que está com luz tão clara radiando
Que a vista cega e a mente vil também,
Empíreo * se nomeia, onde logrando
Puras almas estão daquele bem
Tamanho, que ele só se entende e alcança,
De quem não há no mundo semelhança.

82 Aqui, só verdadeiros, gloriosos
Divos estão, porque eu, Saturno * e Jano, *
Júpiter, * Juno, * fomos fabulosos,
Fingidos de mortal e cego engano.
Só para fazer versos deleitosos
Servimos; e, se mais o trato humano
Nos pode dar, é só que o nome nosso
Nestas estrelas pôs o engenho vosso.

83 E também, porque a Santa Providência,
Que em Júpiter * aqui se representa,
Por espíritos mil que têm prudência
Governa o mundo todo que sustenta
(Ensina-lo a profética ciência,
Em muitos dos exemplos que apresenta:
Os que são bons, guiando, favorecem,
Os maus, em quanto podem, nos empecem);

84 Quer logo aqui a pintura que varia
Agora deleitando, ora ensinando,
Dar-lhe nomes que a antiga poesia
A seus deuses já dera, fabulando;
Que os anjos de celeste companhia
Deuses o sacro verso está chamando;
Nem nega que esse nome preminente
Também aos maus se dá, mas falsamente.

85 Enfim que o Sumo Deus, que por segundas
Causas obra no mundo, tudo manda.
E tornando a contar-te das profundas
Obras da Mão Divina veneranda:
Debaixo deste círculo onde as mundas[316]
Almas divinas gozam, que não anda,[317]
Outro corre, tão leve e tão ligeiro
Que não se enxerga: é o Móbile * primeiro.[318]

86 Com este rapto e grande movimento
Vão todos os que dentro tem no seio;
Por obra deste, o Sol, andando a tento,
O dia e noite faz, com curso alheio.
Debaixo deste leve, anda outro lento,[319]
Tão lento e sojugado a duro freio,
Que enquanto Febo, * de luz nunca escasso,
Duzentos cursos faz, dá ele um passo.

87 Olha estoutro[320] debaixo, que esmaltado
De corpos lisos anda e radiantes,
Que também nele têm curso ordenado
E nos seus axes correm cintilantes.
Bem vês como se veste e faz ornado
Co'o largo cinto de ouro, que estelantes
Animais doze traz afigurados,
Aposentos de Febo * limitados.

---

(316) Puras.
(317) O Empíreo era imóvel.
(318) Impulso giratório.
(319) Depois do Empíreo, e do Móbile Primeiro, vinha outra Esfera: o Cristalino, cujo movimento seria duzentas vezes mais lento que o do Sol.
(320) Segue-se a oitava esfera, o círculo do Zodíaco (o "cinto de ouro") ou do firmamento. Os "corpos lisos e radiantes" são as estrelas.

88 Olha, por outras partes, a pintura
Que as estrelas fulgentes vão fazendo:
Olha a Carreta, * atenta a Cinosura, *
Andrômeda * e seu pai, e o Drago * horrendo.
Vê de Cassiopéia * a fermosura
E do Orionte * o gesto turbulento;
Olha o Cisne * morrendo que suspira,
A Lebre * e os Cães, * a Nau * e a doce Lira. *

89 Debaixo deste grande firmamento,[321]
Vês o céu de Saturno, * Deus antigo;
Júpiter * logo faz o movimento,
E Marte * abaixo, bélico inimigo;
O claro olho do céu, no quarto assento,
E Vênus, * que os amores traz consigo;
Mercúrio, * de eloqüência soberana;
Com três rostos, debaixo vai Diana. *

90 Em todos estes orbes, diferente
Curso verás, nuns grave e noutros leve;
Ora fogem do centro longamente,
Ora da Terra estão caminho breve,
Bem como quis o Padre * onipotente,
Que o fogo fez e o ar, o vento e neve,[322]
Os quais verás que jazem mais a dentro
E têm co'o Mar a Terra por seu centro.

91 Neste centro, pousada dos humanos,
Que não somente, ousados, se contentam
De sofrerem da terra firme os danos,
Mas inda o mar instábil exprimentam,
Verás as várias partes, que os insanos
Mares dividem, onde se aposentam
Várias nações que mandam vários reis,
Vários costumes seus e várias leis.

---

(321) Depois do oitavo céu, vêm os outros sete: Saturno, Júpiter, Marte, o Sol ("o claro olho do céu"), Vênus, Mercúrio e Diana (a Lua).

(322) Os elementos — fogo, ar, vento, neve — ficariam entre a Terra e o primeiro céu.

92 Vês Europa * cristã, mais alta e clara
Que as outras em polícia [323] e fortaleza.
Vês África, dos bens do mundo avara,
Inculta e toda cheia de bruteza;
Co'o Cabo que até 'qui se vos negara,
Que assentou para o Austro a natureza.
Olha essa terra toda, que se habita
Dessa gente sem lei, quase infinita.

93 Vê o Benomotapa * o grande império,
De selvática gente, negra e nua;
Onde Gonçalo * morte e vitupério
Padecerá, pela Fé santa sua.
Nasce por este incógnito hemisfério
O metal por que mais a gente sua.
Vê que do lago donde se derrama
O Nilo, * também vindo está Cuama. *

94 Olha as casas dos negros, como estão
Sem portas, confiados, em seus ninhos,
Na justiça real e defensão
E na fidelidade dos vizinhos;
Olha deles a bruta multidão,
Qual bando espesso e negro de estorninhos,
Combaterá em Sofala * a fortaleza,
Que defenderá Nhaia * com destreza.

95 Olha lá as alagoas donde o Nilo *
Nasce, que não souberam os antigos;
Vê-lo rega, gerando o crocodilo,
Os povos abassis, * de Cristo amigos;
Olha como sem muros (novo estilo)
Se defendem melhor dos inimigos.
Vê Méroe, * que ilha foi de antiga fama,
Que ora dos naturais Nobá * se chama.

(323) Civilização.

96 Nesta remota terra um filho teu
Nas armas contra os turcos será claro;
Há de ser Dom Cristóvão * o nome seu;
Mas contra o fim fatal não há reparo.
Vê cá a costa do mar, onde te deu
Melinde * hospício gasalhoso e caro;
A Rapto * rio nota, que o romance
Da terra chama Obi; * entra em Quilmance. *

97 O cabo vê já Arômata * chamado,
E agora Guardafu, * dos moradores,
Onde começa a boca do afamado
Mar Roxo, * que do fundo toma as cores.
Este como limite está lançado
Que divide Ásia de África; e as melhores
Povoações que a parte África tem
Maçuá * são, Arquico * e Suaquém. *

98 Vês o extremo Suez, * que antigamente
Dizem que foi dos Héroas * a cidade
(Outros dizem que Arsínoe *), e ao presente
Tem das frotas do Egito a potestade.
Olha as águas nas quais abriu patente
Estrada o grão Moisés * na antiga idade.
Ásia começa aqui, que se apresenta
Em terras grande, em reinos opulenta.

99 Olha o monte Sinai, que se enobrece
Co'o sepulcro de Santa Caterina; *
Olha Toro * e Gidá, * que lhe falece
Água das fontes, doce e cristalina;
Olha as portas do estreito, que fenece
No reino da seca Adem, * que confina
Com a serra de Arzira, * pedra viva,
Onde chuva dos céus se não deriva.

100 Olha as Arábias * três, que tanta terra
Tomam, todas da gente vaga e baça,
Donde vêm os cavalos para a guerra,
Ligeiros e feroces, de alta raça;
Olha a costa que corre, até que cerra
Outro estreito de Pérsia, e faz a traça
O cabo que co'o nome se apelida
Da cidade Fartaque, * ali sabida.

101 Olha Dófar, * insigne porque manda
O mais cheiroso incenso para as aras;
Mas atenta: já cá destoutra banda
De Roçalgate, * e praias sempre avaras,
Começa o reino Ormuz, * que todo se anda
Pelas ribeiras que inda serão claras
Quando as galés do turco e fera armada
Virem de Castel Branco * nua a espada.

102 Olha o cabo Asaboro, * que chamado
Agora é Moçandão * dos navegantes.
Por aqui entra o lago que é fechado
De Arábia * e Pérsias terras abundantes.
Atenta a ilha Barém, * que o fundo ornado
Tem das suas perlas ricas, e imitantes
À cor da Aurora; * e vê na água salgada
Ter o Tígris * e Eufrates uma entrada.

103 Olha da grande Pérsia o império nobre,
Sempre posto no campo e nos cavalos,
Que se injuria de usar fundido cobre
E de não ter das armas sempre os calos.
Mas vê a ilha Gerum, * como descobre
O que fazem do tempo os intervalos,
Que da cidade Armuza, * que ali esteve,
Ela o nome depois e a glória teve.

104 Aqui de Dom Filipe*, de Meneses
Se mostrará a virtude, em armas clara,
Quando, com muito poucos portugueses,
Os muitos párseos* vencerá de Lara.*
Virão provar os golpes e reveses
De Dom Pedro de Sousa,* que provara
Já seu braço em Ampaza,* que deixada
Terá por terra, à força só de espada.

105 Mas deixemos o estreito e o conhecido
Cabo de Jasque,* dito já Carpela,*
Com todo o seu terreno mal querido
Da natura e dos dons usados dela;
Carmânia* teve já por apelido.
Mas vês o fermoso Indo, que daquela
Altura nasce, junto à qual, também
Doutra altura, correndo o Gange vem?

106 Olha a terra de Ulcinde,* fertilíssima,
E de Jáquete* a íntima enseada;
Do mar a enchente súbita, grandíssima,
E a vazante, que foge apressurada.
A terra de Cambaia* vê, riquíssima,
Onde do mar o seio faz entrada.
Cidades outras mil, que vou passando,
A vós outros aqui se estão guardando.

107 Vês corre a costa célebre indiana
Para o sul, até o cabo Comori,*
Já chamado Cori,* que Taprobana*
(Que ora é Ceilão*) defronte tem de si.
Por este mar a gente lusitana,
Que com armas virá depois de ti,
Terá vitórias, terras e cidades,
Nas quais hão de viver muitas idades.

108 As províncias que entre um e o outro rio
Vês, com várias nações, são infinitas:
Um reino maometa,* outro gentio,
A quem tem o Demônio leis escritas.
Olha que de Narsinga * o senhorio
Tem as relíquias santas e benditas
Do corpo de Tomé, * barão sagrado,
Que a Jesus Cristo teve a mão no lado.

109 Aqui a cidade foi que se chamava
Meliapor,* fermosa, grande e rica;
Os ídolos antigos adorava,
Como inda agora faz a gente inica.
Longe do mar naquele tempo estava,
Quando a Fé, que no mundo se publica,
Tomé * vinha pregando, e já passara
Províncias mil do mundo, que ensinara.

110 Chegado aqui, pregando e junto dando
A doentes saúde, a mortos vida, [324]
Acaso traz um dia o mar, vagando,
Um lenho de grandeza desmedida.
Deseja o Rei, que andava edificando,
Fazer dele madeira; e não duvida
Poder tirá-lo a terra, com possantes
Forças de homens, de engenhos, de alifantes.

111 Era tão grande o peso do madeiro
Que, só para abalar-se, nada abasta;
Mas o núncio de Cristo verdadeiro
Menos trabalho em tal negócio gasta.
Ata o cordão que traz, por derradeiro,
No tronco, e facilmente o leva e arrasta
Para onde faça um suntuoso templo
Que ficasse aos futuros por exemplo.

---

(324) **Referência a milagres de S. Tomé na Índia.**

112 Sabia bem que se com fé formada
Mandar a um monte surdo que se mova,
Que obedecerá logo à voz sagrada,
Que assim lho ensinou Cristo, e ele o prova.
A gente ficou disto alvoroçada;
Os Brâmenes o têm por cousa nova;
Vendo os milagres, vendo a santidade,
Hão medo de perder autoridade.

113 São estes sacerdotes dos gentios
Em quem mais penetrado tinha inveja:
Buscam maneiras mil, buscam desvios,
Com que Tomé * não se ouça, ou morto seja.
O principal, que ao peito traz os fios,[325]
Um caso horrendo faz, que o mundo veja
Que inimiga não há, tão dura e fera,
Como a virtude falsa, da sincera.

114 Um filho próprio mata, e logo acusa
De homicídio Tomé, * que era inocente;
Dá falsas testemunhas, como se usa:
Condenaram-no a morte brevemente.
O Santo, que não vê melhor escusa
Que apelar para o Padre onipotente,
Quer, diante do Rei e dos senhores,
Que se faça um milagre dos maiores.

115 O corpo morto manda ser trazido,
Que ressuscite e seja perguntado
Quem foi seu matador, e será crido
Por testemunho, o seu, mais aprovado.
Viram todos o moço vivo, erguido,
Em nome de Jesus crucificado:
Dá graças a Tomé, * que lhe deu vida,
E descobre seu pai ser homicida.

---

(325) Que traz no peito os fios (um cordão constituído por três fios) que indicam a sua autoridade.

116 Este milagre fez tamanho espanto
Que o Rei se banha logo na água santa,
E muitos após ele; um beija o manto,
Outro louvor do Deus de Tomé * canta.
Os Brâmenes se encheram de ódio tanto,
Com seu veneno os morde inveja tanta,
Que, persuadindo a isso o povo rudo,
Determinam matá-lo, em fim de tudo.

117 Um dia que pregando ao povo estava,
Fingiram entre a gente um arruído.
Já Cristo neste tempo lhe ordenava
Que, padecendo, fosse ao Céu subido.
A multidão das pedras que voava
No Santo dá, já a tudo oferecido;
Um dos maus, por fartar-se mais depressa,
Com crua lança o peito lhe atravessa.

118 Choraram-te, Tomé, * o Gange e o Indo;
Chorou-te toda a terra que pisaste;
Mais te choram as almas que vestindo
Se iam da santa Fé que lhe ensinaste.
Mas os Anjos do Céu, cantando e rindo,
Te recebem na Glória que ganhaste.
Pedimos-te que a Deus ajuda peças
Com que os teus lusitanos favoreças.

119 E vós outros que os nomes usurpais
De mandados de Deus, como Tomé, *
Dizei: se sois mandados, como estais
Sem irdes a pregar a santa Fé?
Olhai que, se sois sal e vos danais
Na pátria, onde profeta ninguém é,
Com que se salgarão, em nossos dias,
(Infiéis deixo) tantas heresias?

120 Mas passo esta matéria perigosa
E tornemos à costa debuxada.
Já com esta cidade tão famosa
Se faz curva a gangética * enseada.
Corre Narsinga, * rica e poderosa;
Corre Orixá * de roupas abastada;
No fundo da enseada, o ilustre rio
Ganges vem ao salgado senhorio;

121 Ganges, no qual os seus habitadores
Morrem banhados, tendo por certeza
Que, inda que sejam grandes pecadores,
Esta água santa os lava e dá pureza.
Vê Catigão, * cidade das melhores
De Bengala * província, que se preza
De abundante. Mas olha que está posta
Para o Austro, daqui virada, a costa.

122 Olha o reino Arracão; * olha o assento
De Pegu, * que já monstros povoaram,
Monstros filhos do feio ajuntamento
Duma mulher e um cão, que sós se acharam.
Aqui soante arame no instrumento
Da geração costumam, o que usaram
Por manha da Rainha que, inventando
Tal uso, deitou fora o error nefando.

123 Olha Távai * cidade, onde começa
De Sião largo o império tão comprido;
Tenassari, * Quedá, * que é só cabeça
Das que pimenta ali têm produzido.
Mais avante fareis que se conheça
Malaca * por empório enobrecido,
Onde toda a província do mar grande
Suas mercadorias ricas mande.

124 Dizem que desta terra co'as possantes
Ondas o mar, entrando, dividiu
A nobre ilha Samatra, * que já de antes
Juntas ambas a gente antiga viu.
Quersoneso * foi dita; e das prestantes
Veias de ouro que a terra produziu,
Áurea, * por epiteto, lhe ajuntaram;
Alguns que fosse Ofir * imaginaram.

125 Mas, na ponta da terra, Singapura *
Verás, onde o caminho às naus se estreita.
Daqui tornando a costa à Cinosura, *
Se encurva e para a Aurora * se endireita.
Vês Pam, * Patane, * reinos, e a longura
De Sião, que estes e outros mais sujeita?
Olha o rio Menão, * que se derrama
Do grande lago que Chiamai * se chama.

126 Vês neste grão terreno os diferentes
Nomes de mil nações, nunca sabidas:
Os laus, em terra e número potentes;
Avás, * Bramás, * por serras tão compridas;
Vê nos remotos montes outras gentes,
Que guéus * se chamam, de selvagens vidas;
Humana carne comem, mas a sua
Pintam com ferro ardente, usança crua.

127 Vês passa por Camboja * Mecom * rio,
Que Capitão das águas se interpreta;
Tantas recebe de outros só no estio,
Que alaga os campos largos e inquieta
(Tem as enchentes quais o Nilo * frio).
A gente dele crê, como indiscreta, [326]
Que pena e glória têm, depois de morte,
Os brutos animais de toda sorte.

---

(326) Sem discernimento, ignorante.

128 Este receberá, plácido e brando,
No seu regaço o Canto[327] que molhado
Vem do naufrágio triste e miserando,
Dos procelosos baixos escapado,
Das fomes, dos perigos grandes, quando
Será o injusto mando executado
Naquele cuja lira sonorosa
Será mais afamada que ditosa.

129 Vês corre a costa que Champá * se chama,
Cuja mata é do pau cheiroso ornada;
Vês Cauchichina * está, de escura fama,
E de Ainão * vê a incógnita enseada.
Aqui o soberbo império, que se afama
Com terras e riqueza não cuidada,
Da China corre, e ocupa o senhorio
Desde o Trópico ardente ao Cinto frio.

130 Olha o muro e edifício nunca crido,
Que entre um império e o outro se edifica,
Certíssimo sinal, e conhecido,
Da potência real, soberba e rica.[328]
Estes o Rei que têm não foi nascido
Príncipe, nem dos pais aos filhos fica,
Mas elegem aquele que é famoso
Por cavaleiro, sábio e virtuoso.

131 Inda outra muita terra se te esconde,
Até que venha o tempo de mostrar-se.
Mas não deixes no mar as ilhas onde
A natureza quis mais afamar-se:
Esta, meia escondida, que responde
De longe à China, donde vem buscar-se,
É Japão, * onde nasce a prata fina,
Que ilustrada será co'a Lei divina.

---

(327) **O meu Canto, os *Lusíadas*, que Camões salvou a nado, quando naufragou, na foz do Rio Mecom, o navio em que vinha de Macau para Goa.**

(328) **A Muralha da China.**

132 Olha cá pelos mares do Oriente
As infinitas ilhas espalhadas:
Vê Tidore * e Ternate, * co'o fervente
Cume, que lança as flamas ondeadas.
As árvores verás do cravo ardente,
Co'o sangue português inda compradas.
Aqui há as áureas aves, que não descem
Nunca à terra e só mortas aparecem.[329]

133 Olha de Banda * as ilhas, que se esmaltam
Da vária cor que pinta o roxo fruto; [330]
As aves variadas, que ali saltam,
Da verde noz tomando seu tributo.
Olha também Bornéu, * onde não faltam
Lágrimas no licor coalhado e enxuto
Das árvores, que cânfora é chamado,
Com que da ilha o nome é celebrado.

134 Ali também Timor, * que o lenho manda
Sândalo, salutífero e cheiroso.
Olha a Sunda, * tão larga que uma banda
Esconde para o sul dificultoso;
A gente do sertão que as terras anda
Um rio diz que tem miraculoso,
Que, por onde ele só, sem outro, vai,
Converte em pedra o pau que nele cai.

135 Vê naquela que o tempo tornou ilha, [331]
Que também flamas trêmulas vapora,
A fonte que óleo mana, e a maravilha
Do cheiroso licor que o tronco chora;
Cheiroso, mais que quanto estila a filha
De Ciniras * na Arábia, * onde ela mora;
E vê que, tendo quanto as outras têm,
Branda seda e fino ouro dá também.

(329) As aves do Paraíso que se supunha não terem pés e voarem ininterruptamente.

(330) Trata-se do fruto vermelho da noz-moscada.

(331) Samatra que teria estado ligada à Península de Malaca, e onde há muitos vulcões ("flamas trêmulas vapora").

136 Olha, em Ceilão,* que o monte se alevanta
Tanto que as nuvens passa ou a vista engana;
Os naturais o têm por cousa santa,
Pela pedra onde está a pegada humana.[332]
Nas ilhas de Maldiva* nasce a planta
No profundo das águas, soberana.
Cujo pomo contra o veneno urgente
É tido por antídoto excelente.[333]

137 Verás defronte estar do Roxo estreito*
Socotorá,* co'o amaro aloé famosa;
Outras ilhas, no mar também sujeito
A vós, na costa de África arenosa,
Onde sai do cheiro mais perfeito
A massa, ao mundo oculta e preciosa.[334]
De São Lourenço* vê a ilha afamada,
Que Madagáscar é dalguns chamada.

138 Eis aqui as novas partes do Oriente
Que vós outros agora ao mundo dais,
Abrindo a porta ao vasto mar patente,
Que com tão forte peito navegais.
Mas é também razão que, no Ponente,*
Dum lusitano um feito inda vejais,
Que, de seu Rei mostrando-se agravado,
Caminho há de fazer nunca cuidado.[335]

---

(332) Neste monte existia uma cavidade semelhante a uma pegada humana: os mouros diziam que era a marca do pé de Adão, e os hindus que se tratava de uma pegada de Buda.

(333) Trata-se dos "cocos do mar" ou "cocos das Maldivas" que flutuavam no mar e por isso se supunha serem produzidos por um coqueiro submarino. A sua casca era "excelente antídoto".

(334) O âmbar cinzento.

(335) Fernão de Magalhães (v. Glossário)

139 Vedes a grande terra que contina
Vai de Calisto * ao seu contrário pólo, [336]
Que soberba a fará a luzente mina
Do metal que a cor tem do louro Apolo. *
Castela, * vossa amiga, será dina
De lançar-lhe o colar ao rudo colo.
Várias províncias tem de várias gentes,
Em ritos e costumes, diferentes.

140 Mas cá onde mais se alarga, ali tereis
Parte também, co'o pau vermelho nota; [337]
De Santa Cruz * o nome lhe poreis;
Descobri-la-á a primeira vossa frota.
Ao longo desta costa, que tereis,
Irá buscando a parte mais remota
O Magalhães, * no feito, com verdade
Português, porém não na lealdade.

141 Dês que passar a via mais que meia
Que ao Antártico * pólo vai da Linha,
Duma estatura quase gigantéia
Homens verá, da terra ali vizinha; [338]
E mais avante o estreito que se arreia [339]
Co'o nome dele agora, o qual caminha
Para outro mar e terra que fica onde
Com suas frias asas o Austro a esconde.

142 Até 'qui, portugueses, concedido
Vos é saberdes os futuros feitos
Que, pelo mar que já deixais sabido,
Virão fazer barões de fortes peitos.
Agora, pois que tendes aprendido
Trabalhos que vos façam ser aceitos
Às eternas esposas e fermosas,
Que coroas vos tecem gloriosas,

---

(336) A América, que vai do Pólo Norte (de Calisto, a Ursa Maior) ao Pólo Sul.
(337) Conhecida devido ao pau vermelho, o pau-brasil.
(338) A Patagônia, cujos habitantes eram de estatura gigantesca.
(339) O estreito que ostenta o nome dele (de Magalhães).

143 Podeis-vos embarcar, que tendes vento
E mar tranqüilo, para a pátria amada.
Assim lhe disse; e logo movimento
Fazem da ilha alegre e namorada.
Levam refresco e nobre mantimento;
Levam a companhia desejada
Das Ninfas, * que hão de ter eternamente,
Por mais tempo que o Sol o mundo aquente.

144 Assim foram cortando o mar sereno,
Com vento sempre manso e nunca irado,
Até que houveram vista do terreno
Em que nasceram, sempre desejado.
Entraram pela foz do Tejo ameno,
E à sua pátria e Rei temido e amado
O prêmio e glória dão por que mandou,
E com títulos novos se ilustrou.

145 No'mais, Musa, * no'mais, que a lira tenho
Destemperada e a voz enrouquecida,
E não do canto, mas de ver que venho
Cantar a gente surda e endurecida.
O favor com que mais se acende o engenho
Não no dá a pátria, não, que está metida
No gosto da cobiça e na rudeza
Duma austera, apagada e vil tristeza.

146 E não sei por que influxo de destino
Não tem um ledo orgulho e geral gosto,
Que os ânimos levanta de contino
A ter para trabalhos ledo o rosto.
Por isso vós, ó Rei, que por divino
Conselho estais no régio sólio posto,
Olhai que sois (e vede as outras gentes)
Senhor só de vassalos excelentes.

147 Olhai que ledos vão, por várias vias,
Quais rompentes leões e bravos touros,
Dando os corpos a fomes e vigias,
A ferro, a fogo, a setas e pelouros,
A quentes regiões, a plagas frias,
A golpes de idolatras e de mouros, *
A perigos incógnitos do mundo,
A naufrágios, a peixes, ao profundo.

148 Por vos servir, a tudo aparelhados;
De vós tão longe, sempre obedientes;
A quaisquer vossos ásperos mandados,
Sem dar resposta, prontos e contentes.
Só com saber que são de vós olhados,
Demônios infernais, negros e ardentes,
Cometerão convosco, e não duvido
Que vencedor vos façam, não vencido,[340]

149 Favorecei-os logo, e alegrai-os
Com a presença e leda humanidade;
De rigorosas leis desalivai-os,[341]
Que assim se abre o caminho à santidade.
Os mais exprimentados levantai-os,
Se, com a experiência, têm bondade
Para vosso conselho, pois que sabem
O como, o quando, e onde as cousas cabem.

150 Todos favorecei em seus ofícios,
Segundo têm das vidas o talento;
Tenham religiosos exercícios
De rogarem, por vosso regimento,
Com jejuns, disciplina, pelos vícios
Comuns; toda ambição terão por vento,
Que o bom religioso verdadeiro
Glória vã não pretende nem dinheiro.

---

(340) Ainda que os demônios do Inferno lutassem convosco, graças a esses "vassalos excelentes" vós seríeis vencedor.

(341) Aliviai-os.

151 Os cavaleiros tende em muita estima,
Pois com seu sangue intrépido e fervente
Estendem não somente a lei de cima,
Mas inda vosso império preminente.
Pois aqueles que a tão remoto clima
Vos vão servir, com passo diligente,
Dois inimigos vencem: uns, os vivos,
E (o que é mais) os trabalhos excessivos.

152 Fazei, Senhor, que nunca os admirados
Alemães, galos, * ítalos e ingleses,
Possam dizer que são para mandados,
Mais que para mandar, os portugueses.
Tomai conselho só de exprimentados,
Que viram largos anos, largos meses,
Que, posto que em cientes muito cabe,
Mais em particular o experto sabe.

153 De Formião, * filósofo elegante,
Vereis como Anibal * escarnecia,
Quando das artes bélicas, diante
Dele, com larga voz tratava e lia.
A disciplina militar prestante
Não se aprende, Senhor, na fantasia,
Sonhando, imaginando ou estudando,
Senão vendo, tratando e pelejando.

154 Mas eu que falo, humilde, baixo e rudo,
De vós não conhecido nem sonhado?
Da boca dos pequenos sei, contudo,
Que o louvor sai às vezes acabado.
Nem me falta na vida honesto estudo,
Com longa experiência misturado,
Nem engenho, que aqui vereis presente,
Cousas que juntas se acham raramente.

155 Para servir-vos, braço às armas feito,
Para cantar-vos, mente às musas * dada;
Só me falece ser a vós aceito,
De quem virtude deve ser prezada.
Se me isto o Céu concede, e o vosso peito
Digna empresa tomar de ser cantada,
Como a pressaga mente vaticina
Olhando a vossa inclinação divina,

156 Ou fazendo que, mais que a de Medusa, *
A vista vossa tema o monte Atlante, * [342]
Ou rompendo nos campos de Ampelusa *
Os muros de Marrocos e Trudante, *
A minha já estimada e leda musa *
Fico [343] que em todo o mundo de vós cante,
De sorte que Alexandro * em vós se veja,
Sem à dita de Aquiles * ter inveja.

FIM DE "OS LUSÍADAS"

(342) Ou fazendo que o Atlante tema mais a vossa vista do que a da Medusa (que no entanto o transformou em monte só com olhá-lo de frente). V. Glossário (Medusa e Atlante).

(343) Garanto, asseguro.

GLOSSÁRIO MITOLÓGICO, TOPONÍMICO E HISTÓRICO

ABÁSSIA, X 50, Abissínia, país africano. Quase sempre Camões lhe chama Etiópia (I 43; IV 62, 101; V 6; VII 61).

ABASSIS, X 68, 95, abexins, abissínios, etíopes.

ABILA, III 77; IV 49; VIII 17, 71. ÁBILA, região perto de Ceuta.

ABRAÃO, I 53, patriarca bíblico. A referência de Camões explica-se porque Maomé descendia de Abraão, pela união deste com Agar.

ABRANCHES, IV 25, o Conde de Abranches (na Normandia) era Álvaro Vaz de Almada (e não Antão, como diz Camões).

ABRANTES, IV 23, cidade portuguesa.

ACIDÁLIA, VIII 64; IX 52, fonte da Beócia, onde as filhas de Vênus (as Graças) se banhavam.

ACRISO, VIII 97, Rei de Tebas. Foi morto por Perseu, seu neto, filho de Júpiter, disfarçado em chuva de ouro, e de Dânae, que Acriso encerrara numa torre para que não se cumprisse o oráculo que anunciara que o seu neto o mataria.

ACROCERÁUNIOS, VI 82, montes do Epiro, que terminam no Cabo Acroceráunio, famosos pelo perigo que apresentavam para a navegação. Camões designa com este toponímico de uma forma geral todos os cabos perigosos para a navegação.

ACTEON, IX 26, 63, caçador que surpreendeu Diana no banho e foi por esta transformado em cervo: os cães que o acompanhavam devoraram-no, então. Interpreta-se geralmente esta passagem como uma alusão ao fato de D. Sebastião relutar em casar-se, sendo grande entusiasta da caça. Os cães da fábula seriam os cortesãos que aconselhavam mal o Rei.

ÁCTIAS (guerras), II 53, nome dado por Camões, neste passo, às guerras civis entre Augusto e Antônio; um dos episódios dessas guerras foi a batalha naval de Actium.

ADAMASTOR, V 51, 60, gigante de epopéia (Virgílio, na *Eneida*, refere-se a Adamastus e Homero, na *Ilíada*, a Damastor). A sua história constitui um dos episódios da luta dos portugueses contra as forças da natureza.

ADÃO, IV 70, VIII 65.

ADEM, X 99, cidade do sul da Arábia.

ADÔNIS, IV 63, jovem muito belo, por quem Vênus se apaixonou. Era filho de Ciniras, Rei de Chipre, e de Mirra. A mãe de Adônis foi transformada em planta com o mesmo nome, daí a alusão de Camões neste passo.

Adriático, II 97 (V. Veneza).
Afonso I, I 13; III 30, 42, 45, 46, 58, 64, 67, 73, 79, 83, 84; VIII 11, D. Afonso Henriques, primeiro Rei de Portugal (1128-1165).
Afonso II, III 90, 91, terceiro Rei de Portugal (m. 1223).
Afonso III, I 13, III 94, 96, Rei de Portugal que, pelo segundo casamento, com D. Beatriz, filha de Afonso X de Castela, acrescentou aos seus títulos o de Rei dos Algarves.
Afonso IV, I 13, III 98, 99, 108, 109, 118, Rei de Portugal, filho de D. Dinis e da Rainha Santa Isabel.
Afonso V, I 13; IV 54, 60, Rei de Portugal, de cognome o Africano.
Afonso VI, III 23, 24, Rei de Leão e Castela, pai de D. Teresa, mãe de D. Afonso Henriques (primeiro Rei de Portugal).
Afonso IX, VIII 22, Rei de Castela.
Afonso XI, III 109, Rei de Castela, casado com D. Maria, filha de D. Afonso IV, Rei de Portugal.
África, I 2, 15; II 103, 110; III 20, 103; IV 54; V 10, 65; VII 11, 14; VIII 72; X 53, 92, 97, 137.
Áfrico, I 27.
Aganipe, III 2, fonte no Monte Hélicon, na Grécia, inspiradora dos poetas. V. Hipocrene.
Agar,III 26, 110; VIII 47, escrava de Abraão, mãe de Ismael (daí o nome dado aos mouros de ismaelitas e agarenos)
Agripina, III 92, Imperatriz romana, mãe de Nero (morreu em 59 D. C.)
Aiace, X 24, ou Ajax, herói grego, da guerra de Tróia. Embora considerado mais forte do que Ulisses foi vencido por este, graças à sua eloqüência.
Ainão, X 129, ilha e cidade na costa sul da China.
Alanquer, III 61, Alenquer, vila portuguesa, na Estremadura.
Álbis, III 11, 58, o Rio Elba.
Albuquerque, Afonso de, I 14; X 40, 45, Vice-Rei da Índia (1453-1515). A referência de Camões à "ira que o condena" explica-se porque Albuquerque, num acesso de cólera, mandou enforcar um fidalgo que mantinha relações com uma jovem refém muçulmana, que se destinava ao serviço da Rainha de Portugal.
Alcácere (Ceguer), IV 55; VIII 38, Alcácer, cidade marroquina tomada aos mouros, em outubro de 1458, por D. Afonso V.
Alcácere do Sal, III 62, 90; VIII 24, Alcácer, vila de Portugal.
Alcides, III 137, IV 49, 80; IX 57, Hércules, por ser neto de Alceu, era chamado Alcides.
Alcino, II 82, Rei dos feáceos, que recebeu bem Ulisses.
Alciônea Ave, VI 77, ave marinha: maçarico ou pica-peixe.
Alcmena, III 141, mãe de Hércules.
Alcorão, III 50; VII 13.
Alencastro (Duque de), VI 46. D. João de Gaunt, filho de Eduardo III, Rei de Inglaterra. Sua filha D. Filipa casou com D. João I de Portugal.
Aleto, VII 10, uma das Fúrias, que lançava a discórdia entre os súditos de Latino, quando este pretendia aliar-se a Enéias.
Alexandro, I 3; V 93, 95, 96; VIII 12; X 48, 156, Alexandre Magno, Rei da Macedônia, que conquistou a Pérsia e a Índia.

Alfeu, IV 72, rio da Arcádia, filho do Oceano e de Tétis. Apaixonado por Aretusa, transformada em fonte, as águas de Alfeu uniam-se às da sua amada.

Almada (Antão Vasques de), IV 25, Nobre português. Camões, ao chamar-lhe Conde de Abranches, confunde-o com seu sobrinho Álvaro. V. Abranches.

Almeidas, I 14, D. Francisco (que foi o primeiro Vice-Rei das Índias) e seu filho D. Lourenço. Morreram ambos em expedições militares: D. Francisco em luta com os cafres, no Cabo da Boa Esperança, quando voltava a Portugal; D. Lourenço numa batalha naval, na Índia.

Almena, III 141, v. Alcmena.

Álvaro (de Braga), VIII 94, membro da expedição de Vasco da Gama.

Álvaro (de Castro), X 70, filho de D. João de Castro. Conseguiu socorrer Dio, apesar das condições atmosféricas desfavoráveis.

Amaltéia, II 72, ninfa que, metamorfoseada em cabra, amamentou Júpiter. O "corno de Amaltéia" é a cornucópia, ou corno da abundância.

Amasis, III 11, rio da Alemanha (atualmente o Ems).

Amon, (ou Âmon) VII 48, divindade egípcia. Os romanos juntaram o seu nome ao de Júpiter. Era representado com dois cornos.

Amor, II 36; III 56, 119, 132, 142; V 46; IX 75, 81; X 46. V. Cupido.

Ampaza, X 104, cidade da Índia ou da Pérsia, conforme os comentadores. A sua localização exata é discutida.

Ampelusa, III 77; X 156, Cabo Espartel, a norte do Marrocos.

Andaluzia, III 85.

Andrômeda, X 88, filha de Cefeu, Rei da Etiópia, e de Cassiopéia: Perseu salvou-a quando ia ser sacrificada em conseqüência do orgulho de sua mãe, que desafiara as nereidas, num concurso de beleza.

Anfioneias (Tebas), IX 19, Anfion, filho de Júpiter e de Antíope, construiu os muros de Tebas tocando a sua lira: as pedras, atraídas pela música, colocavam-se, por si mesmas, nos respectivos lugares.

Anfitrite, I 96; VI 22, Rainha do Mar, filha de Nereu e de Dóris, esposa de Netuno.

Aníbal, VII 71; X 153, general cartaginês. Foi vencido por Caio Cláudio Marcelo na batalha de Nola.

Anquises, IX 23, pai de Enéias.

Anrique, v. Henrique.

Antão Vasques de Almada, IV 25, v. Almada.

Antártico, I 51; V 50, 65; VIII 67; X 141, o Pólo Sul.

Antenor, II 45; III 14, nobre troiano que escondeu Ulisses, traindo assim a própria pátria. Atravessando a Trácia e a Ilíria chegou ao Adriático "os seios ilíricos"). Foi, posteriormente, o fundador de Pádua.

Anteu, III 77; V 4; VII 24, gigante, filho de Netuno e da Terra. Era invencível enquanto estivesse em contacto com sua mãe, isto é, com o solo. Para vencê-lo, Hércules teve que suspendê-lo e sufocá-lo sem o deixar tocar a terra.

Antônio (Marco), III 136; IV 59; V 95; VI 2, triúnviro romano. A primeira referência de Camões diz respeito ao pacto feito por Marco Antônio, Otávio e Lépido para realização de uma grande proscrição política.

Antônio da Silveira, X 62.

Anúbis, VII 48, divindade egípcia, com cabeça de cão e corpo humano.

Aônia, V 87, a "água Aônia" era a da fonte de Aganipe, na Beócia. "O que bebeu dessa água" foi Homero.

Apeles, X 48, pintor grego.

Apenino, III 15, montes que atravessam a Itália.

Ápio, III 140, Ápio Cláudio, decênviro romano, que raptou Virgínia. O pai, para evitar a desonra da filha, matou-a. Ápio, preso em conseqüência de uma revolta do povo, suicidou-se na prisão.

Apolíneo, I 84, do Sol.

Apolo, I 37; II 105; III 2, 8, 97; V 15; VII 87; X 139, filho de Júpiter e de Latona. Camões refere-se aos dois aspectos da sua divindade: Apolo representava o Sol e era o Deus da Poesia.

Apúlia, III 141, região do sul da Itália.

Aquemênia, IX 60, nome da Pérsia, célebre pelos seus tapetes.

Aqueronte, I 51, rio do Inferno, que as almas devem atravessar para alcançar o Império dos Mortos. Neste passo, Camões chama-lhe lago.

Aquiles, III 131, V 93, 98; X 12, 156, herói grego, filho de Peleu e de Tétis.

Áquilo, VI 31, 76, vento norte.

Ara, VIII 71, constelação do hemisfério austral.

Arábia, III 72; IV 63, 101; VI 25; X 100, 102, 135, península, na parte oeste da Ásia meridional. Camões refere-se às "Arábias três", que são a Pétrea, a Feliz e a Deserta.

Arábico, I 50; V 77; VII 33; IX 7; X 50.

Arábio, IV 100, O Arábio é Maomé.

Aragão, IV 57, v. Fernando de Aragão.

Araspas, X 48, soldado persa que se apaixonou por Pantéia, esposa do Rei da Susiana, aprisionada pelo exército de Ciro. Este rei castigou-o por isso, mas mais tarde perdoou-lhe.

Arcádia, IV 72, região da Grécia antiga, na parte central do Peloponeso. Habitada por pastores, é tomada pelos poetas como um lugar ideal, onde reina a inocência e a felicidade.

Arcturo, I 21, III 6, estrela dupla de primeira grandeza, situada na constelação do Boieiro, no prolongamento da cauda da Grande Ursa.

Aretusa, IV 72, ninfa metamorfoseada por Diana em fonte, quando era perseguida por Alfeu.

Argo, V 87, cidade da Grécia, situada no Peloponeso.

Argonautas, I 18; IX 64, heróis gregos que, comandados por Jasão, foram à Cólquida buscar o velocino de ouro.

Argos, IV 85; VIII 71, constelação austral. Representava a nau dos Argonautas, o que permite compreender a alusão de Camões em IV 85.

Armênia, III 72.

Armênios, VII 13.

Armuza, X 103, o mesmo que Ormuz.

Arômata, X 97, Cabo Guardafui, na Somália (África Oriental). Assim chamado porque era desta região que provinham os perfumes que abasteciam a Europa.

Arquico, X 52, 97, porto da África Oriental.

Arracão, X 122, antigo reino, junto de Bengala.

Arronches, III 55; VIII 19, vila portuguesa, no Alentejo.

Arsinário, V 7, Cabo da África Ocidental. Camões identifica-o neste passo com o Cabo Verde. Alguns comentadores pensam, entretanto, que se trata do Cabo Branco.

Arsínoe, IX 2; X 98, cidade junto de Suez, fundada por Ptolomeu Filadelfo.

Artabro, IV 28, cabo da Galiza, hoje chamado Ortegal.

Arzila, IV 55, cidade marroquina.

Arzira, X 99, serra da Arábia.

Asaboro, X 102, cabo na entrada do Golfo Pérsico (Camões identifica-o neste passo com o Cabo Moçandão).

Ásia, I 2; III 7; VII 14, 18; VIII 5; X 97.

Asiano, I 60, o mesmo que asiático.

Assíria, VII 11; IX 34.

Assírio, I 24; VII 53.

Astianás, IV 5, (Astianax) filho de Heitor e de Andrômaca, lançado pelos gregos do alto dos muros de Tróia.

Astréia, IV 27, filha de Júpiter e de Têmis. Deu nome ao signo da Virgem. A conjunção do Sol com a Virgem, a que se refere este passo, dava-se a 23 de agosto, segundo o calendário gregoriano. No tempo de Camões, porém, vigorava o calendário juliano, segundo o qual esse fenômeno se verificava a 12 de agosto (a batalha de Aljubarrota foi em 14 de agosto de 1385, calendário juliano).

Astúrias, III 19; IV 11, antigo reino da Espanha.

Atamante, VI 23, Rei de Orcômenos, na antiga Beócia. Perseguido pela cólera da deusa Nefeléia, que abandonara para casar com Ino, enlouqueceu, matou seu filho Learco, assistiu à morte de Ino e de seu outro filho (Melicerta) e foi expulso do reino. A pedido de Vênus, Ino e Melicerta foram transformados em divindades marinhas.

Atenas, III 97; V 87.

Átila, III 100, Rei dos Hunos (século V). Como Camões recorda, Átila chamava-se a si próprio "flagelo de Deus".

Atlante, I 20; III 73; X 156, Rei da Mauritânia, filho de Júpiter. Perseu, a quem ele recusou hospitalidade, obrigou-o a olhar de frente a Medusa, metamorfoseou-o assim em montanha, situada na África do Norte, e condenou-o a sustentar o céu com os ombros. O "Mar de Atlante" é o Oceano Atlântico.

ATREU, III 133, Rei de Micenas, famoso pelo ódio que votava a seu irmão Tiestes e que o levou a matar os filhos destes e a servi-los ao pai num banquete.

ÁTROPOS, III 98, uma das três Parcas (a que cortava o fio da vida).

AUGUSTO, II 53; III 136; V 95, Imperador romano, sobrinho de César e seu herdeiro. (63 AC – 14 DC).

ÁUREA QUERSONESO, II 54; X 124, nome da Península de Malaca, no tempo da Grécia e de Roma.

AURORA, I 14, 21, 59; II 53, 110; IV 60; IX 13, 61; X 44, 102, 125 deusa, encarregada de abrir ao seu irmão Sol as portas do Oriente.

AUSÔNIA, V 87, nome de uma parte da Itália antiga, aplicado pelos poetas à Itália inteira.

AUSÔNIO, X 21, gentílico (da Ausônia).

AUSTRINA, IX 16, "a meta austrina da Esperança Boa" designa o Cabo da Boa Esperança.

AUSTRO, I 35, VI 76, vento sul.

AUSTRO, I 21, 42; V 12 o sul.

AVÁS, X 126, povo do interior da Birmânia.

ÁXIO, III 13, o Rio Vardar (deságua no Golfo de Salonica).

AZENEGUES, V 6, povo africano, que vivia na região ao sul do Saara. A terra dos Azenegues era deserta e árida.

BABEL, IV 64; VI 74; VII 45, torre que os filhos de Noé pretenderam construir para atingir o Céu. Deus semeou a confusão entre os construtores determinando que falassem todos línguas diferentes.

BABILÔNIA, III 41, capital da antiga Caldéia, no Eufrates, uma das maiores e mais ricas cidades do Oriente.

BAÇAIM, X 61, praça-forte indiana, entre Chaul e Dio, ao norte de Cambaia.

BACANOR, X 59, cidade da costa ocidental da Índia, entre Batecalá e Mangalor, no Reino de Narsinga.

BACO, I 30, 39, 97, 104; II 12, 39; III 21; IV 27; VI 10, 15, 86; VIII 4, 47, 49; IX 39, 46, deus do vinho, filho de Júpiter e de Sêmele. As suas conquistas chegaram até à Índia. É, n*Os Lusíadas*, o deus contrário aos portugueses, encarregado de semear obstáculos no seu caminho.

BACTRA, II 53, gentílico (da Bactriana, no Afeganistão).

BACTRO, VI 60, rio que banhava a Bactriana.

BADAJOZ, III 66, 68, cidade espanhola, na Estremadura, perto da fronteira com Portugal.

BALDUÍNO, X 49, um dos nove Condes da Flandres com este nome. Cognominado o Braço de Ferro, raptou Judite, filha de Carlos o Calvo, Rei de França.

BANDA, IX 14; X 133, arquipélago, nas Molucas conhecido pela produção de noz-moscada.

BARBARIA, V 6; VII 24; VIII 38, região da África do Norte.

BARBORÁ, X 50, cidade da África Oriental, na atual Somália.

BARÉM, X 41, 102, arquipélago do Golfo Pérsico, famoso pela produção de pérolas e aljôfar.

BATICALÁ, X 66, cidade indiana, na costa do Malabar, destruída e saqueada por Martim Afonso de Sousa.

BEADALA, X 65, 66, cidade indiana, a nordeste de Tuticorim.

BEATRIZ, IV 7, filha de D. Fernando, Rei de Portugal e de D. Leonor Teles; casada com D. João I, Rei de Castela.

BEJA, III 64, 76, 85, cidade portuguesa, situada no Alentejo.

BELÉM, X 12, povoação na margem direita do Tejo, nos arredores de Lisboa.

BELISÁRIO, X 22, general de Justiniano, no tempo do Império Bizantino. Segundo a tradição, ficou cego no fim da vida e, embora tenha prestado os maiores serviços ao Império, ficou reduzido à mendicidade.

BELONA, VIII 27, deusa da guerra.

BENGALA, VII 20; X 121, província da Índia.

BENJAMIM, III 140, último filho de Jacó, que chefiava uma das doze tribos de Israel. Alguns membros desta tribo abusaram de uma mulher da de Levi, o que levou todas as outras tribos a unirem-se, chacinando os benjaminitas.

BENOMOTAPA, X 93, Império africano que abrangia a região onde hoje se acham Manica e Sofala.

BERBERIA, V BARBARIA.

BÉTICA, IV 46, divisão da antiga Espanha que corresponde mais ou menos à atual Andaluzia.

BÉTIS, III 19, o mesmo que BÉTICA; III 60, 85, nome antigo do atual Rio Guadalquivir.

BÍBLI, (Biblis) IX 34, filha de Mileto e de Ciane. Apaixonou-se por seu irmão Cauno e foi metamorfoseada em fonte.

BINTÃO, X 57, ilha no Estreito de Singapura, ao sul de Malaca.

BIPUR, X 14, reino da costa do Malabar.

BISCAINHO, IV 11, gentílico (da Biscaia, província da Espanha).

BIZÂNCIO, III 12; VII 12, antigo nome de Constantinopla.

BOA ESPERANÇA (CABO DA), IX 16, V. AUSTRINA.

BOÊMIOS, III 11, gentílico (da Boêmia, hoje província da Tchecoslováquia).

BOLONHÊS, III 94, o "Conde Bolonhês" é D. Afonso III, que viveu em França e era casado com D. Matilde de Bolonha.

BONS SINAIS (RIO DOS), V 78, atual Rio Quelimane.

BOOTES, III 71, constelação do Boieiro.

BÓREAS, I 35; III 49; V 9; VI 31, 76, 88, 89, vento norte.

BORNÉU, X 133, ilha do Arquipélago de Sunda. É a segunda ilha do mundo em tamanho (depois da Austrália).

BRAMÁS, X 126, povo da Índia.

BRASIL, X 63, a propósito de Martim Afonso de Sousa, que foi para a Índia depois de se ter ilustrado como fundador de S. Vicente, refere-se Camões ao Brasil, e é a única vez que usa este onomástico. Noutro passo (X 140) chama-lhe Santa Cruz.

BRAVA, X 39, cidade africana, a norte de Melinde.

BRETANHA, III 58, a Inglaterra.

BRIAREU, VII 48, gigante, filho do Céu e da Terra, que tinha cinqüenta cabeças e cem braços.

Brigo, IV 8, Rei da Hispânia (lendário). O próprio Camões põe a sua existência em dúvida ao dizer, no verso seguinte, "se foi"...

Brússio, III 10, gentílico (da Brússia ou Prússia).

Busíris, II 62, Rei do Egito, que sacrificava os hóspedes a Júpiter.

Cadmo, VII 9, fundador lendário de Tebas. Matou um dragão, que devorara os seus companheiros, arrancou-lhe os dentes e semeou-os, por ordem de Minerva. Destes nasceram homens armados, que se mataram uns aos outros, com exceção de cinco.

Cães, X 88, constelações, do hemisfério austral e do boreal, o Cão Maior e o Cão Menor. Noutros passos, usa Camões o epíteto para qualificar os infiéis, os mouros, numa conotação ofensiva que devemos inserir no contexto passional dos conflitos religiosos da época.

Calaiate, X 41, cidade na costa sudoeste da Arábia.

Calatrava, IV 40. Ordem de Cavalaria fundada por D. Sancho III, Rei de Castela. Neste passo, o Mestre da Calatrava é D. Pedro Álvares Pereira.

Calecu, II 52; VI 92; VII 16, 22, 35; IX 10, X 14, 35, 64, cidade na costa ocidental da Índia, a primeira em que Vasco da Gama desembarcou, em 20 de maio de 1498.

Calíope, III 1; V 99; X 8, musa da poesia épica e da eloqüência, mãe de Orfeu.

Calipso, V 89, ninfa da Ilha de Ogígia. Apaixonada por Ulisses, impediu-o, durante sete anos, de voltar à pátria.

Calisto, I 51; V 13; X 139, ninfa, que Júpiter amou e de quem teve um filho, Árcade. Juno, por ciúmes, transformou-os, à ninfa e ao filho, em ursos, que Júpiter colocou no céu: Calisto é a constelação da Ursa Maior e Árcade, a da Ursa Menor.

Cáliz, IV 57, Cádiz, cidade espanhola (Andaluzia)

Calpe, III 23, antigo nome do Promontório de Gibraltar.

Cambaia, VII 21; X 29, 34, 72, 106, reino e cidade da Índia.

Cambaico, X 32, 60, 64, gentílico (de Cambaia).

Cambalão, X 13, estreito entre a ilha do mesmo nome e Cochim, na Índia.

Camboja, X 127, reino da Indochina.

Camenas, V 63, VII 85, ninfas, mais tarde identificadas com as musas, inspiradoras da poesia bucólica.

Campaspe, X 48, cortesã grega, amante de Alexandre Magno. O pintor Apeles apaixonou-se por ela e Alexandre não se opôs a este amor.

Cânace, VII 79, filha de Éolo. Manteve relações com seu irmão Macaréu. O pai intimou-a a matar-se com uma espada que lhe mandou. Camões alude neste passo à morte de Cânace que, antes de se suicidar, escreveu uma carta ao seu amante, enquanto com a outra mão segurava a espada.

Cananor, II 52, VII 35, X 14, cidade da Índia.

Canará, VII 21, reino da Índia, ao sul do Decão.

Canárias, V 8.

Canas, IV 20, cidade da Apúlia, perto da qual Aníbal venceu o exército romano.

Cancro, III 6, o Trópico de Câncer, no hemisfério setentrional.

Candace, X 52, Rainha da Etiópia.

Canto, VII 7; v. Igreja.

Canúsio, IV 20, lugar da Apúlia, para onde fugiram os sobreviventes do exército romano derrotado por Aníbal em Canas.

Caos, VI 10, divindade primitiva, representando o estado de vácuo anterior à formação do mundo.

Capadoces, III 72, gentílico (da Capadócia, na Ásia Menor).

Caríbdis, II 45, VI 82, monstro transformado por Júpiter em sorvedouro no estreito de Messina. Simboliza (juntamente com Cila) os perigos que as naus enfrentam no mar.

Carlos Magno, I 13; VII 7, Rei dos Francos e Imperador do Ocidente.

Carlos o Calvo, X 49, Rei de França (século IX).

Carmânia, IV 65; X 105, região da Pérsia (atual Quirman).

Carneiro, VIII 67, constelação do hemisfério boreal e um dos doze signos do Zodíaco, correspondente ao período entre 21 de março e 21 de abril. Camões refere-se neste passo aos habitantes da zona equatorial, pois a constelação do Carneiro corta o Equador num ponto.

Carpela, X 105, nome antigo do cabo à entrada de Ormuz, que no tempo de Camões se chamava Jasque.

Carreta, X 88, constelação da Ursa Maior.

Cartago, X 8, cidade da África do Norte, fundada, segundo a lenda, por Dido. Camões refere-se-lhe neste ponto porque Iopas, o cantor de que Virgílio fala a propósito do banquete oferecido a Enéias por Dido, era cartaginês.

Cáspia Serra, III 23, Cáspios Montes, VII 12, as montanhas do Cáucaso.

Cáspio, I 60, mar interior entre a Europa e a Ásia. "Os aposentos Cáspios" são a região banhada pelo Mar Cáspio, donde partiram os turcos para a conquista da Europa.

Cassiopéia, X 88, constelação, perto do pólo norte, que se acha sempre em oposição à Grande Ursa.

Castel Branco, X 101, D. Pedro de Castelo Branco, Capitão de Ormuz, na Índia.

Castela, III 19, 37, 99, 105, 108; IV 6, 7, 42, 57; VI 47, 56; VII 29; VIII 25, 27, 29; X 139, no contexto de *Os Lusíadas*, um dos Reinos (o principal) da Espanha, tradicional adversário de Portugal.

Castelhano, I 25; III 25, 99, 112, 114, 138; IV 24, 28, 41, 47; VIII 14, 34, 35, gentílico (de Castela, e por extensão (dado que, por vezes, Castela é epônimo de Espanha) espanhol); III 19, "o grande e raro Castelhano": o Rei Fernando V de Castela; IV 7, "o Castelhano ... que o Reino pede": D. João I de Castela, marido de D. Beatriz, filha do Rei de Portugal, D. Fernando; III 34, 36, 37, "o soberbo castelhano" Afonso VII de Leão e Castela, sobrinho de D. Teresa; III 101, "o Rei sublime castelhano": Afonso XI, casado com D. Maria, filha de Afonso IV de Portugal; VIII, 22, "um castelhano que, agravado...": D. Pedro Fernandes de Castro que invadiu Portugal, tomou Tomar e Abrantes, graças à aliança com os mouros. Foi depois derrotado pelo português Martim Lopes.

Castro (D. João de), I 14; X 67, 69, Vice-Rei da Índia (1500-1548), uma das figuras dominantes da luta dos portugueses na Índia.

Caterina (Santa), X 43, 99, padroeira de Goa, na Índia. Esta cidade foi retomada por Afonso de Albuquerque em 1510, no dia 25 de novembro (dia de Santa Catarina de Alexandria).

Catigão, X 121, cidade e porto de Bengala, na foz do Ganges (atual Chitagong).

Catilina, IV 33, patrício romano que fomentou uma conspiração contra o Senado. Foi denunciado por Cícero no ano 63 A. C.

Catual, VII 44, 46, 55, 66; VIII 1, 43, 81, 83, 86, 94, autoridade civil e religiosa dos Malabares.

Cauchichina, X 129, Cochinchina.

Caudinas (Forcas), VIII 15, símbolo de humilhação: desfiladeiro junto de Cáudio onde dois cônsules romanos vencidos pelos samnitas foram obrigados a passar sob o jugo (em 321 AC).

Cefísia, IX 60, "a flor Cefísia": o narciso (de Cefísio, pai de Narciso).

Ceilão, VII 19; IX 14; X 107, 136, grande ilha ao sul da Índia, da qual está separada pelo Estreito de Palk.

Ceita (Ceuta), IV 34, 49, 52; VIII 37, cidade marroquina, que pertenceu aos portugueses.

Celo, VI 21; IX 85, o Céu, aqui tomado como divindade, pai de Tétis.

Centimano, V 51, v. Briareu.

Ceres, III 62; IV 27; VIII 32; IX 91, filha de Saturno e de Cibele, deusa da agricultura, das colheitas, da civilização agrária.

César, I 13; IV 59; V 95, 96; VIII 12, general e imperador romano (100-44 AC).

Cesáreo, I 7, imperial, herdeiro dos imperadores romanos; III 16, de César.

Ceva, X 30, centurião do exército de César, na batalha contra Pompeu, célebre pelo heroísmo.

Chale, VII 35; X 61, povoação, a duas léguas de Calecu, onde os portugueses construíram uma fortaleza.

Champá, X 129, antigo reino, junto do Camboja e da Cochinchina.

Chaul, X 29, 60, cidade situada ao sul de Bombaim, na costa ocidental da Índia.

Chiamai, X 125, no tempo de Camões supunha-se que o Rio Menão nascesse no Lago Chiamai. Há uma cidade com este nome na China (atual Chieng-Mai), na margem do referido rio, mas não existe lago assim chamado.

China, VII 41; X 129, 131.

China, II 54, gentílico (por chinês).

Cibele, IX 57, filha do Céu, esposa de Saturno, mãe de Júpiter, Netuno e Plutão. O "pinheiro de Cibele" simboliza Átis, pastor por quem a Deusa se apaixonou e que a enganou com uma ninfa, sendo então, por vingança de Cibele, transformado nesta árvore.

CÍCERO, V 96, escritor e orador romano (106-43 AC).
CICLOPAS, II 90, gigantes que tinham um olho só, no meio da testa, e fabricavam os raios para Júpiter.
CÍCONES, V 88, povo da Trácia que lutou contra Ulisses e seus companheiros.
CILA, II 45; VI 24, 82, filha de Crateis, transformada em monstro. (V. CARÍBDIS); filha de Niso, Rei de Mégara que para agradar ao amante contribuiu para a morte do próprio pai, III 32.
CILENEU, II 57, 71 nome dado a Mercúrio (que nasceu no Monte Cilene, na Arcádia). Camões representa-o com os atributos que lhe são peculiares: as asas nos pés, a vara (o caduceu) com que tangia as almas e fechava os olhos aos moribundos e o capacete (o galero).
CILÍCIOS, III 72, habitantes da Cilícia (na Ásia Menor).
CINÍFIO, VII 7, rio da Tripolitânia, atual Quaam.
CINIRAS, IX 60; X 135, "filho e neto de Ciniras": Adônis, pois Ciniras, Rei de Chipre, cometera incesto com sua filha Mirra.
CINIRÉIA, IX 34, também conhecida pelos nomes de Smirna e de Mirra. Filha de Ciniras, Rei de Chipre, cometeu incesto com o próprio pai.
CINOSURA, X 88, 125, constelação da Ursa Menor.
CIPIÃO, V 95, 96, Cipião Emiliano, que, diz a tradição, colaborou nas peças de Terêncio; VIII 32, Públio Cornélio Cipião, vencedor de Aníbal.
CÍPRIA, IX 18, 43, "a deusa Cípria" é Vênus, porque era adorada em Chipre.
CIPRO, V 5, Chipre, ilha do Mediterrâneo Oriental, cuja beleza foi muito cantada pelos poetas gregos clássicos.
CIRCE, V 88; VI 24, filha do Sol, feiticeira que desempenha papel importante na *Odisséia* de Homero. Para reter Ulisses junto dela transformou seus companheiros em porcos. Também metamorfoseou em monstro a ninfa Cila, que mais tarde personificou o famoso rochedo da Sicília que constituía, com Caríbdis, grande perigo para a navegação.
CIRO, X 48, fundador do Império Persa (séc. IV AC).
CISNE, X 88, constelação do hemisfério boreal.
CITAS, III 9, gentílico (da Cítia).
CITERA, I 100, V 5, (hoje Cérigo) na Antiguidade Clássica, ilha dedicada a Vênus. Na linguagem clássica, Citera é a pátria alegórica dos amores.
CITERÉIA, I 34; IX 53, 57, de Vênus.
CÍTIA, III 128; VII 12, região asiática, de clima muito frio.
CÍTICO, II 53; III 60, 73, da Cítia.
CLEONEU, IV 80, gentílico (de Cleona, lugar do Vale de Neméia onde Hércules, num dos seus doze trabalhos, estrangulou um leão).
CLEOPATRA (CLEÓPATRA), III 141, Rainha do Egito, célebre pelo espírito e pela beleza, que foi amante de César e de Marco Antônio.
CLÍCIE, III 1, ninfa apaixonada por Apolo (Deus do Sol). Para poder acompanhá-lo sempre, transformou-se em girassol.
CLIMENE, (ou Clímene) V 7, mãe de Fáeton.
CLÓRIS, IX 62, ou Flora, deusa da primavera e das flores.

Cloto, II 20, Cloto, aqui apresentada como Nereida, é na realidade uma das Parcas. Segundo Epifânio da Silva Dias, Camões confundiu Cloto com Doto, que é realmente uma nereida, porque assim vinha erradamente numa edição da *Eneida* corrente no seu tempo.

Cochim, II 52; VII 35; X 13, cidade indiana, situada na costa do Malabar.

Cocito, III 117, um dos rios do Inferno.

Cocles (Horácio), X 21, guerreiro romano (ou "ausônio" como diz Camões) que defendeu sozinho uma ponte, no Tibre, atacada pelos etruscos.

Codro, IV 53, último Rei de Atenas. Sacrificou-se pela pátria, deixando-se matar pelos dórios, para cumprir um oráculo.

Coelho (Nicolau), IV 82; V 32; VI 75; VII 77; VIII 88, um dos companheiros de Vasco da Gama, comandante da caravela *Bérrio*. Fez parte, também, da armada que descobriu o Brasil.

Coimbra, III 97, o exercício, em Coimbra, do "valeroso ofício de Minerva", de que fala Camões, é a instalação nesta cidade dos Estudos Gerais, base da futura Universidade.

Colcos, III 72; V 28, gentílico (naturais da Cólquida, região da Ásia onde os Argonautas foram buscar o velocino de ouro).

Colofônia, V 87, cidade da Lídia, na Ásia Menor.

Columbo, X 51, cidade e porto da Ilha de Ceilão (atual Colombo).

Comori e Comorim, X 65, 107, cabo, ao sul da Índia.

Conca, IV 10, serra espanhola, na Castela a Nova.

Congo, V 13, região da África Ocidental descoberta por Diogo Cão em 1484.

Constantino, I 60, Constantino Dragades, último Imperador de Bizâncio, que morreu em 1453 defendendo a cidade contra Maomé II; III 12, Constantino Magno, Imperador romano, que estabeleceu definitivamente o cristianismo como religião oficial do Império. O seu nome associa-se geralmente à idéia de proteção zelosa ao cristianismo.

Córdova, VIII 24, cidade espanhola, antiga capital da dinastia árabe dos Omíadas.

Cori, X 107, nome do Cabo Comorim, na geografia ptolemaica.

Coriolano, IV 33, general romano (século V AC) que, depois de ter prestado grandes serviços a Roma, se aliou aos inimigos de sua pátria.

Cornélio, IV 20, Públio Cornélio Cipião, o Africano, que venceu Aníbal em Zama.

Corvino, VI 68, Marco Valério, assim chamado porque um corvo o auxiliou, num combate que travou com um gaulês, em 349 AC.

Coulão, VII 35, cidade da costa do Malabar.

Coulete, X 55, cidade da costa do Malabar, no Reino de Calecu.

Cranganor, VII 35, fortaleza da região de Cochim, na costa do Malabar.

Credulidade (deusa), IX 45, divindade romana, que Camões apresenta neste passo como acompanhante da Fama.

CRISTIANÍSSIMO, I 7; VII 6, epíteto atribuído desde o século XIV aos reis de França.

CRISTO, I 7, 63, 102; II 6, 14; III 87, 109; IV 48, 62, 100; V 13; VII 3, 5, 10, 15; VIII 18; IX 15; X 95, 108, 111, 112, 117.

CRISTÓVÃO (DA GAMA), X 96, filho de Vasco da Gama. Foi aprisionado e degolado pelo xeque de Zeila.

CUAMA, X 93, rio da África, atual Zambeze.

CUNHA, X 39, Tristão da Cunha, navegador português, descobridor das ilhas que têm o seu nome. Foi na armada de Tristão da Cunha que Afonso de Albuquerque seguiu para a Índia; X 61, Nuno da Cunha, filho do anterior, Governador da Índia, entre 1529 e 1538.

CUPIDO, II 42; IX 23, 36, 44, deus do Amor, filho de Mercúrio e de Vênus.

CÚRCIO, IV 53, Marco Cúrcio sacrificou-se por Roma, lançando-se, a cavalo, num abismo que os oráculos haviam anunciado que só se fecharia quando recebesse no seu seio o que o povo romano tivesse de mais precioso – neste caso a coragem de um soldado.

CUTIALE, X 59, chefe da armada muçulmana derrotada por Lopo Vaz de Sampaio em 1528.

DABUL, X 34, 72, povoação ao sul de Chaul, na Cambaia.

DAFNE, III 1; IX 56, ninfa que, ao ser perseguida por Apolo, invocou a Terra sua mãe, e foi metamorfoseada em loureiro.

DÁLMATAS, III 14, gentílico (da Dalmácia, região da península balcânica, ao longo do Adriático).

DAMÃO, X 63, cidade na costa ocidental da Índia, ocupada pelos portugueses em 1534.

DAMASCENO, III 9, gentílico (de Damasco, onde se localizaria o Paraíso terrestre).

DANO, III 10, dinamarquês.

DANÚBIO, III 11.

DARDÂNIA, III 57; VI 19, antigo nome de Tróia. O deus que fez os muros de Dardânia é Netuno.

DÁRIO (Dario), X 21 Rei da Pérsia (entre 521 e 485 AC), foi vencido por Milcíades, na batalha da Maratona.

DAVI, I 71; III 140, Rei e profeta, segundo Rei de Israel (entre 1055 e 1014 AC), vencedor do gigante Golias. Cometeu adultério com Betsabé, mulher de Urias.

DECANIS, VII 20, gentílico (do Decão, na Índia).

DÉCIOS, IV 53, nome de três romanos (pai, filho e neto) que em três batalhas se sacrificaram para dar a vitória aos exércitos de Roma.

DEDÁLEO, VII 51, a "dedálea faculdade" de que fala Camões é a arquitetura (do nome de Dédalo, construtor do labirinto de Creta).

DÉLIO, V 91; VII 67, um dos nomes de Apolo (por possuir um templo em Delos).

DELIIS, VII 20, gentílico (de Deli, na Índia).

DELOS, IX 53, a menor das Ilhas Cíclades, onde se achava o mais importante templo de Apolo. A tradição assevera que esta ilha era flutuante até que Latona nela se instalou para dar à luz Apolo.

DEMODOCO, (ou Demódoco), X 8, aedo que Homero apresenta, na *Odisséia*, cantando as proezas do Rei de Ítaca, em presença de Ulisses.

DESERTA (ARÁBIA), IV 63, uma das três divisões da Arábia. (As outras duas são a Feliz e a Pétrea).

DIANA, II 35, 113; IX 26, 91; deusa da caça, dos bosques, filha de Júpiter e de Latona, irmã de Apolo. Surpreendida no banho por Acteon transformou-o em cervo e fez com que os seus próprios cães o devorassem; X 89, Diana neste passo representa a Lua, pois a deusa dispunha de três personalidades: na Terra era Diana, no Inferno, Hécate e no Céu, Febe ou a Lua.

DINA, III 140, filha de Jacó e de Lia. Seus irmãos Simão e Levi mataram Siquém, que a violentara.

DINIS, III 96; IV 17, sexto Rei de Portugal (1272-1325).

DIO, II 50; X 35, 60, 61, 62, 64, 67, cidade da Índia, no Golfo de Omã, Península de Guzarate. Era uma das fortalezas portuguesas na Índia e sofreu dois cercos, em 1538 e 1547.

DIOGO (DIAS), VIII 94, membro da expedição de Vasco da Gama.

DIOMEDES, II 62, Rei da Trácia, célebre pela sua crueldade. Conta a tradição que alimentava seus cavalos com carne humana.

DIONE, II 21, 33; IX 36, ninfa, filha de Urano e da Terra ou, para outros, do Oceano e de Tétis. Para Camões parece ser a própria Vênus.

DITE, IV 80, "os campos de Dite" são o Inferno.

DÓFAR, X 101, cidade na costa sul da Arábia.

DÓRCADAS, V 11, pelo contexto, parece que estas ilhas se localizam no Arquipélago de Bijagós. Existem entretanto as Dórcadas, ou Górgodas, ilhas fabulosas, habitadas pelas Górgonas.

DÓRIS, I 31; V 53, 55; VI 20, filha do Oceano e de Tétis. Casada com Nereu, teve cinqüenta filhas (as nereidas).

DOURO, IV 28; VI 53, 54; VIII 3.

DOZE PARES, I 12, os doze heróis das *Chansons de Geste*, paladinos de Carlos Magno.

DRAGO, X 88, constelação do hemisfério boreal, composta de 80 estrelas.

DUARTE, IV 51, décimo primeiro Rei de Portugal.

EBORENSE, III 107, gentílico (de Évora, cidade portuguesa, situada no Alentejo).

EFIRE, IX 76, ninfa da Ilha dos Amores, filha de Tétis e de Nereu.

EGAS, I 12; III 35, 36, 37, 40; VIII 13, Egas Moniz: aio de D. Afonso Henriques. Quando Afonso VII de Castela cercou Guimarães, Egas Moniz conseguiu que o cerco fosse levantado, comprometendo-se, sob palavra de honra, a levar seu senhor a aceitar as condições do castelhano. Como Afonso Henriques não quis cumprir o prometido, Egas apresentou-se ao rei, com a mulher e os filhos, já de corda ao pescoço, disposto a pagar com a vida o desrespeito à palavra dada.

EGEU, V 51, um dos gigantes, filhos da Terra, que tentaram escalar o Céu e expulsar Júpiter.

EGÍPCIO, II 53; III 9; IX 2; X 3, 43, "a Egípcia linda e não pudica": Cleópatra.

EGITO, IV 62; X 29, 37, 98.

ELÍSIO; VIII 3, o Campo Elísio, era o céu, lugar onde repousavam os heróis e as almas virtuosas. Camões situa-o, neste passo, na Península Ibérica, talvez por aproximação fonética com Lisa (ou Luso), de que fala na estância anterior.

ELVAS, III 62; VIII 34, cidade portuguesa, situada no Alentejo.

EMANUEL, V. Manuel.

EMÁTIO, III 73, "o campo Emátio" é uma província da antiga Macedônia, onde "o famoso Pompeio" foi derrotado por César.

EMÓDIO, VII 17, cadeia montanhosa da Ásia (Himalaia)

EMPÍREO, X 81, a parte mais elevada do Céu, habitada pelos deuses.

ENCÉLADO, V 51, um dos gigantes, filhos da Terra, que tentaram escalar o Céu e expulsar Júpiter.

ENÉIAS, I 12; II 45; III 106; V 86, 94, 98; IX 91, príncipe troiano, filho de Vênus e de Anquises, herói da *Eneida* de Virgílio.

ENÍOCOS, III 72, povo que vivia ao norte do Cáucaso.

EOLO (ou Éolo), II 105; III 8; V 15; VI 35, deus dos Ventos, filho de Júpiter e da ninfa Menalipe.

EÔO, VI 38; VIII 84, oriental.

EPICURÉIA, VII 75, de Epicuro, filósofo grego, a cuja doutrina se liga vulgarmente a idéia de gozo dos prazeres dos sentidos, principalmente dos da mesa.

ERICINA, II 18; IX 66, sobrenome de Vênus (por ter um templo no cimo do Monte Érix, na Sicília).

ERIMANTO, IV 80, monte, na Arcádia, onde vivia um porco (javali) monstruoso, que Hércules conseguiu capturar vivo (é o terceiro trabalho do herói).

ERÍNIS, VI 43, uma das Fúrias. Camões parece confundi-la com Éris, que personificava a Discórdia e era, tal como Erínis, um gênio feminino alado. Foi Éris quem lançou o pomo de ouro que se destinava à mais bela das deusas e que provocou a guerra de Tróia.

ERITREU, IV 63; VI 81; IX 2; X 52, o Mar Vermelho.

ESCANDINÁVIA, III 10, a "Escandinávia ilha" é afinal uma península: a atual Suécia.

ESPANHA, I 31; III 17, 19, 23, 103; IV 49, 53, 61; VI 56; VII 68, 71; VIII 26, 45.

ESPANHOL, V 9.

ESPERANÇA BOA, v. Boa Esperança.

ESTÊVÃO (DA GAMA), X 63, segundo filho de Vasco da Gama, Governador da Índia, entre 1540 e 1542.

ESTIGE, IV 80, rio ou lago do Inferno.

ESTÍGIO, IV 40; VIII 11, do Estige.

ESTRABO, V 50, geógrafo grego (nasceu provavelmente no ano 58 AC e morreu entre 21 e 25 DC).

ESTREMADURA, III 61, província portuguesa.

ETÍOPE, V 32, 62, 76.

Etiópia, I 43; IV 62, 101; V 6; VII 61, nome que os antigos davam à parte da África que fica ao sul do Egito. Camões também lhe chama Abássia.

Etiópico, I 42.

Etna, VI 13.

Eufrates, IV 64; X 102.

Eurídice, VII 29, ninfa que casou com Orfeu e foi mordida mortalmente por uma serpente, no dia das núpcias. Orfeu desceu aos infernos para buscá-la, "tocando a lira de ouro".

Euristeu, IV 80, Rei de Micenas que impôs os doze trabalhos a Hércules.

Europa, I 64; II 80; III 6, 17, 20; VII 12; VIII 5; X 92. II 72, filha de Agenor, Rei da Fenícia, raptada por Júpiter, metamorfoseado em touro.

Europeu, VI 1.

Euxínio, IV 83, o atual Mar Negro.

Évora, IV 3, cidade portuguesa, situada no Alentejo.

Fado, I 24, 28, 31, 74, 75; II 43; VI 33; IX 86, a Fatalidade, o Destino.

Fáeton (ou Faetonte), I 46, 49, filho de Apolo e de Clímene que, guiando um dia desastradamente o carro do Sol, seu pai, o aproximou demais da Terra, queimando-a. É esta a explicação mitológica para a cor negra dos habitantes da África. O carro caiu no Rio Erídano que por isso ficou famoso (V. IV 104).

Faetontéia, IX 43, a "faetontéia morte" é a morte de Fáeton, chorada por Cicno, Rei da Ligúria, que os deuses metamorfosearam em cisne. Apolo dotou Cicno de uma voz melodiosa, o que explica a lenda do "canto do cisne".

Fálaris, III 93, tirano de Agrigento, na Sicília, símbolo de crueldade. Fálaris mandou construir um touro de bronze e, depois de meter nele as suas vítimas, punha-o no fogo. Os lamentos dos torturados saíam pela boca do animal à maneira de mugidos. (V. III, 39).

Falerno, X 4, famoso vinho da Campânia, cantado pelos poetas latinos.

Fama, II 58, 103; VIII 11; IX 45, 90, 92; X 19, divindade. Ovídio descreve-a vivendo nos confins da Terra, do Céu e do Mar, num palácio com mil janelas, onde penetram todos os rumores, mesmo os mais baixos. Deste palácio, todo em bronze, saem amplificadas todas as palavras que nele entram.

Faraó, III 140, título dos antigos soberanos egípcios.

Fartaque, X 100, cabo e cidade da Arábia meridional.

Fásis, III 71, rio da Cólquida (atual Rion).

Favônio, X 1, um dos ventos, o mesmo que Zéfiro.

Feaces, X 8, povo da Antiguidade, governado pelo Rei Alcino, e visitado por Ulisses quando voltava de Tróia para Ítaca.

Febe, VI 18, a Lua.

Febéia (Luz), II 72, a luz do Sol (Febo).

Febo, I 4, 56; III 20; IV 75; IX 53, 74, 91; X 86, 87, Apolo, ou o Sol.

FERNANDO, Nono Rei de Portugal, (O Formoso) III 138, 143; IV 1, 2, 7, 17; Fernán González, conde castelhano que, no século XI, lutou, juntamente com o Cid, pela independência de Castela, IV 8; Fernando, o Católico, Rei de Aragão, IV 57; o Infante Santo, filho de D. João I, IV 52; Fernando de Castro, filho de D. João de Castro, Vice-Rei da Índia, X 70.

FERNÃO MARTINS, V 77, intérprete (para a língua árabe) da expedição de Vasco da Gama.

FERNÃO VELOSO, V 30, 31, 32, 34, 35; VI 41, 42, 69; IX 69, personagem da epopéia de Camões, participante da expedição de Vasco da Gama.

FILIPE DE MENESES, X 104, Capitão de Ormuz, que venceu os persas de Lara.

FILÍPICOS CAMPOS, IV 59, referência ao lugar da Macedônia (Filipos) onde Brutus venceu Otaviano, mas Cássio foi derrotado por Antônio.

FILIPO, I 75; VII 54, pai de Alexandre Magno.

FILOMELA, IX 63, uma das duas filhas de Pandion, Rei de Atenas. Foi metamorfoseada pelos deuses em rouxinol.

FLANDRES, V. **FRANDES**.

FLEGON, V 61, um dos quatro cavalos que puxavam o carro do Sol. (Os outros três são Piróis, Eôo e Eton).

FLORA, II 72; IX 40, 61, divindade da Primavera e das Flores. Segundo Ovídio, casada com Zéfiro, deus do Vento.

FORMIÃO, X 153, filósofo grego que discorreu um dia, de forma disparatada, sobre a arte militar, perante Aníbal.

FORTUNA, I 32, 44; II 98; VI 15, divindade clássica que representa a sorte.

FORTUNADAS (ILHAS), V 8, antigo nome das Ilhas Canárias.

FRANÇA, IV 61; V 96; VI 56; VIII 26.

FRANCÊS, II 97; IV 24; VI 68; X 63.

FRANCISCO (DE ALMEIDA), X 34, Vice-Rei da Índia.

FRANDES, VI 56, 68; X 49, região histórica, que compreendia todo o território entre o baixo Escalda, o Mar do Norte, o Artois, o Hainaut e o Brabante.

FREDERICO (BARBA ROXA), III 87, Imperador da Alemanha entre 1152 e 1190). Partiu para o Oriente na terceira Cruzada.

FRÍCIO, I 98, gentílico da Frígia, região onde ficava Tróia.

FUAS (DOM), I 12; VIII 17, Dom Fuas Roupinho, que venceu os mouros em Porto de Mós e foi morto numa batalha naval, quando regressava de Ceuta.

FÚLVIA, V 95, mulher de Marco Antônio.

GABELO, V 78, o "guiador de Tobias a Gabelo" é São Rafael Arcanjo que levou Tobias (o filho) através de muitos perigos, a casa do ninivita Gabelo, que devia certa importância a Tobias (o pai).

GADITANO, II 55, de Gades (atual Cádiz). O "mar gaditano" é o Oceano Atlântico onde fica esta cidade espanhola.

GALATÉIA, VI 90, nereida amada por Polifemo, mas que ao Ciclope preferiu o pastor Ácis. Aqui, Camões apresenta Noto, um dos ventos, também apaixonado por Galatéia, o que serve aos interesses dos portugueses.

Galego, III 19; IV 10; VIII 9, gentílico (da Galiza, região do norte da Espanha).

Gália, III 16; VI 56, região histórica que corresponde mais ou menos à França.

Galo, X 152, gentílico (da Gália, francês); VII 6, o "galo indigno" é o Rei de França, Francisco I, que se aliou com o maometano Solimão II contra o católico Carlos V.

Gama, Vasco da Gama, o herói da epopéia, I 12, 44, 84; II 16, 29, 70, 97, 103, 107; III 1, 3; V 94, 99; VI 80, 93; VII 44, 46, 58, 59, 66, 73; VIII 56, 64, 76, 77, 80, 82, 84, 86, 88, 92; IX 5, 7, 8; X 3, 10, 75; Paulo da Gama, irmão de Vasco da Gama, e seu companheiro na expedição, IV 81; VI 75; VII 73, 77; VIII 1, 6, 11, 43; Estêvão da Gama, segundo filho de Vasco da Gama, Governador da Índia entre 1540 e 1542, X 63.

Gambéia, V 10, rio da África (atual Gâmbia).

Ganges ou (Gange), IV 74; VI 92; VII 1, 17, 20; X 33, 105, 118, 120, 121, rio sagrado da Índia.

Gangético, II 55; VII 19, 54; VIII 78; X 120, do Ganges.

Garuna, III 16, nome latino do rio francês Garonne, que nasce nos Pirenéus e vai desaguar no Atlântico.

Gate, VII 22, cordilheira da Índia.

Gedrosia, IV 65, região da Pérsia, a leste da Carmânia.

Gelanda, VII 61, Zelândia, província da Holanda.

Georgianos, VII 13, gentílicos (da Geórgia, na Transcaucásia).

Germânia, VIII 37, a Alemanha, onde o Infante D. Pedro deixou "fama ilustre".

Germano, III 88; VI 69; VIII 18.

Gerum, X 41, 103, ilha onde fica situada Ormuz.

Gidá, IX 3; X 50, 99, outro nome de Judá, cidade e porto no Mar Vermelho.

Giganteia, IX 44, a deusa Giganteia é a Fama, segunda filha da Terra, irmã dos Gigantes.

Gigantes, II 112; V 53, 61; VI 13, 78, Titãs, os seis filhos da Terra, que tentaram atingir o Olimpo, mas foram derrotados por Júpiter, que os soterrou debaixo dos montes que eles haviam utilizado para a escalada.

Gil Fernandes, VIII 34, cavaleiro português, de Elvas, partidário do Mestre de Avis; Paio Rodrigues Marinho, alcaide de Campo Maior que se bandeou para os castelhanos, aprisionou-o, soltando-o mediante o pagamento do resgate de 2 000 dobras. Mais tarde, Gil Fernandes venceu Paio Rodrigues Marinho, que foi degolado por um escudeiro.

Giraldo, III 63; VIII 21, Giraldo Sem Pavor, herói português na luta contra os mouros, que em 1166 ajudou o fundador da nacionalidade tomando sozinho a cidade de Elvas.

Glafira (ou Gláfira), V 95, mulher do Sumo Sacerdote Arquelau, da Capadócia, e (segundo Camões neste passo) amante de Marco

Antônio. Há controvérsia entre os camonistas quanto à identidade desta Glafira.

GNIDO, V 5, cidade da Grécia, na Cária, onde existia um templo de Vênus.

GOA, II 51; X 42, cidade da Índia, tomada pela primeira vez por Afonso de Albuquerque em 1510 e, depois de várias vicissitudes, sede da ocupação portuguesa.

GONÇALO (DA SILVEIRA), X 93, missionário jesuíta, que sofreu o martírio na África, no Império do Monomotapa, em Moçambique.

GONÇALO RIBEIRO, VIII 27, cavaleiro português que se imortalizou num torneio em Leão (passou a "não temer a lei letéia").

GOTFREDO, III 27, Godofredo de Bulhões, que organizou e dirigiu a primeira Cruzada.

GÓTICO, III 100 a "gótica gente": os godos, bárbaros germânicos.

GRANADA, III 19, 100, 112, cidade da Espanha, na Andaluzia; foi capital de um pequeno estado árabe, até 1492.

GRANADIL, III 114, gentílico (de Granada).

GRÉCIA, III 13; VII 54; X 19.

GREGO, I 3, 24; II 44; III 7; V 97; VI 19; VII 13, 77; X 60.

GUADALQUIBIR, IV 9, rio espanhol, que atravessa a Andaluzia e vai desaguar no Atlântico.

GUADIANA, IV 28; VII 70; VIII 3, 29, rio português e espanhol que em parte do seu curso delimita a fronteira entre os dois países.

GUARDAFU, X 97, cabo da África Oriental.

GUÉUS, X 126, povo asiático (do Sião) que, segundo Camões, praticava a antropofagia e a tatuagem.

GUIDO (DE LUSIGNAN), III 87, Rei de Jerusalém, e mais tarde de Chipre, aprisionado por Saladino na batalha de Tiberíades, em 1187; Guido entregou-se atormentado pela sede.

GUIMARÃES, III 31, 35, cidade portuguesa, "berço da nacionalidade".

GUIPÚSCUA, IV 11, província da Espanha, nas Vascongadas.

GUZARATES, X 60, gentílico (de Guzarate, nas costas de Cambaia).

HARPIAS, IV 80; V 89, monstro alado, com rosto de mulher, corpo de ave de rapina.

HEBRÉIA, I 53; IV 12, judaica.

HEITOR, X 60, filho de Príamo, defensor de Tróia, morto por Aquiles.

HEITOR DA SILVEIRA, X 60, capitão português que derrotou a frota de Dio, aprisionando grande número de barcos.

HELE, III 12; VI 63, filha de Atamante, Rei da Beócia. Para escapar ao ódio de sua sogra fugiu num carneiro de pêlo de ouro, que devia levá-la à Cólquida. Ao atravessar o estreito que separa Tróia do Quersoneso caiu no mar, que neste lugar tomou o seu nome (Helesponto).

HELENA, III 140, princesa grega, célebre pela beleza. Era casada com Menelau, e foi raptada por Páris, o que provocou a guerra de Tróia.

HELESPONTO, IV 23, v. HELE.

HELICONA, III 97, monte da Beócia, onde existia um santuário das Musas. Os poetas celebravam-no, da mesma forma que ao Pindo e ao Parnaso.

Homero, V 96, 98, Camões fala de Homero e de Virgílio para lamentar que os descobrimentos portugueses não tenham um poeta como estes dois, capaz de perpetuá-los.

Húngaro, III 28; VIII 9, D. Henrique, pai de D. Afonso Henriques, fundador de Portugal.

Hungria, III 25.

Huno, IV 24, o "fero Huno" é Átila (v. III 100).

Iaz, X 35, v. Melique.

Ibéria, IV 54, a "terra Ibéria" é a Espanha.

Iberino, VI 48, da Ibéria, da Espanha.

Ibero, III 60, rio da Espanha (atual Ebro).

Idálio, IX 25, os "Idálios montes" ficam na Ilha de Chipre.

Idaspe, I 55; VII 52, rio da Índia, afluente do Ganges.

Idáspico, III 100, "campos idáspicos": regados pelo Idaspe.

Idéia, II 35, a "selva idéia", bosque, no monte Ida, perto de Tróia, onde Páris teve que decidir qual das três Deusas (Vênus, Juno e Minerva) era mais bela.

Igreja, VII 7, o "canto da Igreja": a pedra em que assenta a Igreja, i. e. o Papa.

Ilírico, II 45, da Ilíria, região da costa oriental do Adriático, que corresponde mais ou menos à atual Iugoslávia.

Índia, I 31, 32, 40, 52, 64, 70, 96, 97; II 46, 63, 70, 80, 101; IV 65, 101; V 34, 69; VI 6, 93; VII 31, 51, 60; IX 1, 39; X 27, 37, 58, 66.

Indiano, I 74, 97; VI 32.

Índico, VII 1, 18, 66; IX 3; X 10, 63.

Indo, I 32, 52, 55, 95; II 47; IV 64, 74; VII 17, 25; X 33, 105, 118.

Inês (de Castro), III 120, 123, 132, 135, o amor infeliz de Inês de Castro e de D. Pedro I forneceu inspiração a muitos poetas e dramaturgos. Inês era dama de honor de D. Constança, princesa castelhana que casou com o Príncipe D. Pedro, futuro Rei de Portugal. O Príncipe apaixonou-se por ela, retirou-a da corte, pôs-lhe casa perto de Coimbra. Quando D. Constança morreu, Inês de Castro tinha três filhos de D. Pedro. O Rei D. Afonso IV, pai de D. Pedro, receando que um filho desta união sucedesse ao trono de Portugal, mandou assassinar D. Inês.

Inglaterra, I 12; VI 42, 43, 54, 57, 67.

Inglês, IV 47; VI 44, 47, 53, 58, 59, 60, 65; VII 5; X 152.

Iopas, X 8, cantor que abrilhantou o banquete oferecido por Dido a Enéias.

Ios, V 87, uma das ilhas Cícladas, entre Naos e Santorim.

Ismael, IV 63, filho de Abraão e de Agar. O nome das "serras Nabatéias" derivaria de Nabate, primogênito de Ismael.

Ismaelitas, I 8; III 85; IV 100; VII 5, os árabes, descendentes de Ismael, que figura na base da árvore genealógica de Maomé.

Ismar, III 44, um dos reis mouros que lutaram com D. Afonso Henriques na Batalha de Ourique.

Israel, IV 63; VI 81, um dos dois reinos formados na Palestina depois da morte de Salomão e que compreendia dez tribos.

Istro, III 12, nome latino do Rio Danúbio.

Lampetusa, I 46, ninfa, filha de Apolo, irmão de Lampécia e de Fáeton.

Landroal, VIII 33, vila do Alentejo, atual Alandroal.

Lápia, III 10, o mesmo que Lapônia, vasta região, situada ao norte da Suécia, da Noruega e da Rússia, a mais meridional da Europa.

Lara, X 104, cidade persa, no Laristão.

Lara, VIII 22, casa nobre espanhola, a que pertencia D. Mafalda, mulher de D. Afonso Henriques.

Larisséia, X 1, gentílico (de Larissa, na Tessália). Designa a ninfa Corônia, que traiu Apolo.

Latina, I 33.

Latona, II 89; IX 53, 62, filha do titã Ceos, amada por Júpiter, rival de Juno. É mãe de Apolo e de Diana.

Leão, III 19, 70; VI 56, reino da antiga Espanha.

Lebre, VIII 71; X 88, pequena constelação, vizinha da Ursa Maior.

Leiria, III 55; VIII 19, cidade portuguesa.

Leoa (Serra), V 12, cordilheira da África, a sul da Guiné.

Leonês, III 70, 89; VIII 9, gentílico (do Reino de Leão).

Leonor, III 139; IV 6, D. Leonor Teles, mulher de D. Fernando, Rei de Portugal.

Lépido (Marco Emílio), III 136, triúnviro romano (formou o segundo triunvirato com Antônio e Otávio).

Letéia, VIII 27, a "lei letéia" é a lei da Morte (de Letes, o rio do Inferno).

Leucate, II 53, promontório numa ilha do Epiro, a oeste da Grécia, junto do qual se travou a batalha naval entre Antônio e Otávio Augusto.

Leucotoe (ou Leucótoe), III 1, ninfa amada por Apolo.

Levante, II 4; V 61, o "aurífero Levante": o rico Oriente, produtor de ouro.

Líbia, III 128; VII 48, nome dado pelos gregos à parte da África que conheciam. De uma maneira geral, toda a África do Norte.

Libitina, III 83, Deusa da Morte, que presidia aos funerais.

Lício, II 27, gentílico (da Lícia, região da Ásia Menor). Os lícios haviam sido metamorfoseados em rãs por terem recusado água a Latona.

Lídia, VII 11, antiga região da Ásia Menor. Creso, conhecido pela riqueza, foi o seu Rei mais célebre.

Lieu, I 49; VI 14, 20, epíteto de Baco. O licor "prantado" por Lieu é o vinho.

Linha Ardente, III 71, o Equador.

Lionardo, VI 40; IX 75, soldado, membro da expedição de Vasco da Gama.

Lira, X 88, constelação do hemisfério boreal, situada entre Hércules e o Cisne.

Lisa, III 21, ou Luso, que "filhos foram, parece, ou companheiros" de Baco e ancestrais dos lusitanos.

Lisboa, III 57, 61, 88; VI 7; VIII 5, 18, 24; IX 16.

Livônios, III 11, gentílico (da Livônia, região situada no norte da Europa, no Báltico).

Londres, VI 57.

Lotaríngia, VIII 9, antigo nome da Lorena, hoje incluída no Departamento francês da Mosela.

Lourenço, filho de D. Francisco de Almeida, primeiro Vice-Rei das Índias. Morreu numa batalha naval, X 27; Ilha de S. Lourenço, I 42; X 39, 137, Ilha de Madagáscar, junto da costa oriental da África, da qual é separada pelo canal de Moçambique.

Lua, I 58; II 93; III 59; IX 48; as "serras da Lua", III 56, designam provavelmente a serra de Sintra, perto de Lisboa.

Luís, VII 7, São Luís, Rei de França.

Lusitânia, III 21, 82, 96; IV 6; VI 43; VIII 2.

Lusitânico, IX 38.

Lusitano, I 1, 3, 6, 30, 33, 48, 50, 60, 73, 75, 83, 94; II 44, 50, 55, 58, 61, 69, 74, 97, 102, 104; III 2, 20, 26, 34, 42, 53, 99, 101, 118; IV 24, 41, 50; V 71, 95, 100; VI 2, 6, 48; VII 14, 24, 25, 26, 79; VIII 30, 35, 59, 69, 77, 84; IX 12, 18, 40; X 12, 51, 71, 107, 118, 138.

Luso, I 24, 39, 62; II 17, 103; III 21, 51, 95; VI 26; VII 2; VIII 2, filho ou companheiro de Baco, fundador da Lusitânia (v. Lisa); II 48; III 114; VII 45; X 18, 27, 44, gentílico (da Lusitânia).

Macedônia, III 13.

Macedônio, I 75, gentílico (da Macedônia). Neste passo, Alexandre Magno, filho de Filipe, Rei da Macedônia.

Maçuá, X 52, 97, cidade do Mar Vermelho, na África Oriental.

Madagáscar, X 137.

Madeira, V 5.

Mafamede, II 108; III 113; IV 48; VIII 19, 47; Maomé, fundador do islamismo.

Mafoma, II 108, v. Mafamede.

Mafra, III 56, vila portuguesa, perto de Lisboa.

Magalhães (Fernão de), X 140, descobriu a passagem entre o Atlântico e o Pacífico e realizou a primeira viagem de circunavegação a serviço do Rei de Espanha.

Magno (Pompeu), IV 32, 62, político romano, adversário de César.

Magriço, I 12; VI 53, 59, 62, 68, 69, Álvaro Gonçalves Coutinho, um dos Doze de Inglaterra.

Mahamede, I 99, 102; II 50, v. Mafamede.

Mahoma, VII 17, v. Mafamede.

Maia, II 56, filha de Atlas, mãe de Mercúrio.

Malabar, VII 16, 32; X 15, região, na costa ocidental da Índia de Canará ao Cabo Comorim; VII 21, 41, 45; VIII 10, 90; IX 3, 14; X 11, 55, 59, gentílico (desta região).

Malaca, X 44, 57, 123, península da Índia. Importante entreposto comercial no tempo da expedição do Gama.

Malaios, X 44, gentílico (de Malaca).

Maldiva, X 136, as Ilhas Maldivas constituem um arquipélago, situado a sudoeste do Ceilão, no Oceano Índico.

Maluco, IX 14, arquipélago da Oceania, hoje Ilhas Molucas.

Mamelucos, X 32, neste passo, o mesmo que egípcio. Os mamelucos eram propriamente soldados de uma milícia turco-egípcia, originariamente formada por escravos, que chegou a dominar o Egito.

Mandinga, V 10, antigo reino da África Ocidental, ao sul da Gâmbia.

Mantuana, V 94, gentílico (de Mântua, cidade italiana). A "lira mantuana" é a poesia de Virgílio, natural desta cidade.

Manuel (ou Emanuel), décimo quarto Rei de Portugal, grande impulsionador dos Descobrimentos, IV 66, 75, 83; VIII 57.

Maometa, III 19, 89; IV 49; VII 24; X 108, islamita, seguidor da religião maometana.

Maometano, VIII 81, 84, 88; IX 2, 8, 12, seguidor da doutrina de Maomé.

Maomético, VII 33; VIII 64, v. Maometa.

Maratônio, X 21, gentílico (da Maratona, lugar da Ática célebre pela batalha que aí se travou entre atenienses e persas, em 490 AC).

Marcelo (Marco Cláudio), VII 71, vencedor de Aníbal em Nola (durante a segunda guerra púnica).

Márcio, IV 39; X 19, 65, o "márcio jogo" é o jogo de Marte, a arte da guerra.

Marco Antônio, III 141, triúnviro romano (formou o segundo triunvirato com Lépido e Otávio). Camões refere-se neste passo aos conhecidos amores de Marco Antônio e Cleópatra.

Marcomanos, III 11, antigo povo germânico que invadiu a Itália, donde foi rechaçado por Marco Aurélio. Neste passo Camões identifica os marcomanos com os poloneses.

Maria, III 45: a Virgem Maria; III 102, 106, filha de D. Afonso IV, Rei de Portugal, casada com D. Afonso XI, Rei de Castela.

Mário, III 116, IV 6, cônsul e general romano, que venceu os teutões em Aix (em 102 AC), numa batalha em que teriam morrido, segundo Plutarco, mais de 100 000 homens.

Marrocos, III 103, 112; X 156.

Marte, I 3, 5, 36, 75: II 37, 53, 69; III 12, 15, 30, 88, 95; IV 15, 25, 84; VI 56, 68; VIII 38, 89; IX 91; X 22, 42, 67, 73, 89, Deus da Guerra, filho de Júpiter e de Juno; III 12, a "pátria querida de Marte" é a Trácia.

Martim Lopes, VIII 23, cavaleiro português que venceu e deteve D. Pedro Fernandes de Castro que se aliara aos mouros para combater os portugueses.

Martinho, X 67, Martim Afonso de Sousa que, depois de se ter "ilustrado no Brasil" (como diz Camões, em V 63) e de ter "limpa a Índia dos imigos" (VI 66), foi Governador da Índia entre 1542 e 1545.

Mascarenhas, X 56, Pedro Mascarenhas, oitavo Governador da Índia (entre 1526 e 1529); X 69, Capitão-Mor de Dio no segundo cerco desta cidade.

Mascate, X 41, cidade da costa da Arábia, atacada por Afonso de Albuquerque em 1507.

Massília, IV 36; V 6, grande região da África Oriental (compreendendo nomeadamente a Numídia e a Mauritânia). Para Camões, Massília representa praticamente todo o continente africano.

Mateus, VIII 24, Bispo de Lisboa, que combateu os mouros de armas na mão. D. Rodrigo da Cunha, na *História Eclesiástica da Igreja de Lisboa*, prova que este Bispo se chamava D. Sueiro Viegas, e não D. Mateus.

Mauritânia, V 4, a África do Norte, onde hoje se encontram Marrocos, Argélia e Tunísia.

Mauritano, III 20, 77, 99, 114; VI 83; VII 77; VIII 1, gentílico (da Mauritânia).

Mauro, I 6, 76, 93; II 25, 68; III 53, 75, 80, 104, 123, 128; IV 8; VIII 17, 37, 77, como observa Epifânio da Silva Dias, Camões utiliza sempre *mauro* com função adjetiva, para designar o árabe. *Mouro* (v. esta palavra) tem sempre função substantiva.

Mavórcio, VII 79, de Mavorte.

Mavorte, I 41; II 50; III 89; VI 58; VIII 16, Marte, Deus da Guerra.

Meca, IX 1, 2, 4, 7; X 50, cidade sagrada dos árabes, pátria de Maomé.

Mecom, X 127, grande rio da Ásia, que nasce no Tibete, banha o Camboja, e vai desaguar no Mar de China.

Medéia, III 32, feiticeira lendária, do ciclo dos argonautas, que degolou os próprios filhos.

Medina, X 50, cidade sagrada dos árabes, onde se acha o túmulo de Maomé.

Mediterrano (Mar), III 6, 18.

Medusa, III 77, 142; X 156, uma das três Górgonas. Era muito bela, mas ofendeu Minerva, que lhe transformou os cabelos em serpentes e deu ao seu olhar o poder de petrificar quem a fitasse.

Meliapor, X 109, cidade da península hindustânica, na atual Madrasta.

Melindano, II 74, 92, 97, 111; VI 2, 92, gentílico (de Melinde).

Melinde, II 57, 58, 70, 73, 94; X 39, 96, cidade e reino na costa oriental da África.

Melique, X 35, 61, Melique Iaz, Governador ou Príncipe Iaz. Melique é título nobiliárquico na Índia.

Mem Moniz, VIII 20, filho de Egas Moniz, que foi um dos cavaleiros de maior valor na tomada de Santarém aos mouros.

Mem Rodrigues de Vasconcelos, IV 24, cavaleiro português que comandou a Ala dos Namorados na batalha de Aljubarrota.

Menão, X 125, rio da Indochina, que nasceria num pretenso lago de Chiamai, e vai desaguar no Golfo de Sião.

Meneses, D. Duarte de Meneses, quinto Governador da Índia, X 53; D. Henrique de Meneses, sétimo Governador da Índia, X 54.

Meneses, D. Filipe de Meneses, X 104.

Mênfis, IV 62, capital do antigo Egito, situada nas margens do Nilo.

Menfítico, VII 48, gentílico (de Mênfis).

Menon, II 92, Rei da Etiópia, filho da Aurora e de Titão.

Menônio, IX 51, a "mãe fermosa de Menônio" é a Aurora.

Meotis (ou Meótis), III 7, a "alagoa Meótis" é o atual Mar de Azof, no sul da Rússia.

Mercúrio, I 40; II 61, 64; IX 91; Deus do comércio, da eloqüência, filho de Júpiter, mensageiro dos Deuses; X 89, pequeno planeta, o mais próximo do Sol.

Méroe, X 95, região da África Oriental, banhada pelo Nilo, que antigamente se julgava fosse uma ilha.

Milcíades, V 93, general ateniense que venceu os persas na batalha de Maratona.

Míncio, V 87, afluente do Pó, que banha Mântua, pátria de Virgílio.

Minerva, III 97; VI 13, filha de Júpiter, deusa da inteligência, da sabedoria e das artes.

Minho, VII 30, rio que nasce em Espanha, separa a província do Minho da Galiza e vai desaguar no Atlântico, no extremo norte de Portugal.

Mínias, IV 83; VI 31, os Argonautas, assim chamados por descenderem de Mínias, Rei da Tessália.

Miralmumini, III 78, 82, aportuguesamento da forma árabe Mir El-Mumenin (O Príncipe dos Crentes), neste passo o Califa de Marrocos que cercou D. Sancho I, em Santarém.

Mir Hocém, X 36, o nobre Hocém, chefe da frota do Sultão do Egito.

Móbile Primeiro, X 85, esfera celeste que, segundo os antigos astrônomos, envolvia e dava movimento, de Oriente para Ocidente, às outras esferas.

Moçambique, I 54, 77, 99; II 17; V 84, ilha da costa oriental da África, descoberta por Vasco da Gama na expedição que serve de tema a Camões.

Moçandão, X 102, cabo à entrada do Golfo Pérsico.

Mogor, X 64, o Império do Grão Mogol, fundado por um descendente de Tamerlão, estava em guerra com Cambaia.

Moisés, X 98, profeta, homem de Estado, historiador, moralista e legislador dos hebreus.

Mombaça, I 54, 103; II 56, 59; V 45, 84; X 27, cidade na costa oriental da África.

Monçaide, VII 26, 28, 46, 67, 68; IX 5, 15, mouro que falava espanhol e serviu de intérprete e guia aos portugueses na expedição de Vasco da Gama.

Mondego, III 80, 97, 120, 135; VII 78, rio português, que nasce na Serra da Estrela, banha Coimbra e deságua no Atlântico, na Figueira da Foz.

Morfeu, IV 68, deus dos Sonhos, filho da Noite e do Sono.

Moscos, III 11, gentílico (da Moscóvia).

Moscóvia, VI 95, Rússia.

Moura, III 62, vila portuguesa, situada no Alentejo.

Mouro, I 16, 25, 56, 61, 62, 69, 70, 72, 73, 77, 82, 83, 86, 87, 89, 90, 91, 96, 97, 99, 101, 102, 104; II 7, 9, 14, 16, 28, 29, 49, 50, 51, 54, 66, 70, 71, 74, 100, 101, 106, 107, 108; III 42, 43, 44, 50, 62, 66, 67, 76, 78, 79, 81, 87, 90, 95, 112, 115; IV 8, 55; V 9; VII 26, 28, 29, 42, 73; VIII 9, 11, 16, 17, 20, 22, 23, 26, 48, 56, 58, 80, 81; IX 4, 6; X 28, 43, 147: *mouro* é empregado por Camões, com função substantiva, para designar o muçulmano.

Muluca, III 105, rio do Marrocos.

Musa, I 3; III 97; V 99; VII 87; X 9, 22, 145, 155, 156.

Nabatéias, I 84; IV 63, cordilheira da Nabatéia, região a noroeste da Arábia.

Naiades, III 56, ninfas dos rios e das fontes.

Nápoles, IV 61, cidade e porto do sul da Itália. Camões refere-se nesta estância a vários aspectos da história de Nápoles: o corpo de Parténope, ninfa que se suicidou por ter sido desprezada por Ulisses, foi lançado pelo mar à costa no lugar onde mais tarde foi fundada a cidade; depois de ter sido dominada pelos normandos, os alemães e os franceses, Nápoles pertencia, quando Camões escreveu *Os Lusíadas*, aos aragoneses (os "ínclitos hispanos").

Narsinga, VII 21; X 14, 108, 120, antigo reino do Decão, na Índia.

Nau, X 88, nome de uma constelação.

Navarra, VI 56, antigo reino da Espanha.

Navarro, III 19, gentílico (da Navarra).

Nemeio (animal), V 2, o Leão da Neméia, região da Argólida devastada por este animal, que Hércules matou. Neste passo, o Leão é o nome de um signo do Zodíaco.

Nêmesis, III 71, Deusa da vingança e da justiça divinas.

Nereidas, II 20; VI 8; IX 50, nome dado às cinqüenta filhas de Nereu e de Dóris, Ninfas do mar.

Nereu, I 96; II 19, 112; V 52; VI 20; IX 40, deus marinho, pai das nereidas.

Nerine, II 20, nome de ninfa do mar (nereida), inventado por Camões.

Nero, III 92, Imperador romano (54-68 DC).

Netunino, I 58; III 15; IX 42, 49, de Netuno.

Netuno, I 3, 72; II 2, 47; III 51; IV 21, 84; V 11, 15, 51; VI 8, 13, 14, 15, 16, 21, 35, 36, 76; VIII 32, Deus do mar e da navegação, filho de Saturno e de Cibele, irmão de Júpiter e de Plutão.

Nhaia (Pero da), X 94, castelhano que, ao serviço do Rei de Portugal, construiu uma fortaleza em Sofala e repeliu os ataques de poderosas forças indígenas.

Nicolau, Nicolau Coelho, comandante da caravela Bérrio na expedição de Vasco da Gama, IV 82; S. Nicolau, padroeiro dos marinheiros, V 74.

Nilo, II 53; VII 7, 41, 61; X 33, 93, 95, 127, Rio do Egito.

Nilótico, IV 62, do Nilo.

Ninfa, II 33, 99; III 2, 16; V 53, 57; VI 14, 20, 86, 87; VII 78, 81, 82, 84; IX 32, 41, 47, 48, 70, 77, 82, 84, 85, 89; X 2, 6, 7, 8, 22, 39, 50, 73, 74, 143, deusas dos rios, do mar e das fontes, graciosas e belas. Representavam as forças vivas da natureza.

Nino, III 126, Rei lendário da Assíria, cuja esposa (e não mãe, como diz Camões) quando criança, teria sido abandonada, para morrer, numa floresta, onde as pombas a criaram.

Nisa, I 31; VII 52, cidade da Índia ou da Arábia, que teria sido fundada por Baco.

NISE, II 20, outro nome, como Nerine, dado por Camões a uma das nereidas.

NOBÁ, X 95, v. MÉROE.

NOÉ, VII 75, patriarca bíblico. "O licor que Noé mostrara à gente" é o vinho que Noé, segundo a tradição, bebeu em excesso.

NORONHA (GARCIA DE), X 62, décimo Governador da Índia e terceiro Vice-Rei.

NORTE (MAR DO), VI 57, mar interior, formado pelo Atlântico, que banha a França, a Inglaterra, a Noruega, a Dinamarca, a Alemanha, a Holanda e a Bélgica.

NORUEGA, III 10, país do Norte da Europa.

NOTO, I 27; V 67, 73; VI 76, 90, nome de um dos ventos (o do sul).

NOTURNO (O DEUS), II 1, Érebo, que presidia à noite.

NUNO (ÁLVARES PEREIRA), I 12; IV 14, 21, 24, 31, 34, 36, 45; VIII 32, Condestável de Portugal, grande auxiliar do Mestre de Avis nas lutas contra Castela em defesa da independência portuguesa.

OBI, X 96, rio da África Oriental.

ÓBIDOS, III 61, vila portuguesa, situada na Estremadura, tomada aos mouros por D. Afonso Henriques.

OCEANO, VI 20, 27, o mais velho dos Titãs, filho de Urano e de Gaia. Personificava o mar.

OFIR, X 124, região lendária, situada no Oriente. Segundo a Bíblia, as riquezas de Salomão, em ouro e prata, provinham desta região.

OGÍGIA, II 45, ilha da ninfa Calipso, onde Ulisses ficou retido sete anos, quando voltava da guerra de Tróia.

OJA, X 39, localidade da costa oriental da África.

OLIMPO, I 20, 35, 42; II 79, 112; IV 85; VI 7, 34; IX 90, a residência dos Deuses, numa das montanhas da Grécia antiga.

ÔNFALE, III 141, Rainha da Lídia. Casou com Hércules, depois de ter obrigado o herói a fiar e a desempenhar outros serviços considerados femininos, enquanto ela vestia a pele do leão da Neméia.

ORFEIO, III, 2, v. ORFEU.

ORFEU, III 1, poeta e músico da Trácia, considerado o maior músico da Antiguidade. Tomou parte na expedição dos Argonautas e conseguiu graças à sua arte, entrar e sair dos Infernos, para buscar sua mulher Eurídice.

ORIÁS, VII 20, povo indiano, que vivia na margem do Ganges.

ORIONTE, VI 85, X 88, constelação do hemisfério sul (Órion). Representa um homem com uma espada (daí o "ensífero").

ORITIA, VI 88, filha de um Rei de Atenas, raptada pelo vento Bóreas.

ORIXÁ, X 120, reino da Índia, na costa de Bengala.

ORLANDO, I 11, forma italiana de Roland, o herói da *Chanson de Roland,* poema épico francês do século XI.

ORMUZ, II 49; X 40, 53, 101, ilha e cidade, na entrada do Golfo Pérsico.

OTAVIANO (CÉSAR), IV 59, Augusto, primeiro Imperador romano.

OTÁVIO, V 95, outro nome de Augusto.

OTOMANO, III 12; VII 4, turco.

Ourique, III 42, lugar do Alentejo onde, segundo a lenda, Jesus Crucificado apareceu a D. Afonso Henriques.

Pacheco (Duarte Pacheco Pereira), I 14; X 12, 15, 16, 17, autor do *Esmeraldo de Situ Orbis* (guia de navegação do século XVI) e sucessor dos Albuquerques na defesa de Cochim.

Pactolo, VII 11, rio da Lídia, famoso pelo ouro que carreava.

Pado, I 46, nome alatinado do Rio Pó, na Itália, onde Fáeton teria caído, quando fulminado por Júpiter, depois da sua imprudência guiando o carro do Sol.

Padre, I 22, 38, 40, 41, 74; II 33, 35, 38, 39; III 106; VI 25; X 90, Júpiter, o pai dos Deuses.

Páfia, IX 60, a "deusa Páfia" é Vênus, à qual era dedicado importante templo em Pafos, cidade da Ilha de Chipre.

Pafos, V 5, v. Páfia.

Paio Correia, VIII 26, cavaleiro português que tomou Tavira e Silves aos mouros em 1242.

Palas, II 78; VIII 4; IX 91, um dos nomes de Minerva, deusa da Sabedoria e da Eloqüência.

Palmas (Cabo das), V 12, na África Ocidental, na costa da Libéria.

Palmela, III 65, vila portuguesa.

Pam, X 125, reino indiano, na costa oriental da Península de Malaca.

Panane, X 55, cidade do reino de Calecu, na costa do Malabar.

Pancaia, II 12, região lendária, que era localizada geralmente na Arábia; célebre pela produção de incenso e outras essências odoríferas.

Panônios, III 11, gentílico (da Panônia, região ao Sul do Danúbio, mais ou menos onde hoje fica a Iugoslávia).

Panopeia (ou Panopéia), VI 23, nome de uma das Nereidas.

Panteia, X 48, mulher do Rei Abradates, confiada por Ciro a Araspas, que tentou seduzi-la. O soberano persa perdoou a Araspas esta fraqueza.

Parcas, I 34; IX 38, divindades infernais, senhoras da vida humana. Eram três: Cloto, que presidia aos nascimentos, segurava a roca que fiava a vida; Láquesis, manejava a dobadoura e Átropos cortava o fio da existência.

Parnaso, I 32, monte da antiga Grécia, dedicado a Apolo e às Musas, onde existia a fonte Castália, cujas águas os poetas bebiam para se inspirarem.

Párseos, X 40, 104, o mesmo que persas.

Parténope (ou Partênope), nome poético de Nápoles (v. esta palavra), III 19; uma das Nereidas, que se suicidou por ter sido desprezada por Ulisses, e cujo corpo teria sido lançado à costa no lugar onde foi fundada a cidade de Nápoles, IV 61.

Patane, X 125, reino indiano, na costa oriental da Península de Malaca.

Patanes, VII 20, gentílico (de Patane).

Paulo, S. Paulo, Apóstolo dos Gentios que, quando vinha preso de Jerusalém para Roma, sofreu grandes tempestades no mar, VI 81; Paulo da Gama, irmão de Vasco da Gama, v. Gama.

PEDRO, S. Pedro, Apóstolo, IV 13; "o sucessor de Pedro", o Papa Leão X, VII 4; D. Pedro I, oitavo Rei de Portugal, III 133, 136, 138; IV 2; VI 43; D. Pedro I, Rei de Castela, III 136, o Infante D. Pedro, filho de D. João I, que viveu muitos anos fora de Portugal, VIII 37; D. Pedro de Meneses, governador de Ceuta, VIII 38; D. Pedro de Sousa, Capitão de Ormuz, antes de D. Filipe de Meneses, X 104.

PEGU, X 122, reino indiano, na costa do Golfo de Bengala.

PELEU, V 52, Rei da Tessália, pai de Aquiles, marido de Tétis.

PENO, III 116, 141, cartaginês, i. e. Aníbal.

PEREIRA, IV 30, v. NUNO ÁLVARES PEREIRA; IV 40, os irmãos de Nuno Álvares Pereira, que combateram em Aljubarrota do lado castelhano.

PERILO, III 39, ferreiro que construiu o touro de bronze para o tirano de Agrigento. V. FÁLARIS.

PERIMAL, VII 32, 33; VIII 82, último soberano da Índia unida, que reinou seis séculos antes da expedição de Vasco da Gama. V. SARAMÁ.

PERINEU, IV 57; VI 56, os Pirenéus, cordilheira entre a Espanha e a França.

PERÍSTERA, IX 24, ninfa que Cupido metamorfoseou em pomba.

PERITO, II 112, Rei da Tessália, amigo de Teseu, que desceu ao Inferno para roubar Prosérpina, mulher de Plutão.

PÊRO RODRIGUES (DO LANDROAL), VIII 33, cavaleiro português, Alcaide do Alandroal, no Alentejo, partidário do Mestre de Avis, que libertou o seu amigo Álvaro Gonçalves Coitado, preso por partidários de Castela.

PERSA, I 24; III 41; X 49, 68.

PÉRSIA, IV 101; IX 58; X 100, 102, 103.

PÉRSICO (ESTREITO), IV 64, o Estreito de Ormuz.

PÉTREA (ARÁBIA), IV 63, v. ARÁBIA.

PIMENTA (ILHA DA), VII 35, ilha na costa do Malabar.

PINDO, III 2, monte da Grécia, entre a Tessália e o Épiro, consagrado a Apolo, Deus da Poesia, e às Musas.

PIRENE, filha do Rei Bébrice, seduzida por Hércules, deu à luz uma serpente. Fugiu então da corte do pai, para a montanha, onde foi morta pelas feras. Hércules prestou-lhe honras fúnebres e deu o seu nome à montanha (os Pirenéus), III 16; a própria montanha, VII 71.

PIRÓIS (ou Pírois), V 61, um dos quatro cavalos do Sol (os outros são Flegon, Eôo e Eton).

PIRRO, filho de Aquiles, III 131; VIII 6, Rei do Epiro (século III AC), inimigo dos romanos e cujo médico se oferecera para envenená-lo. Roma recusou a oferta.

PLÍNIO (CAIO PLÍNIO SEGUNDO), V 50, Plínio, o Velho autor da *Naturalis Historia*, espécie de enciclopédia da ciência na Antiguidade.

PLUTÃO, II 112, Rei dos Infernos e Deus dos Mortos, filho de Saturno, irmão de Júpiter e de Netuno.

Policena, III 131, filha de Príamo e de Hécuba. Tendo casado secretamente com Aquiles, foi morta por Pirro, filho de outro casamento de Aquiles.

Polidoro, VIII 97, filho de Príamo, Rei de Tróia, que foi morto por Polimnestor, Rei da Trácia, para se apoderar do ouro que seu pai mandara para salvar a cidade.

Polifemo, V 28, 88, filho de Netuno, um dos Ciclopes, morto por Ulisses.

Polônios, III 11.

Pomona, IX 58, 62, divindade dos frutos e dos jardins.

Pompeio, III 71, genro de César, militar e político romano, derrotado pelo sogro na batalha de Farsália.

Pompílio (Numa), VIII 31, segundo Rei de Roma que, enfrentando o adversário, para estar certo da proteção dos deuses, ofereceu-lhes primeiro um sacrifício, atrasando assim a batalha.

Pompônio Mela, V 50, geógrafo romano, autor de *De Situ Orbis* (séc. I DC) que inspirou a obra de Duarte Pacheco *Esmeraldo de Situ Orbis*.

Pondá, X 72, cidade e fortaleza indiana, a nordeste de Goa.

Ponente, X 138, poente.

Poro, VII 21, soberano indiano, vencido por Alexandre Magno.

Portugal, III 25, 46, 78; IV 3, 50; VI 51, 52; VIII 11, 22, 82.

Português, I 32, 50, 74, 82, 87, 90, 92; II 14, 23, 66, 75, 85; III 46, 50, 57, 70, 81, 112; IV 15, 33, 38, 46, 56; V 72, 97; VI 47 58, 60; VII 3, 23, 28, 43, 45, 55, 66; VIII 22, 25, 32, 56; X 60, 67, 104, 132, 140, 142, 152.

Prasso, I 43, 77, cabo na costa de Moçambique.

Progne, III 32, filha de Pandion, Rei de Atenas, irmã de Filomela, mulher de Tereu, que se apaixonou pela cunhada. Progne, para punir Tereu, matou o próprio filho, cozinhou-o e deu-o a comer a seu marido.

Prometeu, IV 103; VI 11, filho de um Titã (Jápeto), Prometeu fez uma estátua de barro, a que deu vida com o fogo que roubou do Céu. Júpiter puniu-o acorrentando-o a um rochedo, no Cáucaso, e ordenando a um abutre que lhe devorasse o fígado. Hércules libertou-o, matando o abutre.

Proteio, V. Proteu.

Próteu (ou Proteu) I 19; VI 20, 36; VII 85; X 7, filho do Oceano e de Tétis, que guardava o gado marinho de seu pai.

Ptolomeu (Cláudio), astrônomo grego, cujo sistema do mundo durou até Copérnico, V 50; Ptolomeu Filadelfo, Rei do Egito, no séc. III AC que desposou Arsínoe, sua própria irmã, IX 2.

Quedá, X 123, cidade da península de Malaca.

Quersoneso, II 54; X 124, a "áurea Quersoneso", ou península de ouro, é a Península de Malaca.

Quilmance, X 96, povoação situada no curso inferior do Rio Obi, perto de Melinde.

Quíloa, I 54, 99; V 45; X 26, ilha da costa oriental da África.

QUIMERA, VII 47, animal fabuloso, com cabeça de leão, corpo de cabra, cauda de serpente. Da sua boca saíam chamas.

QUINTO FÁBIO, X 21, cônsul romano que, com manobras dilatórias, conseguiu enfraquecer as tropas de Aníbal.

QUIRINO, IX 91, sobrenome de Marte que foi atribuído a Rômulo, quando o fundador de Roma foi elevado ao céu.

RAMNÚSIA, V 80, sobrenome de Nêmesis, uma das Fúrias. Era assim chamada porque o seu maior santuário localizava-se em Ramnos, na Ática.

RAPTO, X 96, rio da África Oriental.

RÉGULO, IV 53, cônsul romano, apontado como exemplo de amor à pátria: aprisionado pelos cartagineses, foi enviado a Roma, sob palavra, e persuadiu o Senado a resistir. Ao regressar a Cartago, para cumprir o prometido, foi supliciado.

RENO, III 11, 16, 58.

REPELIM, X 65, cidade na costa do Malabar.

RIFEIOS (ou Rifeus), (MONTES), III 7, montanha da Cítia, onde nasce o Rio Don.

ROÇALGATE, X 101, cabo da Arábia, na entrada do Golfo de Omã.

RODAMONTE, I 11, personagem do poema de Mateus Boiardo *Orlando Innamorato*.

RÓDANO, III 16, rio da França.

RODES, IV 62; V 40, 87, ilha do Mediterrâneo, onde existia uma estátua de Apolo, em bronze, com mais de 30 metros de altura (o famoso Colosso de Rodes), considerada uma das Sete Maravilhas do Mundo.

RÓDOPE, III 12, VII 29, montanha da Trácia onde vivia Orfeu. Conta a lenda que era tão bela a música que este tocava que as próprias árvores se reuniam para ouvi-lo.

RODRIGO, IV 8, Ruy (ou Rodrigo) Diaz de Bivar, o famoso Cid, guerreiro castelhano que reconquistou grande parte da Península Ibérica para o cristianismo.

ROMA, III 22, 116, 126; IV 6; VI 7, 30; VIII 6, 11; X 19, 68, sempre na acepção de Império Romano.

ROMANO, I 24, 26, 33; II 44, 53; III 116; IV 20; V 94; VIII 36; IX 38; X 26; I 75, o Romano neste passo é o imperador Trajano.

RÔMULO, I 26, fundador e primeiro Rei de Roma.

ROXO (MAR), o Mar Vermelho, entre a Arábia e a África, II 49, IX 3; X 62, 97; o "Roxo Estreito", ou Estreito de Babelmândeb, à entrada do Mar Vermelho, X 137.

RUGEIRO, I 11, personagem do *Orlando Furioso,* de Ariosto.

RUI PEREIRA, VIII 34, cavaleiro português, partidário do Mestre de Avis. Em 1383 atacou os navios castelhanos, na entrada do Tejo, para proteger a esquadra portuguesa, e morreu nesse combate.

RUMES, X 62, 68, maometanos da Grécia e da Turquia.

RUTENOS, III 11, eslavos, do sul da Rússia, da Hungria e da Lituânia.

SABÁ, X 52, a Rainha de Sabá, Belkiss, soberana da Arábia, visitou Salomão em Jerusalém, e teve dele um filho, de quem os reis etíopes descendem.

Saxones, III 11, gentílico (da Saxônia, Germânia).

Scabelicastro, III 55, forma deturpada do nome latino de Santarém (Scalabicastrum).

Sêmele, VII 52, mãe de Baco (V. Tioneu).

Semicapro, V 27, o "semicapro Peixe" é o Trópico de Capricórnio, representado por uma figura que é metade cabra (daí o nome), metade peixe.

Semirâmis (ou Semíramis), III 100, Rainha da Assíria e da Babilônia que, depois de ter enviuvado do Rei Nino, conquistou a Pérsia, a Arábia, a Armênia, o Egito e a Líbia.

Sequana, III 16, nome latino do rio francês Sena.

Sequeira (Diogo Lopes de), X 52, governador da Índia, sucessor de Lopo Soares de Albergaria.

Serpa, III 62, vila portuguesa, situada no Alentejo.

Sertório, III 63; IV 33; VIII 8, general romano que, depois da morte de Mário, de quem era partidário, organizou na Península Ibérica um movimento contra Roma. Foi assassinado por Perpena em 73 AC.

Sezimbra (ou Sesimbra), III 65, vila da costa de Portugal.

Sete Irmãos (Montes), IV 37, cordilheira da África do Norte.

Sevilha, III 75; IV 46; VIII 24.

Sião, X 123, 125, reino da Índia.

Sicília, III 93.

Sículo (Mar), IV 62, o mar que contorna a Sicília.

Siene, III 71, hoje Assuã, cidade do Egito situada no Trópico de Câncer onde o Sol ao meio-dia não projeta sombra.

Sila, IV 6, rival de Mário nas guerras civis de Roma.

Silves, III 86, 88; VIII 26, cidade portuguesa, situada no Algarve

Sinai, X 99.

Singapura, X 125, cidade situada ao sul da Península de Malaca.

Sinis (ou Sines), III 39, salteador de Corinto, morto por Teseu.

Sinon, I 98, grego que, durante a guerra de Tróia, se deixou aprisionar pelos troianos, aos quais convenceu de que deveriam deixar entrar na cidadela o cavalo de pau. É apresentado como símbolo de perfídia.

Sintra, III 56, vila portuguesa, perto de Lisboa.

Siquém, III 140, filho de Hemor, raptou e violentou Dina, filha de Jacó. Os irmãos dela mataram Siquém e seu pai, e talaram os campos da família do raptor.

Siracusa, IV 72, cidade situada na costa oriental da Sicília.

Sirena, V 88; X 5, 45, ser fabuloso, metade mulher, metade ave (ou peixe) que atraía os viajantes com o seu canto melodioso, fazendo-os naufragar.

Sirtes, VI 81, 82, bancos de areia, perigosos para a navegação, na costa de Trípoli e Tunes.

Smirna, V 87, cidade na costa da Ásia Menor.

Soares (Lopo de Albergaria), X 50, terceiro Governador da Índia.

TEMÍSTOCLES, V 93, vencedor da batalha naval de Salamina, contra os persas. Conta a tradição que tinha inveja das vitórias de Milcíades.

TENASSARI, X 123, cidade da Península de Malaca.

TEOTÔNIO, VIII 19, Prior de Santa Cruz de Coimbra, que auxiliou D. Afonso Henriques, combatendo contra os mouros de armas na mão.

TERESA, III 25, 32, 34, mulher do Conde D. Henrique, mãe de D. Afonso Henriques.

TERMODONTE, III 44, rio do Ponto, em cujas margens viviam as Amazonas.

TERMÓPILAS, X 21, desfiladeiro da Tessália onde Leônidas, com trezentos espartanos, tentou deter o grande exército de Xerxes. Camões aumenta o número dos espartanos para 4 000.

TERNATE, X 132, ilha do Arquipélago das Molucas.

TESEU (ou TÉSEU) II 112; III 137, herói grego, filho de Egeu, Rei de Atenas, com uma biografia movimentada, da qual Camões aproveita os seguintes elementos: Teseu desceu ao Inferno com o seu amigo Perito, Rei da Tessália, a fim de roubar Prosérpina, mulher de Plutão (II 112); Teseu limpou as estradas da Grécia dos ladrões que as infestavam e matou Sínis, o salteador de Corinto. (III 137).

TESIFÔNIO, II 113, arquiteto grego, que construiu o templo de Diana, em Éfeso.

TÉTIO, V 91, "Os Tétios braços", de Tétis.

TÉTIS, I 16; III 115; IV 49; VI 36; VIII 74; IX 48, 89; X 75, deusa do Mar, filha do Céu e da Terra, mulher do Oceano, do qual teve mais de três mil filhos (todos os rios do mundo); V 55, 59, divindade marinha, a mais célebre de todas as nereidas, filha de Nereu e de Dóris, mulher de Peleu e mãe de Aquiles.

TIBRE, V 87, rio italiano, que banha Roma e vai desaguar no Tirreno.

TIDORE, X 132, ilha do Arquipélago das Molucas.

TIESTES, III 133, irmão de Atreu, Rei de Micenas. Este, para vingar-se do adultério que sua mulher Érope cometera com Tiestes, deu a comer ao irmão os filhos do casal. O sol, para não iluminar a cena horrível, escondeu os seus raios.

TIFEU, I 42; VI 13, um dos gigantes que fizeram guerra aos deuses. Era tão monstruoso que assustou Vênus e Cupido, quando tomavam banho no Eufrates, levando-os a transformarem-se em peixes, para lhe escaparem. O seu hálito de fogo sai pela cratera do Vulcão Etna; IX 37 "as armas tiféias", os raios que Júpiter utilizou para fulminar Tifeu quando da guerra com os gigantes. Camões quer dizer aqui que o Sol tinha entrado no Signo de Peixes, o que na época se verificava a 1.º de fevereiro.

TIGRE, IV 64, grande rio da Ásia, que nasce no Tauro Armênio e vai desaguar no Golfo Pérsico, formando com o Eufrates o Chate-Alárabe.

TÍGRIS, X 102, v. TIGRE.

Timavo, II 45, rio da Ístria.

Timor, X 134, ilha do Arquipélago de Sonda.

Tinge, III 77, nome latinizado de Tânger (Tingis).

Tingitana, I 33, da Tingitânia.

Tingitânia, III 18, a África do Norte, onde fica Tânger.

Tioneu, II 12; VI 6, 26, sobrenome de Baco, por ser filho de Tione (que seria o nome "divino" da mãe de Baco, sendo Sêmele o seu nome "mortal").

Tiríntio, IV 55, gentílico (de Tirins, na Argólida). Neste passo, Hércules, que nasceu nessa cidade.

Tírio, II 95; IV 9, gentílico (de Tiro, cidade da Fenícia). A "tíria cor" é a púrpura, fabricada em Tiro. A "nobre ilha que os Tírios habitaram" é a península onde fica situada Cádiz.

Titão, II 13, herói do ciclo troiano, irmão de Príamo, por quem a Aurora se apaixonou.

Títiro, V 63, pastor da Écloga I de Virgílio.

Tito, III 117, Imperador romano (de 79 a 81), filho de Vespasiano. A destruição de Jerusalém, a que Camões faz referência, verificou-se antes de Tito ser Imperador, ainda no reinado de seu pai.

Tobias, V 78, v. Gabelo.

Toledo, IV 10, cidade espanhola, na Castela-a-Nova.

Tomé, X 108, 109, 113, 114, 115, 116, 118, 119, S. Tomé Apóstolo.

Tonante, I 20; II 41; VI 78, ou "trovejante", epíteto de Júpiter, por ser o Deus das trovoadas.

Torcato, VI 68, epíteto de Tito Mânlio, general romano que matou um gaulês gigantesco em duelo, passando a adornar-se com o colar (torques) do adversário.

Tormentório, V 50, 65; X 37, Cabo da Boa Esperança, na ponta sul da África.

Toro, X 99, porto na costa ocidental da Península de Sinai.

Torres-Vedras, III 61, vila portuguesa, situada na Estremadura.

Traces, III 12; VII 13, gentílico (da Trácia, região da Grécia antiga).

Trajano, I 3; IV 64, Imperador romano. Nasceu na Espanha, foi excelente organizador.

Trancoso, III 64, vila portuguesa destruída pelos árabes durante a campanha de D. Afonso Henriques.

Transtagano, III 62; IV 28, 45, de além do Tejo (Tagus).

Treício, VIII 97, gentílico da Trácia, (região da Grécia antiga). O "Rei Treício" é Polimnestor (v. Polidoro).

Tritão, II 21; VI 16, deus marinho, filho de Netuno e de Anfitrite.

Tróia, III 7; VIII 5, cidade da Ásia Menor, governada por Príamo e que foi cercada por reis e generais gregos (Agamenon, Aquiles, Ulisses, os dois Ajax, Diomedes, Nestor etc.), desejosos de vingar a afronta feita por Páris quando raptou Helena, mulher de Menelau. O cerco de Tróia, imortalizado na *Ilíada* e na *Odisséia,* durou dez anos e terminou graças ao estratagema da entrada na fortaleza do cavalo de pau.

Troiano, I 3; II 35; III 44; X 60, gentílico (de Tróia); II 42, Páris, que no bosque do monte Ida teve que decidir qual das três Deusas (Vênus, Juno e Minerva) era mais bela.

Trudante, X 156, cidade do Marrocos.

Tuí, III 89, cidade espanhola, da Galiza.

Turco, I 8; II 46; V 45; VII 12; X 96, 101.

Turquia, I 62, 64; VII 12, nação da península dos Bálcãs e da Ásia Ocidental, que representava para Camões o poder muçulmano de Constantinopla.

Tutuão, IV 34, Tetuão, cidade do Marrocos.

Ulcinde, X 106, região fértil do delta do Indo.

Ulisséia, III 75; IV 84, Lisboa que, segundo a tradição, foi fundada por Ulisses.

Ulisses, II 45; V 86; VIII 5; X 24, Rei lendário de Ítaca, filho de Laerte, marido de Penélope, pai de Telêmaco, um dos heróis da guerra de Tróia, onde se distinguiu sobretudo pela prudência, a astúcia e a eloqüência. (Camões fala, em diversos passos, da "facúndia" e da "língua vã" de Ulisses).

Ulisseu, III 58, 74, lisboeta, da Ulisséia.

Ursas, V 15, as duas constelações da Ursa Maior e da Ursa Menor.

Vandália, III 60; VIII 20, a Andaluzia, assim chamada porque lá viveram muito tempo os vândalos, povos da Europa Central que ocuparam parte da Península Ibérica.

Vândalos, IV 9, 46, v. Vandália.

Vasco da Gama, I 44; V 94; VI 80, v. Gama.

Veloso (Fernão), V 30, 31, 32, 34, 35; VI 41, 42, 69; IX 69, v. Fernão Veloso.

Veneza, II 97; III 14, a "Adriática", a "soberba" Veneza, é a República do tempo de Camões, centro de comércio e de luxo.

Vênus, I 33; III 106; V 5; VI 91; VII 15; IX 43, 49, 50, 52, 83, 95, deusa da beleza e do amor, apresentada por Camões como protetora dos portugueses; VIII 64, Vênus Acidália, assim chamada do nome de uma fonte da Beócia, dedicada às Graças (v. Acidália); X 89, o planeta Vênus.

Verde (Cabo), V 7, promontório da África Ocidental.

Vergílio, V 98, poeta latino, autor da *Eneida,* que inspirou e influenciou Camões.

Véspero, III 115, Vésper, a estrela da tarde.

Vesta, VI 21; IX 85, deusa do Lar. Camões, nestes dois passos, diz que Vesta é mãe de Tétis, o que não é certo (v. Tétis).

Via-Láctea, I 20, nebulosa, formando uma grande mancha branca no céu (v. também I 41).

Vicente (São), III 74, nasceu em Saragoça e morreu no martírio, em Valença, em 304. As suas relíquias estiveram no Cabo de São Vicente, no extremo ocidental da Europa, e foram transferidas no século XII para a cidade de Lisboa, de que é padroeiro.

Viriato, I 26; VIII 6, 36, pastor dos Montes Hermínios, na Lusitânia, que durante 14 anos desafiou o poderio de Roma na península ibérica.